SCOTT EBERLE

DAS LIED DER DUNKLEN GÖTTIN

STERBEN KÖNNEN HEISST LEBEN LERNEN

ARUN

Hinweis: Die hier vorgestellten Methoden sind nach bestem Wissen und Gewissen dargestellt, die Informationen sollen aber ärztlichen oder psychotherapeutischen Rat und entsprechende Hilfe nicht ersetzen. Autor und Verlag übernehmen keinerlei Haftung für Schäden, die sich aus dem Gebrauch oder Missbrauch der in diesem Werk dargestellten Informationen ergeben.

Copyright © 2011 by Arun-Verlag für die deutsche Ausgabe.
Arun-Verlag, Engerda 28, D-07407 Uhlstädt-Kirchhasel,
Tel.: 036743-23311, Fax: 036743-23317
e-mail: info-@arun-verlag.de, www.arun-verlag.de
Titel der amerikanischen Originalausgabe: *The Final Crossing. Learning to Die in order to Live.* Copyright by Scott Eberle 2006. Originally published 2006 by Lost Borders Press, Big Pine/California, USA.
Gesamtgestaltung: Stephan Pockrandt.
Übersetzerin: Vicky Gabriel.
Umschlagmotiv: © Yanik Chauvin – Fotolia.com
Gesamtherstellung: GGP Media GmbH, Pößneck.

Alle Rechte der Verbreitung in deutscher Sprache und Übersetzung, auch durch Film, Funk und Fernsehen, fotomechanische Wiedergabe, Ton- und Datenträger jeder Art und auszugsweisen Nachdrucks sind vorbehalten.

ISBN 978-3-86663-053-6

Meine dankbare Anerkennung gilt den folgenden Menschen für die Erlaubnis, Materialien zu verwenden, die bereits zuvor veröffentlicht worden sind oder auch nicht. Meredith Little: Auszüge aus unveröffentlichten Büchern von Steven Foster und aus ihrer privaten Kommunikation mit dem Autor. Keenan Foster, Christian Foster, Selene Foster, Kevin Smith, Shelley Miller – Kinder und Enkel von Steven Foster: Auszüge aus den unveröffentlichten Tagebüchern von Steven Foster. Selene Foster, Nachlassverwalterin für andere unveröffentlichte Materialien von Steven Foster: Auszüge aus „Under the Skirt of the Dark Goddess" and „Bring on the Maggots" von Steven Foster. Julia Gunnels, Tochter von Virginia Hine: Auszüge aus „Last Letter to the Pebble People".

Für zwei Menschen, die mich so viel
Über die Kunst des Lebens gelehrt haben:
William Rhoads & Dr. John Hulcoop

und für all jene Männer und Frauen,
die mich in ihren letzten Tagen
so viel über die Kunst des Sterbens gelehrt haben.

INHALTSVERZEICHNIS

Einleitung … 9
Historische Anmerkung … 15

Das Lied der Dunklen Göttin
Vorwort … 21

Teil I
Die Straße der Entscheidung … 29
Erster Hausbesuch … 49

Teil II
Die Todeshütte … 69
Zweiter Hausbesuch … 99

Teil III
Der Bestimmungskreis … 119
Dritter Hausbesuch … 137

Teil IV
Der Große Ballspielplatz … 153
Der letzte Übergang … 171
Nachwort … 187
Weiterführende Informationen … 193
Danksagung … 206

EINLEITUNG

Früh am ersten Morgen des Jahres 2000 saß ich in Richtung Osten blickend auf einem freiliegenden Felsgrat im kalifornischen Tal des Todes. Ich beobachtete, wie der Himmel über der schwarzen Silhouette der Funeral Mountains im Morgengrauen Feuer fing und seine orangeroten Flammen an der Kante der Mondsichel leckten. Ich war vier Tage und Nächte lang allein auf diesem Grat gewesen und hatte nur warme Kleidung, einen Schlafsack, eine einfache Plane und den Rest von anfangs 15 Litern Wasser bei mir. Ich näherte mich dem Ende eines modernen Übergangsritus, eines Wildnisfastens, das im Allgemeinen als Visionssuche bezeichnet wird. Ich war ohne große Bedenken bezüglich des von vielen zu Beginn des neuen Jahrtausends vorhergesagten Computerwahnsinns hier hergekommen. Meine Wache war viel persönlicherer Natur. Ich war als der exemplarische verwundete Heiler in der Wüste angekommen, als derart verwundeter Arzt, dass ich die Medizin beinahe aufgegeben hätte. Hier hatte ich diesen alten Arzt schließlich sterben lassen können, um so die Geburt von etwas Neuem möglich zu machen. Dieser neue Arzt sollte an genau diesem Morgen mit dem Sonnenaufgang eintreffen.

Die letzten vier Tage in der Wüste waren eine wahre Offenbarung gewesen. Jeden Tag hatte ich über die Auswirkungen des Fastens gestaunt – wie sich die Aktivitäten in meinem Kopf bis zum Kriechtempo verlangsamten, während mein Geist zugleich die staunende Ehrfurcht eines Kindes annahm. Ich bewunderte das tägliche Wunder der aufgehenden Sonne – wie ihre Wärmestrahlung die Quelle allen Lebens auf Erden ist. Ich bewunderte den unendlichen Himmel – wie gewaltig das Universum und wie unbedeutend doch meine Rolle darin ist. Ich staunte über den Bogen der langsam dahinziehenden Himmelskörper – wie die Zeit auf ewig langsam vergeht. Ich staunte über das Phänomen meines einzigartigen Lebens – wie die Unvermeidbarkeit des Todes jeden einzelnen Moment, den ich habe, sowohl riskant als auch kostbar macht. Und ich staunte darüber, dass ich mich während dieser vier Tage in der Einsamkeit mehr als je zuvor in meinem Leben anderen Menschen verbunden gefühlt hatte.

Auf diesem Grat sitzend konnte ich keine anderen menschlichen Wesen sehen. Dennoch war ich eng mit den anderen elf Personen verbunden, die ebenfalls fasteten und von der hügeligen Landschaft vor mir verborgen waren. Ich war mit den drei Führern verbunden, die in unserem Basislager inmitten von uns allen ein Kochfeuer unterhielten. Ich war mit einer Menge von Menschen verbunden, die ich verletzt hatte oder von denen ich verletzt worden war – eine Verbindung, die von den Gebeten um Vergebung, mit denen ich einen großen Teil meiner Zeit verbracht hatte, noch vertieft worden war. Ich war mit längst vergessenen Ahnen verbunden, die schon vor Tausenden von Jahren in der Wildnis ihre eigenen Übergangsriten ausgeführt hatten. Und ich war mit zwei Menschen verbunden, denen ich noch nie begegnet war, die jedoch Pionierarbeit bei der Entwicklung einer modernen Form dieser Praktiken geleistet hatten – Steven Foster und Meredith Little.

Steven und Meredith hatten bereits lange vor meiner eigenen Fastenerfahrung die universale Notwendigkeit von Initiationsriten für Jugendliche in das Erwachsensein erkannt. So begann dieses Team zweier Ehepartner, mit verschiedenen Praktiken zu experimentieren, die als bedeutungsvolles und kulturell angemessenes Ritual für junge Menschen dienen konnten und bezogen sich dafür auf ein breites Spektrum kultureller Quellen. Schließlich entschieden sie sich für eine einfache, aber überaus kraftvolle Form. Jede Person geht für vier Tage mit einer bestimmten Absicht in die Wüste hinaus und hält sich dort an drei Tabus: keine Nahrung, kein künstlicher Unterschlupf und keine Begleitung anderer Menschen. In dieser Zeit „stirbt" jede der teilnehmenden Personen als Jugendlicher und wird als Erwachsener „wiedergeboren". Irgendwann legten Steven und Meredith dieses Programm für junge Menschen in die Hände anderer und verlagerten ihre Aufmerksamkeit auf die Ausbildung von Führern, die diese Arbeit fortsetzen konnten sowie auf die Unterstützung von Erwachsenen, die sich in verschiedensten Lebensübergängen befanden. Im Verlaufe von drei Jahrzehnten haben Steven und Meredith Tausenden von Menschen auf direkte oder indirekte Weise dieses Geschenk gemacht. Ich war nur einer davon.

Ich hatte meine berufliche Laufbahn als auf AIDS spezialisierter Arzt begonnen. 1982 trat ich in San Francisco in die medizinische Ausbildung ein. Damals war San Francisco der „Ground Zero" für eine Epidemie, die über Jahre hinaus Freundschaften, Familien und Gemeinschaften verheeren sollte. 1986 zog ich nach Norden in den nahegelegenen Landkreis von Sonoma, um dort meine praktische Krankenhausausbildung anzutreten – gerade als die Epidemie auch dort ankam und das Krankenhaus mit ausgemergelten jungen Männern füllte. Für von AIDS betroffene und damit infizierte Menschen waren das verzweifelte Zeiten. Ein Heilmittel schien außerhalb jeder Reichweite zu sein, und es war nicht einmal immer möglich, einen würdevollen Tod zu ermöglichen. Ich fühlte mich getrieben, hier zu helfen, lernte jedoch rasch, die Grenzen der medizinischen Technologie zu respektieren und das enorme menschliche Potenzial des Geistes und der Liebe anzuerkennen. Zwischen diesen beiden unterschiedlichen Wahrheiten stehend, wurde ich sowohl als Arzt als auch als Person ziemlich rasch erwachsen – vielleicht zu rasch. Mit zweiunddreißig Jahren wurde ich zum Spezialisten für AIDS und bald darauf medizinischer Leiter des Hospizes von Petaluma, meiner Heimatstadt.

Ich lernte schon früh, dass ich mich gut für Aufgaben eigne, die mit dem Ende des Lebens zu tun haben. Ich brachte eine sanfte Präsenz, die Bereitschaft zur Übergabe der Kontrolle, wann immer möglich und den echten Wunsch, zu dienen mit an das Bett der Menschen, zu denen ich kam. Ich wurde jedoch rasch von der Intensität dieser Arbeit abhängig und war nach wenigen Jahren bereits ausgebrannt. Fern von den Patienten war ich schnell frustriert, oft verärgert und von zunehmendem Zynismus gekennzeichnet. Ich reagierte mit Zorn auf die von AIDS verursachte Verwüstung, auf die Ausgrenzung sterbender Menschen und auf die Gleichgültigkeit meiner Gemeinde. Von diesem Zorn getrieben leistete ich gute Arbeit, verletzte aber auch manche Menschen. Als ich schließlich selbst zum Opfer des Zorns einer anderen Person wurde, kam dieser Pfad des Zorns zu einem plötzlichen und abrupten Ende.

Eine meiner größten Schwächen als Arzt bestand darin, dass ich naiverweise glaubte, es sei möglich, Arzt wie auch Freund derselben Person zu sein. Die unvermeidliche Krise trat 1993 ein, als ein Patient, der auch ein Freund war, beiden Formen unserer Beziehung nicht mehr vertraute. Bei unserem letzten Besuch in der Klinik, nach dem wir seine Versorgung einem anderen Arzt zu übergeben beschlossen hatten, bat er mich, ein Medikament zu verschreiben, mit dem er sich für einen möglichen Selbstmord bevorraten konnte. Als ich mich weigerte, wurde er äußerst wütend. Einige Tage später schrieb er einen Brief, in dem er mich fälschlicherweise sexueller Übergriffe beschuldigte und sandte ihn an jeden Menschen, der Macht über mich hatte – an meine beiden Vorgesetzten an der HIV-Klinik und am Hospiz, an das örtliche Krankenhaus, an die Gesundheitsbehörde des Staates und sogar an eine Lokalzeitung. Während der nächsten eineinhalb Jahre kämpfte ich darum, meine medizinische Lizenz zu behalten, nur um etwas ebenso Wertvolles zu verlieren: mein Verlangen danach, ein Arzt zu sein. Wenn es irgendeinen anderen vernünftigen Weg für mich gegeben hätte, wäre mein Rückzug aus der Medizin sicher gewesen.

Doch das Glück gewährte mir eine einjährige Atempause. Eine medizinische Gesellschaft in Japan lud mich ein, in den dortigen Bergen an einer Schule für Medizin zu unterrichten. Ich lebte ein Jahr lang alleine, ohne die Verantwortung der Versorgung von Patienten und ohne die Verwicklungen unserer eigenen Kultur, was mir ermöglichte, mit dem langsamen Prozess der Heilung zu beginnen. Nach meiner Rückkehr nahm ich widerstrebend die Arbeit mit meinen Patienten wieder auf, nur um festzustellen, dass ich ein vollkommen anderer Arzt geworden war. Der leidenschaftliche junge Doktor, der jegliche Berufskleidung mied, hatte sich in einen zugeknöpften Arzt mittleren Alters verwandelt, der die Krawatte wie einen Schutzschild trug. Ich akzeptierte diese Veränderung als notwendig, wusste aber auch, dass ich keine Bestleistungen mehr würde bringen können, ehe ich nicht wieder in der Lage war, persönliche Risiken einzugehen. Ich war einfach noch nicht bereit dafür.

Einige Jahre nach meiner Rückkehr machte mir die Vorsehung ein weiteres Geschenk. Zwei Freunde, die beide mit mir am Hospiz arbeiteten, nahmen im Abstand von wenigen Monaten an einer viertägigen Fastenzeremonie in der Wüste teil. Nach ihrer Rückkehr erzählte mir jeder von ihnen in allen Einzelheiten, was ihnen dabei widerfahren war. Von der ersten Geschichte war ich fasziniert; die zweite schließlich nahm mich völlig gefangen. Ich fragte mich, ob dies ein Weg zur Bewertung der in den vergangenen Jahren vollzogenen Heilung sein konnte, ein Weg, der mich in eine neue Art der medizinischen Praxis vorantreiben könne. So unterschrieb ich sechs Monate im Voraus die Anmeldung für ein über den bevorstehenden Jahreswechsel hin stattfindendes Wildnisfasten.

Ich begann, mich ernsthaft darauf vorzubereiten, indem ich meine Freunde und mir nahestehende Kollegen bat, mir bei der Erforschung dessen zu helfen, was es für den alten Arzt bedeuten könnte, wenn er starb. Mein Zorn war längst abgeflaut, aber meine Abneigung dagegen, Risiken einzugehen, stellte das sicherste Zeichen dafür dar, dass ich noch immer ein Opfer dieser alten Wunden war. Der einzige Weg voran schien im Aufräumen der Trümmer der Vergangenheit zu bestehen. Der zornige junge Arzt musste sterben und begraben werden – aber damit er auch ruhen konnte, würde ich die harte Arbeit der Vergebung leisten müssen. Das wurde zur primären Absicht meiner Wüstenwache.

Vier Tage lang erinnerte, schrieb, malte und betete ich in der Wüste und sagte immer wieder laut: „Ich vergebe dir" oder „Es tut mir leid, bitte vergib mir." In der vierten und letzten Nacht der Fastenzeit – als ich alleine in der Wahrheit dessen stand, wer ich jetzt und zuvor war – starb dieser zornige junge Arzt schließlich. Als die Sonne am folgenden Morgen über den Gipfeln der zerklüfteten Funeral Mountains aufstieg, wurde ein neuer Doktor geboren.

Es dauerte mehrere Monate, bevor ich zu artikulieren beginnen konnte, wer dieser neue Arzt war und worin seine Berufung jetzt bestand. Die deutlichsten Zeichen dieser Veränderung waren vielleicht bei meinen Hausbesuchen zu erkennen. Da ich gerade selbst „gestorben" war, verfügte ich über ein größeres Einfühlungsvermögen in tatsächlich sterbende Menschen. Ich stellte fest, dass ich mit ihnen größere emotionale Risiken einging und meine Besuche immer länger ausdehnte. Jetzt wurde meine Arbeit jedoch von einem reiferen Sinn für Grenzen geleitet. Ich besuchte diese Menschen in dem Wissen, dass ich nur ihr Arzt, aber nicht ihr Freund war.

Ich war begeistert von der Art, wie das Fasten zur Jahrtausendwende meine Hospizarbeit verändert hatte, aber darüber hinaus auch ebenso von der Möglichkeit fasziniert, die Erfahrungen mit dem Ende des Lebens in die Wildnisarbeit einzubringen. Natürlich sind symbolisches und buchstäbliches Sterben nicht dasselbe; dennoch haben beide eine tiefe Verbindung miteinander, die zu erforschen ich entschlossen war. Gegen Ende des Jahres 2000 befand ich mich wieder im Tal des Todes, um einer anderen Gruppe als Assistent im Basislager zu dienen. Im darauffolgenden Sommer vollendete ich eine formellere Form der Ausbildung zum Wildnisführer. Bald danach begann ich, eigene Gruppen in die Natur zu begleiten.

Im Januar 2003 vereinte sich meine Arbeit am Hospiz auf höchst unerwartete Weise mit der in der Wildnis. Ich erhielt eine Email von Patrick Clary, einem Freund und Hospizarzt, der einen Monat zuvor selbst mit Steven und Meredith vier Tage in der Wüste gefastet hatte. Patrick zufolge litt Steven unter einer erblichen Lungenkrankheit, die sich rapide verschlechterte, und sein Arzt hatte ihm geraten, an einen Ort zu ziehen, der auf Höhe des Meeresspiegels liegt. Steven und Meredith planten, in eine Stadt in meiner Nähe zu gehen und suchten einen neuen Arzt für Steven. Aus Patricks Nachricht ging nicht hervor, ob Steven umzog, um länger leben zu können, oder um sich auf den Tod vorzubereiten. Ich sollte bald erfahren, dass beides zutraf. Steven griff noch immer nach dem Leben, war aber auch schon aktiv mit der Vorbereitung auf den ihm bevorstehenden Tod beschäftigt. Das und viel mehr sollte ich während einer Reihe von Hausbesuchen erfahren, die sich in den letzten vier Monaten von Stevens Leben ereigneten. Im Verlauf dieser Zeit verschmolzen die beiden Welten, zwischen denen ich eine Brükke zu schlagen versucht hatte – das Hospiz und die Übergangsriten in der Wildnis – zu einer Einheit.

Dieses Buch enthielt anfangs nicht mehr als eine Wiedergabe der Besuche bei Steven und Meredith. Doch ich erkannte schon sehr früh während des Schreibens, dass es eine viel größere Geschichte erzählen sollte. Die Vereinigung dieser beiden Welten hatte bereits drei Jahrzehnte zuvor begonnen, denn die Eröffnung des ersten Hospizes in Amerika fand im selben Jahr statt, in dem auch Steven und Meredith mit dem Ritual von Tod und Wiedergeburt des Wildnisfastens zu experimentieren begannen – 1974. Das war mit Sicherheit kein reiner Zufall. Beide Anfänge waren ein Teil desselben modernen Wiedererwachens, der Wiederentdeckung der verlorenen Kunst des Sterbens. An Stevens Totenbett verschmolzen diese beiden Welten miteinander. Deshalb schildert dieses Buch den umfassenderen historischen Ablauf dieser Vereinigung wie auch die Geschichte von Stevens letztem Übergang.

Ich begreife erst jetzt, wann dieses Buch wirklich konzipiert worden ist. Die frühesten Andeutungen der Verschmelzung dieser beiden Welten miteinander hatte ich tatsächlich bereits einige Jahre vor der Begegnung mit Steven und Meredith wahrgenommen. Damals, als ich im Tal des Todes auf einem Felsgrat saß und in der Morgendämmerung eines neuen Jahrtausends den Sonnenaufgang über den Funeral Mountains beobachtete.

Scott Eberle, Petaluma, Kalifornien

HISTORISCHE ANMERKUNG

Die Hauptthemen dieses Buchs – die Straße der Entscheidung, die Todeshütte, der Bestimmungskreis und der Große Ballspielplatz – sind uralten Lehren entliehen, die davon handeln, wie man gut stirbt (und daraus folgend gut lebt). Diese Lehren haben in den Ballspielplatz-Zeremonien ihren Ursprung, welche die alten Mayas durchführten, um dem Ballspieler dabei zu helfen, sich auf ein hochritualisiertes Spiel vorzubereiten, dass an seltenen Festtagen in einem Opfertod gipfelte. Später wurden diese Lehren überarbeitet, um jeden Menschen zu führen, der sich einem natürlicheren Tod nähert: die Alten, die tödlich Verwundeten oder die Schwerkranken. Schließlich waren diese Lehren über ein gutes Sterben weiter verbreitet als das Ballspiel selbst.

Die Ursprünge des Großen Ballspielplatzes lassen sich bis in die Zeit um 1500 vor Christus zurückverfolgen, als die Olmeken – die Mutterzivilisation Mittelamerikas – den Gummi entdeckten. Mithilfe des Gummiballs erfanden die Olmeken eine rudimentäre Version eines Ballspiels, dessen zeremonielle Bedeutung während der kommenden Jahrhunderte stetig zunehmen sollte. Um 800 A.D. spielten es die Mayas auf einem zeremoniellen Ballspielplatz, der üblicherweise Teil einer Tempelanlage war. Ähnlich wie ein modernes Basketballfeld hatte auch ein Ballspielplatz zwei einander gegenüber liegende abschüssige Wände, an denen jeweils ein Steinring hing. Die genauen Regeln des Spiels sind nicht bekannt, aber das Ziel bestand darin, den Ball durch den gegnerischen Ring zu werfen. Die Ballspielplatz-Kultur verbreitete sich in ganz Mittelamerika; Variationen dieses in höchstem Maße ritualisierten Spiels wurden auch von den Azteken, den Zapoteken und den Tolteken durchgeführt. Alleine in Mexiko sind mehr als sechshundert solcher Ballspielplätze ausgegraben worden.

Für die Mayas symbolisierte der Kampf zweier gegnerischer Mannschaften die Schlacht des Lebens gegen den Tod – eine Symbolik, die an manchen Festtagen sehr real umgesetzt wurde. Joseph Campbell zufolge wurde der Mannschaftsführer des siegreichen Teams auf dem Großen Ballspielplatz von dem der Verlierermannschaft enthauptet – ein Opfer, das den „Gewinner" in einen Gott verwandelte[1]. Auch wenn Menschenopfer für unsere moderne Vorstellung unbegreiflich sind, legt diese Geschichte eine Vertrautheit mit dem Tode nahe, die unserer Weltanschauung völlig fehlt. „Die Zeiten haben sich verändert", schrieb Steven Foster ein paar Monate vor seinem Tod. „Wenn es heute ein solches Spiel gäbe, müssten die Verlierer sterben. Die Erlangung von Unsterblichkeit wäre ein untergeordneter Faktor."[2]

Obwohl in Nordamerika keine Ballspielplätze gefunden worden sind, haben sich diese uralten Lehren bis in Ebenen des mittleren Westens verbreitet. Der Version der Nord-Cheyenne zufolge umfasst eine bewusste Vorbereitung auf den Tod vier psychospirituelle Phasen. Die erste besteht darin, die Straße der Entscheidung zu betreten, wozu die Erkenntnis des nahenden Todes sowie die Annahme dieser Tatsache gehören. Menschen, die in einem Zustand heftiger Leugnung verbleiben oder eines plötzlichen Todes sterben, werden diesen kritischen ersten Schritt höchstwahrscheinlich verpassen und die anderen drei Phasen nie erreichen. Doch für Menschen, die bewusst anerkennen, dass ihr Tod naht, führt die Straße der Entscheidung als nächstes zur Todeshütte.

Die Todeshütte ist ein Ort, an dem die sterbende Person letzte Besucher empfängt. Falls in der Beziehung zu diesen Menschen noch alte Verletzungen bestehen, gibt es hier ein letztes Mal die Chance, zu vergeben und Vergebung zu erhalten. Wenn der Sterbende und sein Besucher dies in der Vergangenheit bereits getan haben oder bei dieser letzten Begegnung auf eine gute Weise durchführen können, werden sie ihre Liebe und Dankbarkeit besser zum Ausdruck bringen und auch besser Abschied nehmen können.

Die Straße der Entscheidung führt von der Todeshütte als nächstes zum Bestimmungskreis, einem Ort, der sich jenseits der Welt der Menschen befindet. Hier ist die sterbende Person aufgerufen, Rückschau auf ihr Leben zu halten und sich ehrlich sowohl an vergangene Erfolge als auch an Fehlschläge zu erinnern. Religiöse Menschen führen diese Zusammenfassung üblicherweise vor einer Gottheit durch. Agnostiker oder Atheisten tun es meist alleine.

Die Straße der Entscheidung endet am Großen Ballspielplatz, wo jeder Mensch mit den Herren des Todes „Ball spielt". Ein Ort des Übergangs – zwischen der Welt der Lebenden und jener der Sterbenden – ist vielen religiösen Traditionen zu eigen; zwei Beispiele dafür sind das christliche Fegefeuer und die Bardos der Buddhisten. Auch die Hospizwelt kann als realer Ort des

---

1)   Joseph Cambell und Bill Moyers, *Die Kraft der Mythen* (Patmos 2007)
2)   Steven Foster, *Ithaka: Ein Buch für Männer auf ihrem Weg nach Hause* (Arun 2004)

Übergangs gesehen werden, denn hier kann sich ein Mensch an der Schwelle des Todes zwischen der Interaktion mit den Lebenden und der inneren Vorbereitung auf den Tod hin und her bewegen. Auf diese Weise kann der physische Körper als „Ballspielplatz" betrachtet werden, auf dem der Mensch seinen finalen Tanz mit dem Tod durchführt.

Die vierteilige Allegorie des Großen Ballspielplatzes wird in diesem Buch ausgiebig verwendet, denn sie bietet aufrüttelnde Metaphern für die Sterbeerfahrung und ist ein wesentlicher Bestandteil der Geschichte von Steven Foster. Das wäre jedoch nicht Grund genug gewesen, um die Allegorie als Struktur des gesamten Buches zu rechtfertigen. Ich tue das, weil die Allegorie von etwas Universellem spricht: der „Kunst des Sterbens", einer Kunst, die im Verlaufe des vergangenen Jahrhunderts von vielen Menschen vergessen worden ist. Betrachten Sie dieses Buch als einen kleinen Beitrag zu einem neuzeitlichen Wiedererwachen.

DAS LIED DER DUNKLEN GÖTTIN

STERBEN KÖNNEN
HEISST LEBEN LERNEN

Um im Tod gesegnet zu sein,
muss man leben lernen.

Um im Leben gesegnet zu sein,
muss man sterben lernen.

VORWORT

Dienstag, der 6. Mai
„Ich habe keine Angst vor dem Tod. Nein, es ist das Sterben, das ich fürchte."

Ich bin sicher, das waren Stevens Worte, sage ich mir. Aber wann war das? Bei meinem ersten Besuch? Oder später erst? Vielleicht war es, als er diese furchtbaren Halluzinationen hatte. Ich bin nicht sicher.

Der Fluss der Gedanken in meinem Kopf ist stetig und eilt voran wie der Verkehr, der mich hier auf der Geary Street gerade umgibt. Die einzige rote Ampel, die ihnen eine Pause verschafft, ist das neonfarbene Aufflackern von Stevens Worten: „Ich habe keine Angst vor dem Tod. Nein, es ist das Sterben, das ich fürchte." Ich bin wieder an sein Bett gerufen worden, in den Wald aus Redwood-Bäumen am Osthang des Mt. Tamalpais. Dieser vierte Besuch wird der letzte sein. Steven Foster stirbt nun.

Nach mehreren Stunden des Regens sind die Straßen glitschig. Auf dem dünnen, glänzenden Wasserfilm kann bereits das geringste Schlittern zu einem Unfall und zum plötzlichen Tod führen. *Konzentriere dich*, sage ich zu mir selbst. *Sei Jetzt Hier.*

„Sei Jetzt Hier" ist die eine große Lektion der Hospizarbeit. Dem sterbenden Menschen, der nur noch so wenig von der kostbaren Zukunft vor sich hat, bleibt nur der gegenwärtige Augenblick. Da er nichts mehr „tun" kann, bleibt ihm nur noch, zu „sein". Und dasselbe gilt für jeden, der an das Totenbett eines anderen Menschen gerufen wird. Geh hin und sei präsent. In jedem Augenblick, so, wie er gerade kommt. Sei Jetzt Hier.

Sei jetzt hier und pass' gefälligst auf! blaffe ich mich selbst an. Ich überfliege mit dem Blick meine Umgebung. Ein großer weißer Möbelwagen weiter vorne biegt links ab. Ein Mann in einem grauen Anzug ist dabei, die Straße zu überqueren.

Trotz meiner Selbst-Ermahnungen blitzt immer wieder die Erinnerung an den Telefonanruf in mir auf, mit dem mich Meredith, die seit fast dreißig Jahren Stevens Frau ist, vor einer halben Stunde an sein Bett gerufen hat. Ich saß gerade in der verbrauchten Luft eines Konferenzraums im Hotel Nikko in San Francisco, umgeben von etwa einhundert anderen Ärzten und Schwestern. Ich hatte einen ganzen Morgen voller medizinischer Fakten in meinen Kopf gestopft und versuchte nach einem aus einer vegetarischen Pasta bestehenden Mittagessen, das mir schwer im Magen lag, nach mittelprächtig-besten Kräften, noch einem weiteren Redner aufmerksam zuzuhören. Doch dann kam die Nachricht von Meredith und weckte mich wieder auf. Das Vibrieren meines Piepsers kitzelte die Seite meines Bauchs und rief mich erst zum Telefon und dann an Stevens Seite.

Pass' doch auf, schimpfte ich mich wieder selbst. Ich sehe das Straßenschild der Polk Street nur wenig voraus. *Okay, die nächste ist Van Ness. Langsamer jetzt.* Ich bringe das Auto vollständig zum Stillstand, schaue sorgfältig nach links und biege dann langsam rechts ab.

Steven hat keine Angst vor dem Tod? Das war leicht zu glauben.

Dem nach zu urteilen, was Steven geschrieben und gesagt hat, ist der Tod sein größter Lehrer gewesen. Am Tag, als er seine Diagnose sowie seine Prognose erhielt – eine unheilbare Lungenerkrankung mit noch einigen wenigen Jahren Lebenserwartung – gab er seinem Lehrer einen neuen Namen. „Die Dunkle Göttin" nannte er ihn. „Von heute an beginne ich, um Zeit zu beten", schrieb er an diesem Tag. „Ich will, dass mir die Göttin mehr Zeit gibt."[3]

Jahrelang hatten Steven und Meredith die Weisheit dieser größten aller Lehrerinnen weitergegeben, indem sie Menschen in die Wüste gebracht und ihnen dabei geholfen hatten, ein Ritual von Tod und Wiedergeburt auszuführen, das die Essenz eines jeden Übergangsritus darstellt. Sie wussten, dass man dann, wenn man „Jetzt Hier Sein" will, seine alte Lebensweise „sterben" lassen muss, damit man in dieses neue Leben, in jeden neuen gegenwärtigen Moment „wiedergeboren" werden kann. Aus der Weisheit indigener Kulturen auf der ganzen Welt schöpfend, schufen sie eine Vielzahl von Zeremonien – die Tageswanderung, die Nachtwanderung, die Unterweltreise, die Erdhütte – von denen jede einzelne in den Lektionen über das Leben und Sterben verwurzelt ist, die in der natürlichen Welt gefunden werden können. Die wichtigste davon war die Visionssuche.

Als ich mich der Abzweigung zur Lombard Street nähere, kehrt meine Aufmerksamkeit wieder zum Autofahren zurück. *Wo muss ich nochmal links abbiegen? Nein, nicht in diesem Block, im nächsten erst.* Wieder verlangsame ich das Auto bewusst, bevor ich abbiege.

Du hast viel Zeit, um hinzukommen, versichere ich mir selbst. *Das ist kein Blaulichtalarm im Krankenhaus.* Ich stelle mir vor, wie ich in den OP-Kittel

---

3) Steven Foster, *Under the Skirt of the Dark Goddess* (unveröffentlichte Autobiografie)

gekleidet in Richtung eines Raums, in dem jemand stirbt, einen dämmrig beleuchteten Flur entlang renne, während über mir Sirenen plärren. *Nein, dies ist eine Totenwache. Viel Zeit, um dazusitzen, zuzuhören und zu beobachten. Viel Zeit, zum Jetzt Hier Sein.*

Die nächste Ampel wird rot, und ich halte an.

Nein, warte, sage ich mir selbst, *ich gehe nicht zu einer Totenwache. Das hier ist eine Sterbewache.* Sterben – das hat Steven am meisten gefürchtet.

Bei meinem ersten Hausbesuch galten Stevens heftigste Worte seiner Angst. „Erstickungsangst" nannte er es. Seine exakt beschreibenden und durchdringenden Worte schienen ebenso in ein zehn Zentimeter dickes medizinisches Handbuch wie auch in die elegante Prosa einer Geschichte von Edgar Allan Poe zu passen. „Ersticken" klingt schon schlimm genug, aber „Erstickungsangst" ist noch furchterregender. Kann es eine schlimmere Angst geben als diese? Natürlich kann es das, wenn man jahrelang davon heimgesucht wird. Diese ständige Angst brachte Steven an einige sehr dunkle Orte. *Wenn ich meinen letzten, keuchenden Atemzug mache*, muss er sich gefragt haben, *wie viel schlimmer wird das sein?*

Ich greife in meine Tasche und fühle die glatte, runde Kante einer Münze – ein deutscher Pfennig, den Steven mir geschenkt hat. Er hatte sie von einer Gruppe deutscher Freunde erhalten, als er das letzte Mal in Europa war, um an der ersten Zusammenkunft internationaler Wildnisführer teilzunehmen. Dort, in einer kleinen Stadt in der Nähe von Freiburg, sang ihm die Gruppe ein altes Lied über den Fährmann Charon vor. „Fährmann, Fährmann, Fährmann hol über …" Charon war der Bootsführer der griechischen Legende, der die Toten auf dem Fluss Styx zum Hades übersetzte. Man sagt, dass die Augen eines Toten in alten Zeiten von einem Familienmitglied geschlossen wurden, während man den Namen des Toten laut aussprach. Dann wurde der Körper auf die richtige Weise gewaschen, und man legte eine Münze unter die Zunge, die Charon als Bezahlung dienen sollte. Wenn die Vorbereitungen nicht gut ausgeführt wurden oder sich keine Münze unter der Zunge des Toten befand, wurde dieser hundert Jahre lang an den Ufern des Flusses Styx zurückgelassen. Steven gab mir den Pfennig, wie er sagte, als Bezahlung für mich, seinen Hospiz-Fährmann.

Die Lombard Street besteht aus einer Reihe schlecht aufeinander abgestimmter Ampeln – jedes rote Licht ist eine weitere Erinnerung daran, langsamer zu fahren und sich gut umzusehen. Beim nächsten Halt schaue ich nach oben und erblicke sich verdunkelnde Wolken, die bald aufzureißen drohen. Als die Ampel auf Grün schaltet, bin ich bereits wieder in meinen Gedanken verloren.

Was ist mit Meredith und ihrer eigenen Angst? frage ich mich. Ich hatte diese Angst am Telefon so klar aus ihrer Stimme heraushören können, wie sehr sie auch versucht hatte, sie zu verbergen. *Was hat sie noch einmal gesagt? Er ertrinkt in seinen eigenen Sekreten? Nein, das war es nicht. Sekret ist Ärztesprache und kein Wort, das sie verwenden würde. War es Schleim? Er ertrinkt in seinem eigenen Schleim? Oder einfach: Er ertrinkt.* Was auch immer sie gesagt hat, der Klang ihrer Stimme hallt immer noch in meiner Brust wieder. Ich sehe sie mit angespanntem Gesicht, verzerrtem Hals und pochendem Herzen vor mir.

Die Angst muss ein Teil dieser Erfahrung sein, weil sei ein wesentliches Element jedes Übergangsritus ist. Das war eine der wichtigsten Lehren von Steven und Meredith: Um die Erfahrung des Sterbens zu simulieren (damit man später wiedergeboren werden kann), muss sich die betreffende Person einer qualvollen Prüfung stellen, die echte Furcht erzeugt – einem Ritual, das dazu führt, dass man sich wie vor der Tür des Todes sitzend fühlt. Deshalb gehören die drei Tabus zu einem Übergangsritus in der Wüste: keine Begleitung, keine Nahrung und keine Unterkunft mit vier Wänden.

Aber das heute ist keine Simulation, sage ich zu mir. *Merediths Angst ist so real, wie sie nur werden kann. Aber was ich am Telefon gehört habe, war nicht nur Angst. Es war Terror. Vielleicht sogar der Rand der Panik.*

Während all der Jahre, die sie miteinander verbracht haben, befand sich Meredith immer in der Rolle der Nüchternen und war Stevens Anker in der Mitte. Sie ermöglichte ihm seine geistigen Höhenflüge und sein regelmäßiges Abtauchen in die Depression. Aber jetzt, im Zuge der anbrechenden Panik, hat sie diese Mitte verloren. Ich beschwöre ein Bild von ihr herauf, das eine Zusammensetzung meiner bisherigen drei Besuche ist. Sie steht an der Seite, ein Bein im rechten Winkel abgebogen und gegen das andere gelehnt. Sie ist immer da im Hintergrund gewesen, immer bereit, die unterstützende Rolle zu übernehmen. Nun ist sie nicht nur Ehefrau und Partnerin beim Unterrichten, sondern sie ist auch zu Stevens Hospiz-Pflegerin geworden. Krankenschwester, Hauspflegehilfe und Seelsorgerin in einem. In diesen vergangenen Monaten hat sie mit Sicherheit mehr als nur einige Momente lähmender Angst erlebt, die ihre eigene Version von Stevens Erstickungsangst waren. Heute habe ich das nur zum ersten Mal miterleben dürfen. Steven ist nicht der einzige, der in eine neue Welt reist. Meredith tut das ebenfalls. Heute findet ihr eigenes Passageritual statt, der Verlust ihres Geliebten und der Übergang in die Witwenschaft. Und bis ihr eigener Tod kommt, könnte das der schwerste Übergang von allen sein.

Die Lombard Street wendet sich nach rechts. Ich bleibe in der langsamen Fahrspur und halte das Lenkrad mit beiden Händen. Ich bewahre einen guten Abstand zwischen mir und dem Auto vor mir. Trotz des drohenden Regens ist die Straße hier trocken und nicht mehr so gefährlich zu fahren.

Plötzlich blitzt ein Bild von Steven vor meinem inneren Auge auf. Aufrecht im Bett sitzend hebt er nach Luft ringend seinen Brustkorb an. Das gurgelnde Geräusch seines Atems erfüllt den Raum.

Gut, dass ich Scopolaminpflaster bestellt habe, beruhige ich mich selbst.

Scopolamin wird oft gegen Reisekrankheit eingesetzt, aber es kann auch die Absonderung von Körperflüssigkeiten verlangsamen. Da es vor allem die Atemwegssekrete minimiert, kann es das für Freunde und Familienangehörige oft so verstörende „Todesröcheln" verhindern.

Aber ein Scopolaminpflaster kann die Flüssigkeit nicht austrocknen, die bereits in seinen Lungen ist, erinnere ich mich. *Morphium ist das einzige, was jetzt noch etwas ausmacht.*

Morphium, der große Schmerzlinderer, ist auch das perfekte Mittel zur Erleichterung von Kurzatmigkeit. Einige Monate zuvor hat Steven es zu „einem Geschenk von Morpheus selbst" erklärt. Morpheus, der Gott der Träume, der Gott des Schlafes. Steven hat schließlich einen Weg zur Linderung seiner Erstickungsangst gefunden. Heute wird er das Morphium mehr als jemals zuvor brauchen. Er ist an dem Ort angekommen, den er solange gefürchtet hat – am Ufer des Flusses Styx.

Die Lombard Street wendet sich nach links und verläuft dann parallel zur Bucht von San Francisco. Ich schaue über die Schutzmauer zu meiner Rechten, um einen Blick auf das Wasser zu erhaschen, aber ich kann nur in der Ferne die Golden-Gate-Brücke erkennen. Ich bin hunderte von Malen über diese Brücke gefahren, aber heute erscheint es mir, als wenn ich sie zum ersten Mal sehen würde. Ich sehe sie – wirklich *sehe sie* – wie noch nie zuvor.

Sie ist ein wunderbares Torii-Tor, begreife ich plötzlich.

Ein Torii-Tor, der Eingang zu einem Heiligtum in Japan, hat dieselbe zinnoberrote Farbe wie die Golden-Gate-Brücke. Und heute befindet sich auf der anderen Seite dieser Überfahrt ebenfalls heiliger Grund, nämlich das Heim, in dem Steven Foster sterbend liegt.

Er bereitet sich für seinen ganz eigenen Übergang vor, erinnere ich mich selbst. *Für den letzten Übergang des Lebens. Und ich bin sein Bootsführer, den er gerufen hat, um ihn auf die andere Seite zu tragen.*

Immer noch in der langsamen Fahrspur passiere ich die Mautstelle und begebe mich auf die Brücke. Hoch über und direkt vor mir ragen die großen Türme auf, während an den Seiten eine Brüstung den Blick auf das kalte Wasser darunter blockiert.

Was ist mit mir? Was befindet sich auf der anderen Seite dieser Brücke, dieses Übergangs?

Plötzlich dreht mir die Angst den Magen um und erinnert mich an Zeiten am Anfang meiner Berufslaufbahn, wenn ich gerufen wurde, um inmitten einer Krise „den Arzt" zu spielen. Aber diese Verantwortung, die Projektionen und Erwartungen sind längst vertraut, ja sogar angenehm geworden. Bis heute, heißt das. Heute hat mich eine neue Version dieser Angst erfasst. Heute bin ich an das Totenbett eines Menschen gerufen worden, um dort mehr als nur „der Arzt" zu sein. Ich bin dazu aufgerufen, mehr zu tun als nur eine Rolle zu spielen. Steven hat von Anfang an darauf bestanden, dass ich alles von mir einbringe. Als Arzt. Schüler. Wildnisführer. Freund. Vertrauter. Bruder. Ja, er hat mich sogar „Bruder" genannt. Und das unglaublicherweise in nur drei Besuchen, die sich im Verlauf von vier kurzen Monaten ereignet haben. Drei Besuche, die bald vier sein werden.

Wohin also führt dieser Besuch? Wohin geht es für mich nach diesem letzten Hausbesuch? *Steven wird sterben. Meredith wird Witwe. Und Scott wird...*

Ich nehme den Fuß ganz leicht vom Gaspedal, als sich die Brücke in Richtung des gegenüberliegenden Ufers zu neigen beginnt.

Ankommen. Das ist es! Scott wird vollständig ankommen und „alles von sich" an die Seite dieses Bettes mitbringen, um seine Arbeit zu tun. *Ja, ich werde ankommen.*

TEIL I

Jeder Mensch, der sich entschließt, an einem Übergangsritus teilzunehmen, hat sich bewusst auf die Straße der Entscheidung begeben, auf den Weg, der letzten Endes zum Bestimmungskreis des Todes führt. Für diese freiwillige Entscheidung muss man ihm Anerkennung und Respekt zollen und ihm dieselbe behutsame Fürsorge zukommen lassen, mit der eine Hebamme eine werdende Mutter umgibt. Nicht jeder entschließt sich freiwillig dazu, sich selbst in einem symbolischen Tod zu opfern. Das Wort „opfern" ist hier in seinem eigentlichen Sinne zu verstehen. Der symbolische Tod schließt immer ein Opfer ein – ein Ende. Dieses Einlassen auf ein Ende, eine Trennung oder einen Abschied ist in Wirklichkeit nichts anderes als eine symbolische Darstellung des wirklichen und möglichen Todes eines jeden Menschen.

Die meisten Menschen ziehen es der Einfachheit halber vor, nicht an die Straße der Entscheidung oder an ihren unvermeidbaren Tod zu denken. Sie halten es für besser, diese absolute Gewissheit mit Illusionen über ihre gegenwärtige Sicherheit, ihren Komfort und ihre Annehmlichkeiten zu verschleiern. Alles ist besser, als sich auf die Straße der Entscheidung zu begeben. Das hat zur Folge, dass sie von all den symbolischen Toden, die ihr Leben mit sich bringt, unvorbereitet überrascht werden. Bei jedem Übergang müssen sie etwas von sich opfern. Sie geben einen Teil von sich auf, sträuben sich jedoch gleichzeitig mit Händen und Füßen dagegen, sich auf die Straße der Entscheidung zu begeben, und dies macht sie unweigerlich zu Opfern, Problemfällen, Belastungen und Störfaktoren für die gesellschaftliche Ordnung. Viele, die in ihren Übergängen oder Durchgängen feststecken, kommen nie heraus.

Steven Foster und Meredith Little, *Visionssuche*[4]

---

4) Steven Foster und Meredith Little, *Visionssuche: Das Raunen des heiligen Flusses. Sinnsuche und Selbstfindung in der Wildnis* (Arun 2002)

DIE STRABE DER ENTSCHEIDUNG

Die natürliche Welt ist eine Straße der Entscheidung
Seit Jahrtausenden wissen indigene Völker auf der ganzen Erde, wie man stirbt – auf symbolische ebenso wie auf körperliche Weise. Wie viele andere Tiere lebten auch sie direkt vom Land und waren so den Launen der Natur ausgesetzt. Man entschied sich nicht explizit dazu, die Straße der Entscheidung zu betreten, sondern das war einfach ein Teil des Lebens. Die natürliche Welt *ist* eine Straße der Entscheidung. Diese Menschen konnten überall um sich herum die Zyklen von Tod und Wiedergeburt beobachten. Die Sonne geht jeden Abend unter, nur um am Morgen wieder aufzugehen. Der Mond nimmt zu einem Nichts ab und wird dann wieder zum Vollmond. Der Herbst verwest zum Tod des Winters, der wiederum der Auferstehung des Frühlings weicht. Eine alte Frau stirbt in der Hütte der Familie, und bald darauf wird im selben Bett ein Kind geboren.

In den frühen Kulturen entstanden bald Rituale, die als Ausdruck dieser Transformationslektion dienten. Die Ältesten wussten, dass der Mensch wie jedes andere Tier auch um das Recht zur Fortpflanzung und zur Weitergabe seiner Gene kämpfen muss. Er muss um das Überleben kämpfen und sich schließlich dem Tod ergeben. In einer Welt voller Chaos und Unordnung führten Zeremonien, die zu bestimmten, strategisch wichtigen Zeiten im Leben gehalten wurden, zu einer gesunden Entwicklung des Einzelnen und unterstützten darüber hinaus das fortdauernde Wohlergehen des ganzen Stammes. Diese Zeremonien waren an allererster Stelle instruktiver Natur. Sie gaben ein Bild des Universums weiter, das mit den Erfahrungen einer bestimmten Gruppe übereinstimmte. Sie erfüllten auch eine transzendente Funktion, indem sie einen Sinn für Ehrfurcht und Dankbarkeit für das Mysterium sowie für das Mystische erweckten, und sie hatten eine ebenso wichtige, begrenzende Aufgabe, die darin bestand, die Normen einer gegebenen moralischen Ordnung einzuprägen und zu unterstützen. Und schließlich boten sie den einzelnen Mitgliedern der Gemeinschaft innerhalb dieses kulturellen Rahmens Anleitung in der Frage, wie man leben und sterben sollte.[5]

Im Jahr 1907 prägte der Anthropologe Arnold van Gennep den Begriff *Übergangsritus* zur Beschreibung der dreiteiligen Reihenfolge, die allen großen Übergängen des Lebens gemeinsam ist: Trennung (*séparation*), Schwelle (*marge*) und Eingliederung (*agrégation*).[6] *Trennung* bedeutet, für eine alte Seinsweise zu sterben, *Schwelle* benennt die Zeit zwischen den Welten, und mit *Eingliederung* ist die Wiedergeburt in ein neues Leben gemeint. Joseph Campbell zufolge ist dieses dreiteilige Schema „die Kerneinheit des Monomythos."[7] Auch wenn die Einzelheiten variieren können, ist doch jeder kulturelle Mythos (und die Lebensgeschichte einer jeden individuellen Person) eine Version der Heldenreise, und jede dieser Reisen besteht aus einer Reihe von großen Übergängen wie Empfängnis und Geburt, der Initiation in das Erwachsensein, Verlobung und Hochzeit, Fortpflanzung und Elternschaft, Ältestenschaft und Tod. „Für Gruppen wie auch für Individuen", schrieb van Gennep, „bedeutet das Leben selbst, abgetrennt und wiedervereint zu werden, Gestalt und Verfassung zu verändern, zu sterben und wiedergeboren zu werden. Es bedeutet, zu handeln und zu enden, zu warten und zu ruhen, um dann wieder mit dem Handeln zu beginnen, aber auf eine andere Weise."[8]

In der heutigen Zeit glauben wir, der körperliche Tod sei eine viel größere Herausforderung als die anderen Übergänge des Lebens, wie die Geburt, die Initiation oder die Hochzeit. Die Völker der Frühzeit haben da keinen derart großen Unterschied gesehen. Für sie war die gesamte natürliche Welt von ewigem Leben erfüllt. Sie veränderte sich ständig und erneuerte sich andauernd; der Tod des physischen Körpers war nur eine weitere Transformation, nur ein weiterer Übergangsritus. Jede Kultur hatte ihre eigene Vorstellung davon, wohin die Menschen nach dem Tode gehen. Von der ersten schriftlichen Darstellung des Nachlebens vor etwa viertausend Jahren an[9] haben die meisten dieser frühen Mythen einige grundlegende Elemente gemeinsam: ein Hindernis in Form eines Berges, ein Fluss, ein Boot samt Bootsfüh-

---

5)   Campbell und Moyers, *Die Kraft der Mythen*

6)   Arnold van Gennep, *Übergangsriten(Les Rites de Passage)*, Campus 2005

7)   Joseph Campbell, *Der Heros in tausend Gestalten* (Insel 1999)

8)   van Gennep, *Übergangsriten*

9)   Die erste bekannte gedruckte Darstellung von einem Land der Toten befindet sich auf gebakkenen Tontafeln aus dem alten Sumer, und zwar im Euphrat-Tigris-Tal nördlich des Persischen Golfs (Alice K. Turner, *The History of Hell*. Harcourt Brace & Company, New York 1993).

rer, eine Brücke, Tore und Wächter, ein wichtiger Baum.[10] Unabhängig von besonderen Einzelheiten dieser Geschichten über das Leben nach dem Tod glaubten die meisten Völker der Frühzeit, dass der Tod keineswegs das absolute und finale Lebensende darstellte.

Die Reise der Heldenzwillinge

Auch wenn Geschichtsbücher oft von den Mayas so sprechen, als ob sie nicht mehr existieren würden, sind ihre heutigen Nachfahren noch immer in Teilen von Zentralamerika zu finden. Das zeremonielle Leben dieser Völker hat sich jedoch in den auf die Ankunft der europäischen Siedler und Missionare folgenden Jahrhunderten erheblich verändert. Zwar hat das Volk der Mayas überlebt, doch die hier beschriebene Kultur des Großen Ballspielplatzes ist schon lange verschwunden.

Die uralte Maya-Zeremonie des Großen Ballspielplatzes ist ein Beispiel für ein Volk der Frühzeit, das Geschichten und Rituale verwendet, um den andauernden Kampf zwischen Leben und Tod zu erklären. Die alten Mayas waren Bauern – sie bauten hauptsächlich Mais an – weshalb sich ein großer Teil ihres rituellen Lebens auf Fruchtbarkeitsriten konzentrierte, zu denen auch das zeremonielle Ballspiel gehörte. Der Ball wurde zum Symbol für Sonne und Mond, die in einem großen Bogen über den Himmel ziehen und dann in der Unterwelt verschwinden, während der Ballspielplatz als Übergangsbereich betrachtet wurde – von der Dürre zur Fruchtbarkeit, vom Leben zum Tod, von der mittleren zur unteren Welt, von den Menschen zu den Göttern. Die nächsten physikalischen Entsprechungen für den Großen Ballspielplatz sind in der westlichen Kultur Kirche und Friedhof, wobei den dort durchgeführten Zeremonien allerdings der Fruchtbarkeitsaspekt fehlt, der für das Weltbild der Mayas von so großer Bedeutung war.

Eine der Hauptquellen für unser Wissen über die Art, wie die Mayas den Tod (und das Leben) gesehen haben, ist das *Popol Vuh*, ein „Buch der Toten", das ursprünglich wohl eine Sammlung von Liedern und Geschichten war, die man einst mündlich weitergab und die erst später niedergeschrieben wurden.[11] Das Buch erzählt von den Heldenzwillingen Hunahpu und

---

10) Howard Rollin Patch, *The Other World: According to Descriptions in Medieval Literature* (Harvard University Press, Cambridge 1950)

11) Die erste Niederschrift des Popol Vuh ist anonym und wurde in der Sprache der Quiché-Mayas unter Verwendung der lateinischen Schrift angefertigt – etwa fünfzig Jahre, nachdem die spanischen Eroberer alle lokalen Bücher verbrannt hatten. Über ein Jahrhundert später wurde es entdeckt und von einem spanischen Priester übersetzt. Eine Kopie dieser Übersetzung tauchte 1857 in Wien wieder auf und wurde dort veröffentlicht. Es gibt eine Vielzahl von Übersetzungen, aber hier wird die

Xbalanque und ihrer Reise in die Unterwelt der Mayas. Jeder dieser furchtlosen Zwillinge ging zum Großen Ballspielplatz und spielte dort gegen die Herren des Todes, Hun-Came und Vucub-Came, um Leben oder Tod, und jede Nacht mussten sie eine Reihe gleichermaßen bedrohlicher Herausforderungen überleben. Die erste Nacht verbrachten sie im Haus der Düsterkeit, „wo nie ein Licht geschienen hat", gefolgt von Nächten im Haus der Messer, im Haus der Kälte, im Haus des Jaguars, im Haus des Feuers und im Haus der Fledermäuse.

Während des ersten Spiels, das die Zwillinge auf dem Großen Ballspielplatz bestritten, nachdem sie die Nacht im Haus der Düsterkeit überlebt hatten, ereignete sich ein aufschlussreicher Moment. Da die Herren des Todes die beiden Jungen so rasch wie möglich töten wollten, bestanden sie darauf, ihren eigenen Ball zu verwenden. Sowie das Spiel begann, zogen sie ihre Opfermesser und näherten sich den beiden. „Der erste Wurf, und ihr wollt uns töten?" sagte daraufhin einer der Jungen. „Wir dachten, ihr wollt Ball spielen. War das nicht, was euer Bote sagte?"[12] Als die Jungen zu gehen drohten, stimmten die Herren zu, den Ball der Zwillinge zu verwenden. Jetzt, wo das Spiel unter Bedingungen fortgesetzt wurde, die den Jungen eher gerecht wurden, wiesen diese eine große Gewandtheit und Schnelligkeit auf. Sie warfen den Ball durch den Ring der Herren und gewannen das Spiel. So überlebten sie ihre erste schwere Prüfung auf dem Großen Ballspielplatz.

Der Text teilt uns mit, dass die Zwillinge mit dem Ball des Todes von übergroßer Furcht vor dem Tod befallen worden wären und „für die Würmer gespielt" hätten, anstatt „den Kopf [des Jaguars] sprechen" zu lassen.[13] Ein Mensch, der die Welt aus dem Blickwinkel des Wurms betrachtet, versucht oft, all jene Risiken zu meiden, die mit Veränderung und Selbsterneuerung einhergehen. Da er sowohl auf symbolischer als auch auf körperlicher Ebene Angst vor dem Sterben hat, ist er nicht imstande, „alles von sich" in die unterschiedlichen Herausforderungen des Lebens einzubringen.

Im Gegensatz dazu entschieden sich die Heldenzwillinge, für den Jaguar zu spielen, was ein wesentlicher Ausdruck dafür ist, wer sie waren und welche Lehren sie für ihr Volk verkörperten. Die Welt der Natur ist die Straße der Entscheidung, auf der viele Gefahren lauern – Düsterkeit und Kälte, Jaguare und Fledermäuse, Messer und Feuer. Wie gut die Zwillinge auch im-

---

von Ralph Nelson verwendet (*Popol Vuh: The Great Mythological Book of the Ancient Maya*, Houghton Mifflin, Boston 1974).

12) Nelson, *Popol Vuh*
13) Ebenda.

mer mit diesen Bedrohungen umgehen konnten, so wussten sie doch immer, dass auch sie eines Tages würden sterben müssen. Aber jeder von ihnen war entschlossen, in jede neue Herausforderung „alles von sich" einzubringen: Furchtlosigkeit, List und Scharfsinnigkeit, die Bereitschaft, die Hilfe von Tierverbündeten anzunehmen und eine ungewöhnliche Fähigkeit, sich in jede Gestalt zu verwandeln, welche die Situation gerade erforderte. Sie waren bereit, symbolisch zu sterben und neu wiedergeboren zu werden, um sich auf diese Weise noch besser für das öffnen zu können, wozu sie das Leben als nächstes herausfordern würde. Dennoch wussten sie nach wie vor, dass sie eines Tages auch körperlich sterben mussten – dass die Herren des Todes unvermeidlich den Sieg davon tragen würden. „Für den Jaguar spielen" ist eine andere Art auszudrücken, dass sich die Zwillinge bewusst auf die Straße der Entscheidung begeben hatten, und zwar in voller Anerkennung der Tatsache, dass diese Straße in den Tod führen muss.

Das große Vergessen

Die moderne Kultur nimmt zwar für sich in Anspruch, einen wissenschaftlichen Zugang zu den Fragen von Leben und Tod zu haben, aber dennoch verfügen wir über eigene Rituale zur Bewältigung unserer Vergänglichkeit. Die Hauptstrategie, die wir in den vergangenen Jahrhunderten zu diesem Zweck entwickelt haben, besteht darin, uns mehr und mehr von allen Zyklen des Wandels abzutrennen. Strahlende Beleuchtung, Zentralheizungen, Klimaanlagen und die uns umschließenden Wände schützen uns vor den Wetterextremen – den Häusern der Düsterkeit, der Kälte und des Feuers. Großflächige Landwirtschaft, abgepacktes Fleisch und Einkaufsmärkte koppeln uns vom steten Kampf der Nahrungskette um das Leben ab – die Häuser des Jaguars, der Fledermäuse und der Messer. Indem wir unsere Ältesten alleine leben lassen und unsere Kranken in eigens dafür aufgebauten Institutionen lagern, schirmen wir uns vom Blut und Erbrochenen der Krankheit, dem Dahinschwinden des Körpers und den Verwesungsgasen des Todes ab – dem finalen Spiel auf dem Großen Ballspielplatz. Am verheerendsten ist vielleicht, dass die passive Großbildschirm-Unterhaltung eine authentische Tradition des Geschichtenerzählens ersetzt hat, die uns dabei helfen könnte, die überwältigenden Veränderungen zu begreifen, die uns sowohl innerhalb als auch außerhalb von uns noch immer umgeben – die mündliche Weitergabe des *Popol Vuh*. Im Streben nach der Sicherstellung unseres leiblichen Wohls vergessen viele von uns, dass wir genau das sind – leibliche Geschöpfe. Wir sind leibliche Geschöpfe und haben die Bestimmung, uns zu verändern und zu sterben.

Im Zeitalter der modernen Medizin hat die Mechanisierung des Todes ein besonders extremes Maß erreicht. Vor dem zwanzigsten Jahrhundert starben die meisten Menschen zu Hause, umgeben von ihrer Familie und ihren Freunden. Doch in nur wenigen, kurzen Jahrzehnten entwickelten Ärzte die furchteinflößende Fähigkeit zur Heilung vieler Krankheiten, weshalb der natürliche Tod schon bald durch den mechanistischen Tod des modernen Krankenhauses ersetzt wurde. Um nach dem Messingring des ewigen Lebens greifen zu können, muss der kranke Mensch seitdem in das technologische Karussell eines Krankenhauses einsteigen und auf diese Weise die Chance auf einen ruhigen Tod zu Hause aufgeben.[14] Der Fokus medizinischer Behandlung hat sich vom Patienten – einem menschlichen Wesen mit einer Lebensgeschichte – zur Lösung von Problemen verschoben. Ärzte betrachten Krankheiten mittlerweile als eine mechanische Betriebsstörung, das Altern als unnatürlich und den Tod als den ultimativen Misserfolg. Sie konzentrieren sich derartig darauf, die Technologie zu meistern, dass sie sich keine Zeit mehr dafür nehmen, Patienten bei der Entscheidung für oder gegen die geplanten Behandlungen zu helfen. Im schlimmsten Fall führt diese Unfähigkeit zur Kommunikation dazu, dass Ärzte die Menschen in Bezug auf lebensbedrohliche Diagnosen routinemäßig belügen.[15]

Dieser mechanistische Zugang zur medizinischen Versorgung erreichte seine extremste Ausprägung mit der Erfindung der Herz-Lungen-Reanimati-

---

14)   In den Anfangsjahren nach ihrer Erfindung hatten amerikanische Karussells einen Kasten, der nur für jene erreichbar war, die ganz außen auf dem Karussell saßen. Darin befanden sich Messingringe. Man streckte sich nach dem Kasten und versuchte, während der Fahrt einen dieser Ringe herauszufischen. Gelang das, erhielt man eine Freifahrt und konnte das Ganze noch einmal versuchen. [A.d.Ü.]

15)   Nur ein Beispiel: Eine 1961 von Donald Oken durchgeführte Studie stellt fest, dass 88 Prozent aller Ärzte in einem Krankenhaus in Chicago die Gewohnheit hatten, Krebspatienten nicht die wahre Diagnose zu nennen. 56 Prozent davon sagten, sie würden selten bis nie eine Ausnahme von dieser Vorgehensweise machen. Obwohl sie die Wahrheit in derart hohem Maße anderen Menschen vorenthielten, sagten satte 60 Prozent von ihnen, sie selbst würden von einem anderen Arzt informiert werden wollen, wenn sie Krebs haben sollten. Sie täuschten zwar ihre Patienten, doch ihre Motive waren recht ehrenhaft. Viele sprachen davon, dass eine Krebsdiagnose dem Patienten „die Hoffnung nehmen" würde (1961 hatten Krebserkrankungen weit öfter als heute einen tödlichen Ausgang). Mehr als drei Viertel dieser Ärzte gaben als Hauptbestimmungsfaktor für diese Geheimhaltungspraxis „klinische Erfahrung" an. Die in der Untersuchung erhobenen Daten wiesen jedoch keine Beziehung zwischen dem Wunsch zur Verschleierung oder der Offenlegung einer tödlichen Diagnose und dem Alter des Arztes bzw. seiner Berufserfahrung auf. Vielmehr übten diese Ärzte ihren Beruf in einer Zeit aus, in der die kulturelle Verschleierung des Todes so beherrschend und tiefgreifend war, dass keine andere Vorgehensweise möglich schien (Donald Oken, *What to Tell Cancer Patients: A Study of Medical Attitudes*, JAMA 1961).

on (HLR).[16] Innerhalb von nur wenigen kurzen Jahren wurden die üblichen letzten Riten des Krankenhauses zu einer ziemlich grausigen Angelegenheit. Eine Person wird tot oder sterbend in einem Klinikzimmer aufgefunden. Jemand löst die heulende Sirene aus, die einen Schwarm von Ärzten und Krankenschwestern an das Bett ruft. Ein Mediziner brüllt Anweisungen, ein anderer pumpt Luft in die leblosen Lungen und ein paar weitere wechseln sich dabei ab, auf die fragile Brust der sterbenden Person einzuschlagen, wobei sie hörbar Rippen brechen. Wenn der Tod dann dennoch eintritt, wird weder gebetet, noch werden Geschichten über den verstorbenen Menschen erzählt. Stattdessen überlässt man es dem jüngsten Mitglied des Teams, einem nervösen Arzt im Praktikum, mit der Familie zu sprechen, die aufgrund der Krankenhausregeln von dieser gruseligen Szene ausgeschlossen worden ist. In der Hoffnung, den Sieg direkt aus den knöchernen Händen des Todes zu stehlen, hat die westliche Kultur einen Totenritus geschaffen und sanktioniert, der – abgesehen vom Krieg – so ziemlich das Barbarischste ist, was wir seit vielen Jahren zu Gesicht bekommen haben.

Während des vergangenen Jahrhunderts ist die zivilisierte Kultur des Westens weiter von der Straße der Entscheidung abgekommen als jedes andere Volk in der menschlichen Geschichte zuvor. Wir verbringen den größten Teil unseres Lebens in hygienisch gereinigten Wohnungen und Büros, aus denen alle Anzeichen für Vergänglichkeit und Tod entfernt worden sind. Wenn dann doch ein geliebter Mensch stirbt, reagieren wir oft ungläubig („Wie konnte das nur geschehen?"). Seines Körpers entledigen wir uns danach schnell und mit nur einem Minimum an Ritualen. Unsere Freunde und Kollegen wiederum erwarten von uns, dass wir die Trauerphase in ein paar kurzen Wochen hinter uns bringen, als wenn man das wie einen Sommerurlaub im Kalender einplanen könnte.

Wenn wir selbst mit einem der großen Lebensübergänge konfrontiert werden, erweisen wir uns als ebenso unvorbereitet. Unsere Kultur der extremen Verleugnung hat uns gelehrt, das Ideal eines sicheren und stabilen Lebens zu

---

16)   Das moderne Zeitalter der HLR begann 1960 mit einem Bericht von Kouwenhoven und seinen Kollegen, der besagte, dass 70 Prozent aller Patienten, an denen Wiederbelebungsmaßnahmen ohne Öffnung des Brustkorbs durchgeführt worden waren, überlebten und schließlich aus dem Krankenhaus entlassen werden konnten (W. B. Kouwenhoven, J.R. Jude, G.G. Knickerbocker, *Closed Chest Cardiac Massage*, JAMA 1960). Schneider und seine Kollegen führten jedoch eine Untersuchung anhand von dreißig Jahren medizinischer Literatur durch und stellten fest, dass sich die Erfolgsrate der HLR während dieser drei Jahrzehnte nicht signifikant verändert hatte, sondern stetig um die 15 Prozent betrug. Sie berichteten aber über eine kontinuierliche Abnahme der positiven Bewertung dieses Verfahrens (A.P. Schneider, D.J. Nelson, D.D. Brown, *In-Hospital Cardiopulmonary Resuscitation: A 30-Year Review*, JABFP 1993).

verehren. Oft entscheiden wir uns dafür, „für die Würmer" zu spielen, indem wir die großen Chancen des Lebens meiden und vor seinen großen Herausforderungen zurückschrecken. Innerhalb nur eines einzigen Jahrhunderts haben wir vergessen, wie man körperlich und auch symbolisch stirbt. Und so ist es unvermeidlich, dass wir auch vergessen haben, wie man lebt.

Nennen Sie dieses vergangene Jahrhundert einfach die Zeit des Großen Vergessens.

Eine weitere Heldenreise

Viele Jahrhunderte, nachdem die Geschichte der Heldenzwillinge erstmals erzählt wurde, wurde ein anderer „werdender Held" – der junge Steven Foster – in das Erwachsenenleben initiiert. Stevens Übergangsritus vollzog sich bei der Abschlusszeremonie auf dem ruhigen Santa-Barbara-Campus des Westmont-College, einer liberalen Kunstschule, die sich den Lehren Christi verschrieben hatte. Es war das Jahr 1960, der Tiefpunkt des Großen Vergessens. An diesem Ort und zu dieser Zeit war das Ritual zum Erwachsenwerden darauf reduziert worden, über eine Bühne zu gehen, ein Diplom entgegenzunehmen und eine Quaste von einer Seite eines Hutes zur anderen schnellen zu lassen. Am Tag dieser Abschlussfeier wurde Steven zum „Mann" erklärt.

Auch die Welt, die Steven nun erwartete, befand sich an der Schwelle einer Transformation, die jedoch noch weitaus umfassender war. Der kulturelle Stillstand der fünfziger Jahre sollte bald den explosiven Sechzigern weichen. Wie nie zuvor begann eine große Zahl junger Menschen offen, die kulturellen Praktiken und Überzeugungen in Frage zu stellen, die an sie weitergegeben worden waren, sei es nun mit Märschen, Sitzblockaden und Demonstrationen oder mit lauter Musik, bewusstseinsverändernden Drogen und freier Liebe. Es war eine stürmische Zeit, um in die Welt hinauszugehen.

Steven begann das Jahrzehnt recht unschuldig. Nachdem er die Tochter des Dekans des Westmont-College geheiratet hatte, promovierte er an der Universität von Washington in Seattle in englischer Literatur. Seine Idealvorstellung von einem Leben mit seiner jungen Frau löste sich jedoch bald in nichts auf und führte zur Scheidung. Nachdem er wieder geheiratet hatte und Vater eines Sohnes geworden war, begann er ein neues Leben als Professor an der Universität von Wyoming in Laramie. Da er selbst nie wirklich erwachsen geworden war, fand sich Steven von College-Studenten umgeben, die neue Wege erforschten, wie man genau das erreichen könne. Bald hörte auch er das eine echte Transformation versprechende Heulen der kulturellen Sirene. 1969 nahm er eine Stelle im Kollegium der San Francisco State University an – in der Nähe eines der Epizentren dieser Revolution.

Die Titel der Kurse, die Steven zunächst an dieser Universität lehrte, waren recht konventionell: Amerikanische Literatur, europäische Literatur, englische romantische Dichtung, T.S. Eliot und William Blake. Im Zuge seiner Experimente mit bewusstseinserweiternden Drogen wurden seine Kurse jedoch experimenteller: Wissenschaft und Dichtung, Literatur und Bewusstsein, die Erfahrung der Poesie, Englisch und Psychologie. Indem er die Grenzen seines eigenen bewussten Wissens hinausschob, begann er, in der Bildung mehr als nur das Lesen von Büchern und den Besuch von Vorträgen zu sehen. Lernen bedeutet Erfahrung, und Erfahrung bedeutet Lernen. Wann immer möglich, ging er über die Begrenzungen der Klassenzimmerbildung hinaus, indem er Kurse im Freien unterrichtete, die Benotung verweigerte und auch außerhalb des Campus soziale Kontakte mit seinen Studenten hatte.

1971 wurde er aus der Universität gefeuert – angeblich, weil er ein Gegner des Vietnamkriegs war, tatsächlich aber aufgrund seiner Weigerung, die Rolle des traditionellen Professors zu erfüllen. Nachdem er sowohl seinen Arbeitsplatz als auch seine berufliche Identität verloren hatte, begann er, sich in einer schwindelerregenden Spirale in Richtung Auflösung zu bewegen. Bald genug hatte er all seine materiellen Besitztümer verloren; noch wichtiger aber war, dass er auch seine Frau, seine Kinder, seine ganze Familie eingebüßt hatte. In einem Wort: Dr. Steven Foster „starb".

In dem dreiteiligen Schema eines Übergangs folgt auf den Tod keineswegs sofort die Wiedergeburt. Bevor ein Mensch wiedergeboren werden kann, muss er die Schwellenphase durchlaufen – eine verwirrende Zeit, in der man verloren zwischen den Welten treibt, in der die eine Identität bereits tot ist, aber die andere erst noch gefunden werden muss. Steven verbrachte die Zeit in dieser „namenlosen" Phase zunächst damit, ziellos innerhalb der Grenzen der Stadt umherzuwandern, doch bald schon stieg er in seinen VW-Bus und steuerte auf die weiten Räume von Nevada und des östlichen Kalifornien zu. Fast ein Jahr lang durchstreifte er die Nebenstraßen dieser Wüsten – seiner eigenen Unterwelt zwischen Leben und Tod – um schließlich irgendwo in der Gegend der Bucht von San Francisco wieder aufzutauchen. Mit van Genneps Worten ausgedrückt, kehrte er nach Hause zurück, als er bereit war, „wieder mit dem Handeln zu beginnen, aber jetzt auf eine neue Weise."

Die Wiederentdeckung des symbolischen Todes

Nach seiner Rückkehr aus der Wüste nahm Steven eine Stelle in einer staatlichen Einrichtung für drogenabhängige Jugendliche im nördlich von San Francisco gelegenen Marin County an. Die Einrichtung hieß Rites of Passage, Inc., was sich als überaus prophetisch erweisen sollte. Hier bat man Steven, auf praktischer Erfahrung basierende Übungsreihen zu entwickeln, die jungen Menschen dabei helfen konnten, mehr über das Leben zu lernen und auch darüber, wie man ein gutes Leben führen kann. Dieser Lehrstil ähnelte dem, der ihn während seiner Zeit an der Universität in Schwierigkeiten gebracht hatte. Gegen Ende des Jahres 1974 stellte er dem Mitarbeiterstab der Telefon-Hotline für Suizidprävention und Krisenintervention von Marin eines dieser Programme vor – ein Seminar zur Erfahrung des eigenen Todes. An diesem Seminar nahm auch Meredith als eine der freiwilligen Mitarbeiterinnen der Hotline teil.

„Als ich fragte, ob einer von ihnen so tun wolle, als ob er tot sei, um aus seinem Sarg heraus einen Blick auf sein oder ihr Leben zu werfen", schreibt Steven, „da trat nur eine einzige Person vor."[17] Meredith. „Sie sagte, ihr Vater sei ernsthaft erkrankt. Entsprechend dachte sie seit einiger Zeit darüber nach, was es bedeute, zu sterben, denn sie war sich nur zu bewusst, dass der Tod jeden einmal trifft. Als Leiche im Sarg sprach sie über ihr vergangenes Leben in den Begriffen von Licht und Schatten, aber es gab nichts, was sie bereute."[18]

Nach einigen Monaten begann Steven, ebenfalls als Freiwilliger im Telefondienst der Hotline zu arbeiten und übernahm gemeinsam mit Meredith eine wöchentliche Nachtbetreuung. In einem kleinen Kellerraum einer Kirche teilten sie einmal pro Woche zwei Verantwortungen: die Entgegennahme der Anrufe von Menschen mit Suizidgedanken und die Frage, wie man sich die Zeit vertreiben konnte, wenn die Telefone stillstanden. Und so lernten sich diese beiden Menschen, die sich aufgrund ihrer gemeinsamen Faszination für den Tod getroffen hatten, zwischen Telefonanrufen von Menschen, die auf eine sehr unmittelbare Weise über das Sterben nachdachten, näher kennen.

Wenn die Lampe an den Telefonen rot blinkte, nahmen wir ab. Ich tat mein Bestes, um wacker neben der jungen Meredith standzuhalten,

---

17) Steven Foster, *We Who Have Gone Before: Memory and an Old Wilderness Midwife* (Lost Borders Press, Big Pine, CA 2002)
18) Ebenda.

denn ich hätte es nie ohne sie geschafft. Mir fehlte in hohem Maße die Fähigkeit, einer anderen Person aufmerksam zuzuhören. Meredith war eine der Besten darin. Ich hörte zu, wenn sie am Telefon war und lernte, wie weit man gehen musste, bevor man das Vertrauen eines Fremden verdient hatte, vor allem, wenn es sich um jemanden handelte, der seinen Stolz hinuntergeschluckt und die Nummer eben jenes Schreckens gewählt hatte, der in seinem oder ihrem Herzen heraufzog. Suizid! Wie sorgfältig ich zuhören musste!"[19]

Zu der Zeit, als sich die beiden kennenlernten, wurden „Tod und Sterben" gerade schnell zu kulturellen Modeworten. Das bahnbrechende Buch *Interviews mit Sterbenden* von Elisabeth Kübler-Ross war fünf Jahre zuvor veröffentlicht worden und stellte mittlerweile den Grundstein für die schnell anwachsende Zahl von Büchern zu diesem Thema dar.[20] Das erste moderne Hospiz, das St. Christopher's Hospice in London, war sieben Jahre alt, und die ersten beiden Hospize in den Vereinigten Staaten waren gerade eröffnet worden (eines davon ganz in der Nähe in Marin). Auch das Interesse an Übergangsriten und am Thema des symbolischen Todes nahm stetig zu. Joseph Campbells *Der Heros in tausend Gestalten* war genau ein Vierteljahrhundert alt, doch seine Schriften wurden jetzt erst bekannt.[21] Dasselbe traf auf Bücher mit ähnlichen Themen von Castaneda, Black Elk und anderen zu. Das Große Vergessen wich rasch dem Großen Erinnern.

Stevens Faszination für den Tod entsprang keiner direkten Begegnung mit dem buchstäblichen Tod. Als er acht Jahre alt war, kam sein Großvater bei einem Autounfall ums Leben, und während seiner Zeit am College starb die Schwester seiner Verlobten auf dieselbe Weise. Er hat diese Vorfälle jedoch weder in seinen Tagebüchern noch in seinen veröffentlichten Schriften jemals als richtungsgebend bezeichnet. Ganz im Gegenteil scheint seine Faszination für den Tod seiner eigenen Erfahrung mit dem Thema Tod und Wiedergeburt zu entstammen.

> Es schien mir, dass der Kultur der amerikanischen Mittelschicht bestimmte grundlegende Initiationsriten fehlten (Übergangsriten), die in vielen anderen Kulturen üblich sind. Und weil sich viele junge Menschen nicht den bedeutungsvollen Erfahrungen unterzogen,

---

19) Ebenda.
20) Elisabeth Kübler-Ross, *Interviews mit Sterbenden* (Droemer Knaur 2001)
21) Campbell, *Der Heros in tausend Gestalten*

durch die sie von der Abhängigkeit und Sicherheit der Kindheit abgetrennt wurden, waren viele von ihnen in einem jugendlichen Stadium eingefroren und nahmen nie ihren Platz als reife Mitglieder der Gesellschaft unter den Männern und Frauen ein. Ich überprüfte meine eigene Kindheit und erkannte, wie verwirrt ich in den Status des Erwachsenen eingetreten war, da ich nie die Chance bekommen hatte, meine eigene Kraft und meine Fähigkeiten zu erproben und kennenzulernen, da die einzigen bedeutungsvollen Rituale der Erwerb des Führerscheins, der Verlust meiner Jungfräulichkeit und mein Abgang vom College waren. Ich begann zu erkennen, dass ein großer Teil meines Verhaltens als unwissender Versuch definiert werden konnte, mich mir selbst und meinen Altersgenossen zu beweisen, damit ich meinen eigenen Ansprüchen an das Erwachsensein gerecht werden konnte.

Ich begann, Bücher über die amerikanischen Indianer zu lesen und hielt insbesondere nach Beschreibungen für Trennungs- oder Pubertätsrituale Ausschau, die man zur Anwendung bei jungen Menschen der Mittelschicht zwischen 16 und 21 Jahren „therapeutisch adaptieren" konnte. In Black Elks *Account of the Seven Rites of the Oglala Sioux* fand ich schließlich, wonach ich gesucht hatte: das Hanblecheyapi-Ritual (*Hanblecheyapi* bedeutet „um eine Vision weinen/schreien"), in dem der junge Mensch aus seinem Zuhause und von seinen Eltern entfernt wurde und alleine (ein Teil des Weges mit einem Führer) zu einem heiligen Berg ging, wo er fastete, betete und auf eine Vision, einen Traum oder eine Offenbarung der Zukunft und seines Platzes darin wartete. Er kam nicht zurück, ehe er sicher war, das Gesuchte erhalten zu haben. Von da an wurde er mit allen Rechten und Verantwortungen als erwachsenes Mitglied des Stammes akzeptiert.[22]

Die meisten frühen Kulturen haben wichtige Rituale zur Kennzeichnung des Übergangs in das Erwachsensein, die sich entsprechend des Geschlechts der sie durchlaufenden Menschen unterscheiden. Bei männlichen Jugendlichen nehmen sie oft die Form körperlicher Torturen in der Natur an, wie das Ritual, in dem die Oglala-Sioux „um eine Vision weinen" oder wie der „Walkabout" der australischen Ureinwohner. Auch die Überlieferungen einiger der großen Religionen der Welt beinhalten eine körperliche Prüfung in der Natur: So wanderte Jesus Christus vierzig Tage lang durch die Wildnis der

---

22) Steven Foster, unveröffentlichtes Tagebuch (1976)

Wüste, wo er vom Satan versucht wurde, und Buddha verbrachte auf seiner Suche nach Erleuchtung mehrere Monate in den Tiefen des Waldes.

Black Elks Darstellung des Hanblecheyapi beschreibt auf inspirierende Weise, wie eine Kultur ihren jungen Menschen eine echte Übergangszeremonie bietet.[23] In Anbetracht der Betonung, die der Bericht auf die genauen Worte legt, die gesprochen und die bestimmten Rituale, die ausgeführt werden sollen, kann man sich jedoch nur schwer vorstellen, wie Steven diese Zeremonie für Jugendliche aus der amerikanischen Mittelschicht hätte anpassen sollen. Dieser große kreative Sprung wurde von vielen anderen schriftlichen Quellen unterstützt, aber mehr noch durch Stevens Bereitschaft, wieder einmal die Grenzen des bewussten Wissens durch direkte Erfahrung zu erweitern. Diese Zeit des Experimentierens fand in der Wildnis statt.

Stevens erster, rudimentärer Versuch der Schaffung eines Initiationsritus fand im Frühling des Jahres 1974 statt, als er und Tom Pinkson gemeinsam eine dreitägige Wandertour mit dreizehn jungen Erwachsenen in den Yosemite-Park leiteten. Nach Stevens Tagebuch zu urteilen waren die Schlüsselelemente dessen, was er und Meredith später lehren sollten, bei dieser ersten Unternehmung bereits prototypisch vorhanden.[24] Die Betonung lag darauf, alleine Zeit in der Natur zu verbringen, auch wenn die Einsamkeitsphase von zwei Tagen und drei Nächten noch relativ kurz war. Es wurde kein zentrales Basislager eingerichtet, weil sich auch jeder der beiden Leiter alleine zurückzog. Es ist unklar, ob dabei Zelte verwendet wurden oder nicht. Und während einige Leute fasteten, taten andere dies nicht – darunter vor allem Steven.

Steven fuhr ein weiteres Jahr lang fort, junge Menschen unter der Schirmherrschaft der Einrichtung zur Behandlung von Drogenmissbrauch zum Fasten in die Einsamkeit hinaus zu bringen. Nach der ersten Tour in den Yosemite-Park begann er, Menschen in die Wüste zu führen – dieselbe Landschaft, in der er seine eigene Selbstinitiation durchgeführt hatte. Der folgende Brief, den er an eine der ersten dieser Wüstengruppen schrieb, offenbart die Wirkung, die diese Erfahrungen auf ihn gehabt hatten.

> So harrten wir aus und lauschten der Stille. Nachts lagen wir auf dem steinigen Boden und beobachteten, wie das Rad der Sternenkonstellationen langsam über den Winterhimmel zog. Wir ergründeten die

---

23) Black Elk, aufgezeichnet und herausgegeben von Joseph Epes Brown, *The Sacred Pipe: Black Elk's Account of the Seven Rites of the Oglala Sioux* (University of Oklahoma Press, Norman 1953)

24) Foster, unveröffentlichtes Tagebuch, 1974

Einsamkeit. Unsere Bäuche taten weh, unsere Finger und Zehen waren kalt; wir gingen die vier Ecken der Welt entlang und beteten. Der Klang unserer eigenen Stimme war fremd und kraftvoll in unseren Ohren. Vielleicht haben wir uns auch ein wenig zugeweint.

Was haben wir gelernt? Das haben wir gelernt, wenn auch jeder auf seine oder ihre eigene Weise: Wie man Einsamkeit, Isolierung und Entbehrungen erträgt. Jeder von uns erfuhr irgendetwas Geheimes, eine Art, durchzuhalten, einen Hinweis darauf, wie wir die Nacht, die Kälte und den Hunger überleben konnten. Könnt Ihr Euch erinnern, wie Ihr das gemacht habt? Das ist der Schlüssel, das Geheimnis, ein flüchtiger Ausblick auf den Weg. Wisst Ihr noch, wie?

… Und das Warten, das Warten darauf, dass die Zeit vergeht, bis wir uns wiedersehen und wieder miteinander sprechen würden. Vielleicht ist auch das eine Art, das Leben und den Tod zu betrachten. Könnt Ihr Euch noch daran erinnern, was geschah, als wir wieder zusammen waren? Hat das Alleinsein und das Hungern Euch geholfen, die Bedeutung der Liebe zu verstehen? Ich erinnere mich besonders an die Augen der Menschen um mich herum. Wie klar und schonungslos schön, wie die atonale Wüste, waren die Augen der Menschen um mich herum. Die Gesichter der Leute sahen weise aus, ein bisschen älter, fest und doch entspannt. So, wie die Wüste das Tier aus uns herausgelockt und uns dazu gebracht hatte, zu wühlen, zu klettern, zu scheißen und zu trinken, so hatte sie auch die Liebe aus unseren Herzen gelockt. Nur, wer einsam ist weiß, was Liebe bedeutet. Ich vermute, das schließt fast jeden Menschen ein. Warum lieben wir einander? Weil wir einsam sind und mit dem anderen unser eigenes Einsamkeitsgefühl teilen/austauschen/kommunizieren können.

In dieser Nacht war es so einfach, zu geben. Erinnert Ihr Euch, wie wir in dieser Nacht wach blieben, sprachen, in die Sterne hinaufschauten und alle auf einem Haufen lagen? Freundschaft ist ein Geschenk.[25]

Das sind Merediths Erinnerungen an diese frühen Touren:

Nach Stevens Rückkehr gingen wir meist einen Kaffee trinken oder zum Mittagessen, und wenn er seine Geschichten erzählte, weinte er immer. Gemeinsam begannen wir zu erkennen, wie wichtig diese

---

25)   Foster, unveröffentlichtes Tagebuch, Januar 1975

Übergangsriten waren und wie diese alten Zeremonien Menschen ermöglichten, auf symbolische Weise für ihr Leben zu sterben und bedeutungsvoll in eine neue Phase einzutreten. Wir sprachen darüber, wie viele der Anrufer unserer Telefon-Hotline in Wirklichkeit nach einem symbolischen Tod hungerten, ohne es zu begreifen und ohne dass ihnen irgendetwas dafür zur Verfügung gestellt worden wäre, weshalb sie als einzige Möglichkeit nur den realen Tod sahen. Wir sagten, dass wir all das vielleicht eines Tages diesen verletzten und leidenden Menschen anbieten würden. Am Telefon fühlte man sich immer ein wenig hilflos – nicht, weil wir keine unmittelbare Hilfe geben konnten, sondern wegen des Leids, denn wir wussten, dass es weitergehen würde.[26]

1975 verließ Steven die Einrichtung zur Behandlung von Drogenmissbrauch, und sowohl er als auch Meredith stellten ihre ehrenamtliche Arbeit für die Hotline ein. Damit begann für sie eine Reihe von das ganze Leben betreffenden Transformationen: Sie wurden von Freunden zu Liebenden, von Liebenden zu Mann und Frau, vom verheirateten Ehepaar zu Eltern eines kleinen Mädchens, von Eltern zu Mitschöpfern einer modernen Form der Initiation. Für das letztgenannte Projekt vermachte man ihnen den Namen Rites of Passage, Inc. Im Dienst einer Vision, die um ein Vielfaches größer war als ihr individuelles Selbst, erlitten Steven und Meredith Armut, Spott, Erschöpfung und Desillusionierung. „Für den Jaguar zu spielen" bedeutet nichts weniger als das.

Die Wiederentdeckung des natürlichen Todes
Kurz bevor Meredith an Stevens Seminar teilnahm und auf sein Angebot hin in ihren eigenen Sarg stieg, wurde ihr Vater Alden Hine mit inoperablem Lungenkrebs diagnostiziert. Während der frühen Phasen seiner Erkrankung suchte Aldie mit Hilfe seiner zweiten Frau Ginnie aktiv nach einem Heilmittel. Wenn Freunde und Familienmitglieder fragten, was sie tun könnten, um die beiden zu unterstützen, baten Aldie und Ginnie sie, jeden Tag zur Cocktailstunde um fünf Uhr eine Pause einzulegen und im Geiste für sie zu beten. Darüber hinaus ermunterten sie diese Leute, dem Gebet eine Gestalt zu verleihen, indem sie den beiden einen Kieselstein sendeten, der dann um einen Brunnen in ihrem Garten herum seinen Platz fand. Das führte zu einem wachsenden Netzwerk von „Kieselleuten", zu denen viele Fremde gehör-

---

26) Meredith Little, persönliches Gespräch, Juni 2004

ten, die von diesem Aufruf zur Unterstützung berührt selbst Kiesel schickten. Ginnie sollte diese Geschichte später in ihrem Buch *Last Letter to the Pebble People* erzählen.[27]

Weder die Kieselsteine und die Gebete noch die traditionelle medizinische Behandlung konnten Aldie von seinem Krebs befreien. Die Kieselleute gaben ihm jedoch die notwendige Liebe und Unterstützung – erst, als er den guten Kampf um sein Leben führte und auch später, als er lernte, sich dem Tod zu ergeben. Für Aldie bestand dieses Aufgeben nicht nur in der passiven Annahme des Todes, in einer einfachen Kapitulation. „Weißt du", sagte er eines Tages zu Ginnie, „ich habe gerade erkannt, dass ich dieselben Veränderungen machen muss, ob ich nun lebe oder sterbe. Gut zu leben und gut zu sterben ist dasselbe! Beides erfordert dieselben Veränderungen!"[28] Vom Beginn seines Kampfes gegen den Krebs an hatte er voll und ganz die Straße der Entscheidung betreten, um jede Herausforderung, die sich ihm stellte, so bewusst und initiativ anzunehmen wie möglich. Ob er sich den kleinen Momenten des Sterbens oder dem letzten, sich ihm bereits nähernden Tod stellte, spielte dabei keine Rolle. In beiden Fällen war wie bei den Heldenzwillingen der alten Legenden *alles von ihm* daran beteiligt.

Für Aldie konnte dieser bewusste Weg nur zu einem einzigen Ergebnis führen: einem natürlichen Tod in der privaten Umgebung seines eigenen Heims. Gegen Ende des Jahres 1975 befand sich die amerikanische Hospizbewegung noch immer in den Kinderschuhen, und einige Gruppen von Menschen begannen gerade erst damit, wieder mit dem alten Brauch des Sterbens zu Hause zu experimentieren. Aber als sich der Tumor bis in seine Wirbelsäule ausgebreitet und ihn von der Taille an abwärts gelähmt hatte, bestand Aldie darauf, nach Hause zu gehen. Am Nachmittag des Heiligen Abends verließ er das Krankenhaus zum letzten Mal und kehrte nach Hause zurück. Meredith und etwas später auch Steven reisten quer durch das ganze Land, um an der darauf folgenden Wache teilzuhaben.

Ohne die institutionellen Regeln, ohne Schläuche in den Körperöffnungen und ohne das Risiko der Prozedur einer Herz-Lungen-Reanimation war es Aldie und den Menschen, die er am meisten liebte möglich, sich dem Wesentlichen zu widmen. Zwei Wochen lang driftete er ins und wieder aus dem Bewusstsein. Manchmal schlief er, manchmal interagierte er mit Besuchern, und manchmal schwebte er durch seine eigene, ganz private Realität. Wenn er in seiner eigenen Welt war, führte er bewusste Gespräche mit einigen

---

27) Virginia Hine, *Last Letter to the Pebble People* (Unity Press, Santa Cruz 1977)
28) Ebenda.

ganz besonderen Besuchern: „Tod", „Liebe" und „Gott" nannte er sie. Wie er den anderen Besuchern erzählte, waren diese immer wohlwollend, auch wenn er manchmal mit ihnen streiten musste. In einem Krankenhaus wäre diese Sprache des Totenbettes höchstwahrscheinlich als „Delirium" bezeichnet und als „Problem" mit Medikamenten behandelt worden, aber die Zeit, die Aldie in seinem Inneren verbrachte, war ebenso wichtig wie die etwas gewöhnlicheren Gespräche, die er mit seiner Familie und seinen Freunden führte. Beides waren Vorbereitungen. Die Erscheinungen waren eine Hilfe für Aldie, während die Gespräche mit der Familie und den Freunden wiederum diesen halfen. Als schließlich die Zeit zum Sterben kam, waren er und die Menschen in seiner Umgebung gleichermaßen bereit dafür.

Ginnie schreibt in ihrem Vorwort zu *Last Letter to the Pebble People*:

> Vielleicht bestand das Erstaunlichste, was wir durch die Teilnahme an Alden Hines Tod gelernt haben darin, dass er kein „Opfer" war – weder des Krebses noch des Todes. Er führte uns durch die letzten Stadien eines Prozesses, über den er ein bemerkenswertes Maß an Kontrolle hatte. Der Tod „kam" nicht einfach nur. Aldie arbeitete daran, und der Moment des Todes war sein Sieg – und unserer. Ich weiß heute, dass die Menschen in der Umgebung eines Sterbenden Bedingungen schaffen können, die diese geheimnisvollen Aufgaben fördern, anstatt sie zu behindern. Ein siegreicher Tod ist vielleicht ebenso die Verantwortung wie auch das Privileg derer, die den Sterbenden lieben wie der Person, die sich mit dem Tod vereint.[29]

Aldies siegreicher Tod sollte Steven und Meredith für immer verändern. Sie begannen bereits, zu erkennen, dass der Kern eines jeden Übergangsritus darin besteht, das Sterben zu üben. Über ihre Experimente mit dem symbolischen Tod hinaus hatten sie nun das Privileg gehabt, einen echten Tod mitzuerleben – eine Erfahrung, die all das Blut und Erbrochene des echten Sterbens, aber auch all die Transzendenz und Transformation eines Übergangsritus beinhaltete. Indem Aldie sich ehrlich und mutig allem stellte, was das Leben von ihm forderte, hatte er ein uraltes Wissen wiederentdeckt (und die anderen gelehrt). Wir könnten dieses Wissen „die Kunst des Sterbens" nennen, aber wie Aldie bereits erfahren hatte, handelt es sich dabei ebenso um „die Kunst des Lebens". Beides ist ein und dasselbe. Dieses Wissen sollte die Arbeit von Steven und Meredith noch über Jahre hinaus nähren.

29)   Ebenda.

Neue Worte für eine neue Vision

Bald nach Aldies Tod schloss sich Virginia „Ginnie" Hine Steven und Meredith an, um sie in ihren Bemühungen zur Wiedereingliederung von Übergangsriten in die moderne Welt zu unterstützen. Sie fühlte sich ebenso wegen der offensichtlichen Verbindung dieser Arbeit zu Aldies Tod als auch aufgrund ihrer eigenen Projekte in der Anthropologie davon angezogen. Als ehemalige Professorin an der Universität von Florida hatte sie sich mit der Untersuchung des Phänomens menschlicher Netzwerke einen Namen gemacht. Sie betrachtete diese als machtvolle Werkzeuge für die soziale und kulturelle Transformation.[30] Ginnie ergänzte Stevens inspirierte Visionen und Merediths Fähigkeit, auf tiefe Weise zuzuhören, durch einen anthropologischen Rahmen, der ihre frühen Experimente leiten und führen sollte.

Im Jahr 1980 fand diese Arbeit in der Veröffentlichung des Buches *Visionssuche*[31] ihren Höhepunkt. In seiner ersten Ausgabe beschreiben Steven und Meredith eine Initiationsform, die von allen anderen Einflüssen befreit worden war. Unter Bezugnahme auf die Anthropologie, auf Mythen und auf Poesie von überall auf der Welt hatten sie die universalen Elemente identifiziert, die alle Übergangsriten gemeinsam haben und diese im Feld mittels ständiger Erprobung nach der Methode von Versuch und Irrtum einer Überprüfung unterzogen. Schlussendlich waren die Natur selbst und die Menschen, die Geschichten von der draußen im Land verbrachten Zeit mit zurückbrachten, ihre größten Lehrer.

Nachdem das Buch zur Veröffentlichung angenommen worden war, schickte Steven Hyemeyohsts Storm, einem Medizinlehrer vom Stamm der Nord-Cheyenne, ein Exemplar davon zu. Beide waren sich nie begegnet, doch Storms Buch *Sieben Pfeile*[32] hatte Steven schon früh beeinflusst. Storm erkannte sofort die Bedeutung dessen, was er da las und lud Steven und Meredith zu sich nach Hause ein. Meredith hat diese erste Begegnung beschrieben:

> Wir fuhren nach Santa Monica, wo er in einem kleinen Trailer lebte. Wir drei waren sofort voneinander fasziniert. Wir sprachen kaum über

---

30) Hines Beschreibung von Netzwerken kann in „The Basic Paradigm of a Future Socio-Cultural System" (*World Issues*, April/Mai 1977) nachgelesen werden. Gemeinsam mit Luther Gerlach hat sie zwei Bücher geschrieben: *People, Power, Change* (Bobbs-Merril 1970) und *Lifeway Leap: The Dynamics of Change in America* (University of Minnesota Press 1972).

31) Foster und Little, *Visionssuche: Das Raunen des Heiligen Flusses. Sinnsuche und Selbstfindung in der Wildnis* (Arun 2002)

32) Heyemeyohsts Storm, *Sieben Pfeile* (Fink 2008)

das Buch, sondern er begann sofort damit, uns in seinem kleinen Trailer zu unterrichten – das Licht schien matt durch staubige Fensterscheiben herein, und er war zwar blind, aber ein überaus aufmerksamer Beobachter. Vierundzwanzig Stunden lang ergoss er seine Lehren in uns hinein. Nicht die über den Ballspielplatz, dieses Mal noch nicht, aber es war das erste Mal, dass wir den vier Schilden in ihrer grundlegendsten Form begegneten. Es warf uns einfach um. Alles passte so perfekt zusammen. Und es war so reichhaltig, genau zu der Zeit, als wir begannen, diese verrückte Vision in Frage zu stellen, die wir angenommen hatten, um die Visionssuche wieder zurückzubringen. Er inspirierte uns erneut. Das ist einer der Gründe dafür, warum wir ihm so dankbar sind und für immer sein werden. An diesem Tag war er ein Mensch. Fehlbar und liebenswert menschlich. Tief, kraftvoll, erreichbar.[33]

Stevens und Merediths Aufregung ist verständlich. Anstatt in jungen Jahren einem Lehrer oder Guru zu folgen, hatten sie mit Hilfe von umfangreicher Literatur und darauffolgender direkter Anwendung sowie eigener Erfahrung eine Initiationsform für junge Menschen geschaffen. Storm gab ihnen erst viel später eine Art Landkarte dafür, die uralt, aber noch immer in der modernen Welt lebendig war und die genau das Gebiet beschrieb, das sie erforscht hatten. So begannen zwei Jahre, in denen Storm und sein Gefolge immer wieder unangemeldet bei Steven und Meredith zu Hause auftauchten, wo sich auch das Büro von Rites of Passage, Inc. befand. Dann wurde tagsüber die übliche Arbeit getan – ein Chaos aus klingelnden Telefonen, Konferenzen und Menschen, die ein- und ausgingen – während Storm jeden Abend aufwachte, um die Nacht hindurch zu lehren.

Eines solchen Abends fragten Steven, Meredith und Ginnie, was Storm ihnen über das Sterben sagen könne. Meredith hat über diese Nacht geschrieben:

> Er lehrte uns, wie sein Volk, die Nord-Cheyenne, sich auf den Tod vorbereitet – auf eine Weise, die von den Ältesten seines Stammes an ihn weitergegeben worden ist. Er lehrte uns, dass dieser Prozess (die Straße der Entscheidung, die Todeshütte, der Bestimmungskreis, der Große Ballspielplatz) in Lehren verwurzelt ist, die viel weiter aus dem Süden stammen und aus dem Wissen der Maya-Kultur abgeleitet wor-

---

33) Little, persönliches Gespräch, Juni 2004

den sind, der Kultur des Großen Ballspielplatzes. Er bestand darauf, dass wir das Popol Vuh lesen. Er sagte, ein großer Teil der Medizinrad-Lehren seines Stammes habe seine Ursprünge in den Kulturen der Mayas und der Azteken.[34]

Die Entdeckung einer derart aufrüttelnden Allegorie stellte für Steven und Meredith einen weiteren wesentlichen Durchbruch dar. Hier gab es eine kulturspezifische Landkarte, die dennoch auf etwas hinwies, das universal war und auf ihr eigenes Leben sowie ihre eigene Arbeit angewendet werden konnte. Bedenken Sie, was dieser Entdeckung alles vorausgegangen war. Nach dem Verlust seiner Identität als Professor hatte Steven eine Faszination für den symbolischen Tod entwickelt, er und Meredith hatten mehrere Jahre damit verbracht, ein Ritual um Tod und Wiedergeburt für heutige Jugendliche wiederzuerschaffen, und Aldies letzte Tage hatten sie gelehrt, dass der echte Tod sowohl eine physikalische Realität als auch eine tiefgehende Gelegenheit zu spiritueller Transformation ist. Mit Storms Landkarte war es ihnen besser möglich, das zu benennen, was sie in zwei völlig unterschiedlichen Übergangsriten gesehen hatten: in dem eines jungen Menschen, der an einem Ritual zur Erwachsenwerdung teilnimmt und in dem eines Sterbenden, der sich bewusst auf den Tod vorbereitet. Obwohl symbolisches und körperliches Sterben nicht dasselbe sind, ähneln sich die Phasen der psycho-spirituellen Vorbereitung auf beides sehr. Beide beginnen damit, bewusst die Straße der Entscheidung zu betreten, die schlussendlich immer zum Tod führt.

Die natürliche Welt ist die Straße der Entscheidung. Steven und Meredith hatten sich bereits viele Jahre, bevor sie Storm begegnet waren, dafür entschieden, von dieser Welt zu lernen. Nun hatten sie mit Hilfe der Idee des Großen Ballspielplatzes ein viel besseres Bild davon, wohin sie der von ihnen gewählte Weg würde führen können. Sei es nun in einem zeremoniellen Übergangsritus oder beim eigenen Leben und Sterben – die Straße der Entscheidung führt immer zur Todeshütte, dann in den Bestimmungskreis und endet mit dem letzten Spiel auf dem Großen Ballspielplatz. Stevens und Merediths Reise hatte gerade erst begonnen.

---

34)   Ebenda.

ERSTER HAUSBESUCH

4. Januar: In ein paar Tagen ziehen wir hinunter auf Meereshöhe in das Sonoma County, nördlich von San Francisco. Momentan scheine ich mir eine Bronchitis im Endstadium zugezogen zu haben, eine Lungenentzündung. Mein Auswurf ist nach wie vor gelb, und ich huste kräftezehrende vierundzwanzig Stunden am Tag. Das Antidepressivum kann die Angst, die mit der Atemnot einhergeht, weder kontrollieren noch eindämmen. Montag werde ich gemeinsam mit meinem Arzt noch einmal das letzte Röntgenbild meiner Lungen begutachten. Ich bin wie jeder andere Kerl mit dieser Krankheit auch – nicht mehr und nicht weniger. Das Ende scheint zu kommen. Dafür bin ich dankbar. Ein anderer Name für Tod ist Barmherzigkeit.

Ich werde vierhundert Meilen von meinem Arzt entfernt und mehr oder weniger der Gnade einer fremden Umgebung ausgeliefert sein, die uns das Doppelte von dem kostet, was wir hier in Big Pine ausgegeben haben. Ich will nicht in dieser Umgebung sterben. Ich will hier im „tiefsten Tale" sterben. Aber Meredith glaubt, dass ich auf Meereshöhe länger leben werde. Also verlängere ich die Zeit bis zum unausweichlichen Ende um ihrer und um jener unserer Kinder und Enkel willen, die in der Gegend der Bucht von San Francisco leben. Sie hat für April ein dreiwöchiges Lehrprogramm in Südafrika und im Juni ein großes Ausbildungsseminar in Big Pine angesetzt. Im Augenblick ist mir nicht klar, wie ich diese Verpflichtungen erfüllen soll. Das kann nur die Zeit erweisen.[35]

8. Januar: Wir mussten aus einem Haus in Santa Rosa, das für meine Atemwege immer noch zu hoch lag, an einen Platz am Rande von Penngrove ziehen. Wir werden hier ein paar Wochen verbringen, und dann wird es wahrscheinlich Zeit, wieder nach Big Pine zurückzukehren, damit ich mein „letztes Gefecht" kämpfen kann.

---

35) E-Mail von Steven Foster an einen Freund, 04.01.2003

Heute bin ich bei dem Versuch, ein einfaches Bad zu nehmen, „ausgerastet", wie die Hippies zu sagen pflegten. Bestimmt gibt es irgendein hochtrabendes Wort für die Angst (Phobie) davor, sich zu bewegen, auch nur einen Arm zu heben oder eine tropfende Nase zu putzen. Hyperventilation selbst dann, wenn ich mit Sauerstoff vollgepumpt bin.

Mein Arzt in Bishop hat mir alle möglichen Rezepte in meine dreckigen Pfoten gedrückt, außer natürlich für gefährliche Drogen wie Morphium oder Marinol[36], auf die ich wirklich neugierig bin (das ist der alte Hippie in mir). Aber nichts, was ich bekomme, scheint meine momentane Serie von Phobien beenden zu können, besonders nicht diese Angst, meinen Körper tatsächlich aus der Waagerechten in die Senkrechte zu bewegen, Kleider anzuziehen, zu baden, ja selbst zu essen. Wenn ich die Wahl hätte, würde ich ohne die Angst/Furcht sterben wollen, die tief in meiner Seele geschlafen haben muss, bis sich die Mangelerkrankung bemerkbar gemacht hat. Nun stehe ich da, ein ehemaliger Literaturprofessor und meisterlicher Großvater der Wildnisquest, und meditiere über jeden Atemzug und lausche Stunde um Stunde in der Dunkelheit eines fremden Schlafzimmers jedem Rasseln und Gurgeln meiner Lungen, während meine Frau friedlich an meiner Seite schläft.[37]

Dienstag, der 28. Januar
Ich verließ den Old Redwood Highway an der Abfahrt, die zum Stadtzentrum von Penngrove führte – ein Stadtzentrum, das gerade mal zwei Blocks lang ist – und bog dann nach links auf eine kleine Landstraße ab. Die Straße schlängelte sich durch offene Felder und war von klapprigen Zäunen und Baumreihen aus einheimischer Eiche und hierher verpflanztem Eukalyptus begrenzt. Die Sonne des Wintermorgens sandte ihre Strahlen durch die kühle, von einem nächtlichen Sturm reingewaschene Luft. Kühe grasten in den aufsteigenden Dampf eingehüllt gemächlich auf jenen Bereichen der Wiesen, die in der Sonne lagen, und hoch in der Luft sangen Vögel voller Freude. Die Welt wurde langsam lebendig und erwachte zum himmelblauen Versprechen eines neuen Morgens. Es war ein guter Tag, um am Leben zu sein. Ich machte nicht nur einen weiteren Hausbesuch als Hospizarzt, son-

---

36) Der Handelsname eines auf Cannabis basierenden Medikaments (Wirkstoff Tetrahydrocannabinol), das in den USA unter anderem als Antiemetikum im Rahmen einer Krebstherapie zugelassen ist.

37) E-Mail von Steven Foster an einen Freund, 08.01.2003

dern war außerdem auf dem Weg zu den beiden Lehrern, die mein Leben für immer verändert hatten. Hier bot sich eine Gelegenheit, so zu dienen wie noch nie zuvor.

Ich war Steven und Meredith schon einmal begegnet, aber nur sehr kurz. Zwei Jahre nach meiner Fastenzeit auf dem Felsgrat im Tal des Todes hatte ich an der Ausbildung zum Wildnisführer teilgenommen, die in ihrer Schule angeboten wurde. Die Ausbildung war von zwei anderen Lehrern geleitet worden, Gigi Coyle und Roger Milliken, weshalb wir Steven und Meredith nur bei einer kurzen Einführung trafen. Ich war an ihre Schule gekommen, um herauszufinden, was ich von der Welt der Übergangsriten für meine Hospiztätigkeit lernen könne. Nun war ich im Rahmen dieses Hausbesuches aufgefordert, für all das, was ich erhalten hatte, etwas zurückzugeben. Zum Mindesten würde ich den beiden Rat und Informationen bieten können; und falls Steven für die Hospizarbeit geeignet war, bestand sogar die Möglichkeit, dass ich zu seinem wichtigsten Arzt werden konnte.

Am Ende der Landstraße erreichte ich ein einfaches Haus im Ranchstil, das auf einem kleinen Hügel stand, von dem aus man in die Ferne schauen konnte. Die Umgebung war typisch für Sonoma County, ländlich, aber nicht atemberaubend – eine Landschaft, die einem die schlichte Sicherheit vermittelte: „Du bist jetzt auf dem Lande." Ich stellte mein Auto ab, nahm mein Stethoskop aus dem Handschuhfach und machte mich auf den Weg zum Haus.

Meredith begrüßte mich an der Tür. Sie war eine Frau in den Fünfzigern, hatte einen schlanken, muskulösen Körper, und ihr Gesicht war von Linien durchzogen, die lange Tage in der Sonne und noch längere gemeinsame Nächte in Stevens Dunkelheit hinterlassen hatten. Sie trug eine blaue Pfeilspitze aus Kristall in ihrem linken Ohr – der einzige Schmuck ihres ansonsten sehr schlichten, aber dennoch attraktiven Wesens. „Nimm mich, wie ich bin", schien sie der Welt zu sagen.

„Es ist sehr freundlich von Ihnen, dass Sie gekommen sind, Scott", sagte Meredith mit einer Förmlichkeit, die in deutlichem Gegensatz zu ihren Jeans und ihrem T-Shirt stand.

Sie führte mich in ein dunkles Wohnzimmer, wo Steven auf einem Sofa saß. Er trug Jeans und ein schlichtes Hemd, und sein langes, graues Haar war ordentlich zu einem Pferdeschwanz zusammengebunden. Nachdem sich meine Augen an die schlechte Beleuchtung gewöhnt hatten, bemerkte ich einen Sauerstoffschlauch, der von seiner Nase aus über seine Ohren und seinen Nacken hinab zu einem großen Behälter zu seinen Füßen führte. Daneben stand eine halbvolle Whiskeyflasche.

Ich rief mir ein Bild von Steven in Erinnerung, auf dem er etwa vierzig Jahre alt gewesen war. In seinem klassisch geschnittenen Gesicht linste ein Lächeln unter seiner Falkennase hervor. Heute, fast ein Vierteljahrhundert später, schienen dieselben kantigen Gesichtszüge irgendwie weicher und verletzlicher zu sein. *Ist es der einen Tag alte Bart, sind es die Schatten des Raumes, oder die von Alter und Krankheit verursachte Absenkung der Züge?* Ich konnte es nicht sagen.

Meredith bot mir einen Stuhl direkt gegenüber von Steven an und nahm dann einen Platz an der Seite ein. Obwohl sie präsent und fokussiert war, zog sie es offensichtlich vor, im Hintergrund zu bleiben.

Hier bin ich also, sagte ich zu mir, *und sitze vor Steven Foster. Sicherlich ein bedeutsamer Mann, aber schlussendlich auch nur ein weiterer menschlicher Kerl, der eine Geschichte zu erzählen hat. Eine Geschichte zu erzählen hat? Macht ihn nicht gerade das einzigartig?* Geschichten zu erzählen und ihnen zuzuhören war das Lebenswerk dieses Mannes gewesen.

„So, Steven, ich habe mehrere Stunden Zeit. Erzählen Sie mir Ihre Geschichte."

Ich hatte mir den Morgen freigenommen, weil ich bereits vermutete, dass Steven keinen in Eile befindlichen Arzt akzeptiert hätte, der ihn ständig mit Fragen unterbricht. Ich mochte das ebenso wenig. Mehr als zehn Jahre in der Hospizarbeit hatten mir eine überaus wichtige Lektion erteilt. Ein tiefe, offene Form des Zuhörens ist ein machtvoller Weg zur Unterstützung der Heilung eines anderen Menschen, aber es braucht Zeit dafür.

„Meine Geschichte?" Er betrachtete mein Gesicht, als er seine Antwort erwägte. „Alpha-1-Antritrypsin-Mangel ist meine Geschichte. Haben Sie schon davon gehört?"

Ich nickte ein ‚Ja'. Alpha-1-Antritrypsin-Mangel ist so selten, dass ich bisher noch niemandem mit dieser Erkrankung begegnet war, aber eine längst vergangene Lektion aus dem Klassenzimmer klang noch immer nach: *ein genetischer Mangel eines einzelnen Enzyms, Alpha-1-Antitrypsin, was zu einem vorzeitigen Lungenemphysem führt.* In der medizinischen Ausbildung hatte man mir mehr über diese seltene Krankheit erzählt als darüber, wie man für jemanden sorgt, der sich am Ende seines Lebens befindet.

„Nachdem ich im Internet gesucht hatte, stellte ich die Diagnose selbst", sagte Steven mit offensichtlichem Stolz. „Vor fünf oder vielleicht sechs Jahren habe ich meinen Arzt gebeten, den Enzymtest durchzuführen. Die Menge meiner Enzyme betrug nur die Hälfte des Normalen. Das war der Tag, an dem ich wirklich die Straße der Entscheidung betreten habe – der Tag, an dem ich sehen konnte, dass sich das Ende näherte."

Der nächste Halt auf dieser Straße war, wie er erklärte, das jüdische Krankenhaus in Denver. Da wurde seine Diagnose bestätigt, und in einem Belastungstest stellte man fest, dass seine Lungenkapazität nur noch 20 Prozent der Normalleistung betrug.

„Sie sagten mir, meine Lunge sei voller Löcher. Die Ärzte nannten es ‚Luft-fallen'. Schweizer-Käse-Lungen, wenn Sie mich fragen."

„Und wie geht es Ihnen jetzt?"

„Naja, ein Fuß ist bereits im Grab. Und fast jede Nacht beginnt der andere, sich ebenfalls hineinzuschwingen." Er hob einen Fuß an und ließ ihn neben dem anderen hinunter plumpsen. „Ich wache hustend und spuckend auf, weil große Schleimklumpen hochkommen. Das passiert immer zur selben Zeit, etwa um drei Uhr morgens. Es ist eine schreckliche Weise, aufzuwachen. Ich nenne es Erstickungsangst."

Ich fühlte, wie sich meine eigene Kehle bei diesem Wort verengte: Erstickungsangst.

„Doc, das ist der dunkelste Ort, den ich je kennengelernt habe. Und glauben Sie mir, ich habe einige ziemlich dunkle Orte gesehen."

Ich spürte den starken Sog seiner Geschichte. *Ist es die Dramatik seines Kampfes? Oder ist es der Einfluss, den er bereits auf mein Leben gehabt hat?* Wie auch immer, ich war nun eine große Regenbogenforelle, die an der Schnur zappelte, während Steven mich einholte.

„Aber Sie müssen wissen: Selbst wenn morgen alles zu Ende wäre, würde mir das nichts ausmachen." Er blickte mir direkt in die Augen. „Verstehen Sie, ich habe keine Angst vor dem Tod. Nein, es ist das Sterben, das ich fürchte."

Seine Worte blieben eine Zeit lang in der Stille zwischen uns hängen.

„Das war nicht immer so", fuhr er fort. „Früher brachte mich der Tod zum Zittern." Er hob beide Hände und ließ sie beben. „Aber als ich die Alpha-1-Diagnose erhielt, begannen die Dunkle Göttin und ich zu lernen, miteinander zu tanzen. Sie führt, und ich folge. Aber der Ort, an den sie mich bringen will, scheint gar nicht mehr so übel zu sein. Im Vergleich zu dieser Angst vor der Atemnot wird mein Tod eine Erleichterung sein. Eine Erleichterung und eine Erlösung."

Er hörte auf, zu sprechen. Seine letzten Worte hingen in der Stille – eine Stille, die von dem Summen seines uralten Sauerstoffgerätes noch unterstrichen wurde. Das tiefe Gebrumm seines Motors wurde von dem rauschenden Steigen und Fallen des gepumptem Sauerstoffs ergänzt. *Dieses Geräusch ist sein ständiger Begleiter,* begriff ich.

„Ihre Erstickungsangst klingt wirklich schrecklich", sagte ich. „Hat der Umzug auf Meereshöhe irgendeine Verbesserung gebracht?"

„Ja, ich denke schon. Ich habe mich etwas stärker gefühlt, und mein Sauerstoffwert war ein wenig höher. Das war das größte Versprechen meines Arztes. Geh nach Westen, alter Mann, hat er gesagt. Geh nach Westen auf Meereshöhe, und du wirst mehr Zeit bekommen. Allerdings bin ich nicht sicher, wofür. Mit Sicherheit für Meredith. Für M, für meine Kinder und für meine Enkel." Er wandte sich zu ihr um und blickte sie an. „Obwohl ich wirklich nicht weiß, was sie noch an diesem elenden alten und gestrauchelten Mann findet."

Meredith ging zu ihm und legte ihm die Hand auf die Schulter. Er legte seine Hand auf die ihre.

„Unsere Ankunft hier im Sonoma County war ein grausamer Scherz", fuhr Steven fort. „Mein Freund Howard bot mir einen Ort oben in den Hügeln an. Aber es war zu hoch und befand sich in der Mitte von Nirgendwo."

Er beschrieb das an eine Gefängniszelle erinnernde Dasein, das er dort erlebt hatte, in allen Einzelheiten: die Desorientierung in der unvertrauten Umgebung, das Fehlen selbst einfachster Ablenkungen wie des Fernsehens und die kurvigen Straßen in die Stadt hinunter, die ihm Übelkeit verursachten.

„Also zogen wir hier in Howards Hauptwohnsitz hinunter. Zumindest für eine gewisse Zeit. Wir sind wie ein Paar von Desperados auf der Flucht. Wir verbergen uns hier im Flachland, sind aber immer noch auf der Suche nach einem angemessenen Versteck."

„Wo ist Zuhause? Das scheint die große Frage zu sein, der Sie sich gerade stellen müssen."

„Sie sagen es, Doc. Wo ist Zuhause? Ist das nicht eine der zentralen Fragen des Lebens, um die wir ringen?"

Soll ich etwas aus meiner eigenen Geschichte einwerfen? fragte ich mich. Nur zu, es wird helfen, das Ganze hier weiter zu eröffnen.

„Es ist eine große Herausforderung, das eigene Zuhause zu finden", sagte ich. Dann erzählte ich ihm von *A Long Way Home*, dem Buch, dass ich gerade beendet hatte. Es war eine teilbiografische Erzählung davon, wie man ein AIDS-Arzt wird. Ich hatte zwanzig Jahre gebraucht, um die Geschichte zu leben und acht, um sie zu schreiben.

Seine Augenbrauen hoben sich um eine Stufe – der Schriftsteller und ehemalige Englischprofessor war offensichtlich fasziniert. „Und, Doc – haben Sie ihr schwer fassbares Zuhause gefunden?"

Ich hielt inne, um nachzudenken. „Ja, ich glaube schon. Ich lebe jetzt seit fünfzehn Jahren hier im Sonoma County. Es ist der eine Ort, von dem ich das Gefühl habe, da wirklich hinzugehören."

„Ich glaube, ich verstehe, was Sie meinen. Vor zwei Wochen haben wir den einzigen Platz auf dieser Welt verlassen, an den ich gehöre – Big Pine und das Owens-Tal. Das einzige andere Zuhause, das ich jemals finden werde, liegt irgendwo jenseits dieser Welt. Ich habe nicht die geringste Ahnung, wo es ist und wie es aussieht, aber da geht es für mich hin. Das alles ist in meinem letzten Buch, das bald beendet sein wird."

Meredith nahm einen leeren Buchumschlag mit dem Erstdruck des Titelbildes von einem Tisch und brachte ihn zu mir. *Bound for the Crags of Ithaka*, stand darauf, *A Romance for Men Going Home.*[38]

„Die Suche nach dem Zuhause ist eine immerwährende Reise", sagte ich. „Eine Heldenreise."

„Ja, und sie ist von Joseph Campbell berühmt gemacht worden. Die Geschichten dieser Reisen sind seit unzähligen Jahren von den Geschichtenerzählern unzähliger Stämme weitergegeben worden." Sein Ton hatte sich verändert. Er war nicht unbedingt professionell geworden, und doch war es der Lehrer, der jetzt sprach. „Und diese Erzählungen erfolgten meist in einem Kreis, in dessen Mitte sich ein Feuer befand. Campbell hat all diese Geschichten gesammelt und ein paar zentrale Themen darin gefunden. Ich ehre und respektiere ihn dafür, diese Geschichten in die moderne Welt zurückgebracht zu haben." Er verbeugte sich, wobei sein Arm vor seinem Bauch lag.

„Dann erzählen Sie mir doch mehr von dieser Suche nach einem vorübergehenden Zuhause auf Höhe des Meeresspiegels", sagte ich. „Wie sieht es aus?"

„Im Augenblick ist es auf ein paar grundlegende Fragen reduziert. Wo gibt es einen Ort mit genügend Sauerstoff? Und wo befindet sich ein Platz mit einem Dach, das wir uns leisten können?" Er verschwand in seine Gedanken; seine Augenbrauen waren eng zusammengezogen. „Und im Kern all dessen: Wo ist ein Ort, an dem ich ohne Schrecken sterben kann?"

Da ist die Angst wieder, sagte ich mir. *„Erstickungsangst."* Vor mir blitzte ein Bild von Steven auf, wie er in einem der Gedichte von Rilke lebte, und zwar in der zehnten Duineser Elegie.[39]

In einem Bergbau im großen Gebirge arbeitend, suchte Steven nach einem „Stück geschliffenem Ur-Leid oder, aus altem Vulkan, schlackig versteinertem Zorn". *Wir müssen diesen dunklen Bergbau erforschen*, sagte ich mir.

---

38) Steven Foster, *Ithaka: Ein Buch für Männer auf ihrem Weg nach Hause* (Arun 2004)

39) Der Autor bezieht sich hier auf die englische Übersetzung von David Young (W.W. Norton & Company Inc., New York 1978).

Und Stevens Erstickungsangst ist wahrscheinlich das Tor dazu. Aber jetzt heißt es, geduldig zu sein.

Für einen Arzt, der sich dem Lebensende gewidmet hat, besteht die Grundlage aller Betreuung im „schwierigen Gespräch": schlechte Neuigkeiten zu überbringen, schwierige Behandlungsmöglichkeiten zu erwägen, über Prognosen zu sprechen oder eine Verlegung in das Hospiz zu erwägen. Das alles wird dadurch erschwert, dass der Arzt dafür tief in den Bergbau einer anderen Person eintauchen muss, in eine dunkle, von Ur-Leid und Zorn erfüllte Höhle. Obwohl man mir in der medizinischen Ausbildung nichts beigebracht hatte, was mir dabei hätte helfen können, war die Herausforderung dieser Gespräche genau das, was ich an der Arbeit mit dem Lebensende am meisten liebte.

Sei geduldig, sagte ich mir erneut. *Erst noch ein wenig Übereinstimmung, noch ein bisschen mehr Vertrauen.*

„Sagen Sie, Steven, was hat Ihr Arzt Ihnen zur Erleichterung des Atmens gegeben?"

„Fragen Sie gerade nach Medikamenten?" antwortete er mit einem Schmunzeln.

Ich nickte.

„Natürlich habe ich Medikamente erhalten. Ich besitze jeden Inhalierapparat, den Sie sich nur vorstellen können. Serevent, Flovent, Albuterol, Ipratropium. Und dann ist da natürlich noch der Sauerstoff." Er schlenkerte den Plastikschlauch, der ihn mit dem unaufhörlichen Summen des Sauerstoffgeräts verband. „Immer der Sauerstoff."

„Ich bin mit all dem vertraut, Steven. Mit allen üblichen Behandlungen für chronische Lungenerkrankungen. Aber, um ehrlich zu sein, ich weiß nicht viel über Alpha-1-Antitrypsin-Mangel. Das gehört in das Gebiet eines Lungenspezialisten."

Ich beschrieb ihm, was ich ihm als Hospiz-Spezialist bieten konnte – die Konzentration auf die Linderung der Symptome, also der Schmerzen, der Depression oder der Erstickungsangst. „Aber die Behandlung Ihrer spezifischen Erkrankung würde einen Lungenspezialisten erfordern."

„Danke, aber nein danke." Er schaute zu Meredith hinüber. „Diesen Weg haben wir schon beschritten, nicht wahr, M?"

Wie immer aufmerksam begegnete Meredith seinem Blick direkt und nickte ihre Zustimmung.

„Wir waren bei einigen der besten Spezialisten, die es gibt", sagte Steven, „und sie haben das ihnen Bestmögliche getan. Wir haben sogar den illusorischen heiligen Gral aufgespürt, ein Medikament namens Prolastin. Nein, davon haben wir genug."

„Das letzte Mal war vor einigen Monaten", sagte Meredith. Nach der langen Stille waren ihre Worte von besonderem Gewicht. „Wir sind zu einem Spezialisten in Beverly Hills gegangen. Ein Mann, der als *der* beste Lungenarzt des Landes beworben wurde. Offensichtlich war er sehr klug, aber er besaß keinerlei menschliches Verständnis und konnte einfach nicht zuhören. Es war alles nur heiße Luft und Gepolter. Er belehrte Steven, er müsse aktiver sein." Ich hörte eine ganz neue Schärfe in ihrer Stimme. „Und dann war da noch die Warteliste für eine Lungentransplantation. Ein gewaltiges Glücksspiel mit einer zwanzigprozentigen Erfolgsrate. Steven hat das binnen eines Herzschlags abgelehnt."

„Auf keinen Fall hätte ich einem jüngeren Menschen diese Hoffnung genommen", sagte Steven.

„Aber es kam dennoch etwas Gutes bei diesem Besuch heraus", sagte Meredith und blickte zu Steven hinüber. „Es hat dich höllisch wütend gemacht und dir den Tritt in den Hintern verpasst, den du gerade brauchtest."

„Da hast du verdammt recht", antwortete er, offensichtlich Energie von ihr beziehend. „Das hat mir neuen Aufschwung gegeben. Noch Tage später habe ich über die großen Götter der Medizin geflucht. Oder vielmehr über die Möchtegern-Götter. Das war wirklich ein Tritt in den Hintern."

„Der Renegat wurde wiedergeboren?"

„Richtig, Doc. Die großartige Straße des Lungenspezialisten erwies sich als Sackgasse, also fuhr ich wieder damit fort, mein Leben auf meine eigene Weise zu führen."

Ich sah hier einen Spalt, der näherer Erkundung wert war – ein Riss, geöffnet vom Versagen des medizinischen Establishments. Hier war die Möglichkeit zur Erforschung seines Ur-Leids und zum Beginn jenes schwierigen Gesprächs, das ich erwartet hatte.

„Steven, es ist ganz klar, dass Sie auf ihrem eigenen Weg sind. Sie haben ihn die Straße der Entscheidung genannt. Es scheint mir, dass diese Straße Sie nun an eine wesentliche Gabelung gebracht hat."

In der Arbeit mit Menschen, die an ihrem Lebensende angekommen sind, ist es von grundlegender Bedeutung, ihre Ziele zu definieren. Das ermöglicht ihnen, zuerst zu bestimmen, welchen Weg sie einschlagen möchten und dann zu entscheiden, welche Behandlungen zu diesem Weg passen. Manchen ermöglicht das sogar, sich noch bewusster auf ihr Alltagsleben zu konzentrieren.

Ich beschrieb zwei verschiedene Wege, die ich für Steven sah. Der eine bestand darin, alles dafür zu tun, um so lange wie möglich am Leben zu bleiben. Der andere konzentrierte sich stattdessen darauf, jeden einzelnen

Tag mit Trost und Frieden zu erfüllen, wie viele Tage ihm auch immer bleiben würden.

„Steven, letzten Endes lässt sich alles auf eine Frage reduzieren: Was ist Ihr Hauptziel? Oder um einen Begriff aus der Sprache der Visionssuche zu verwenden, was ist Ihre Absicht?"

„Puuhhh", antwortete Steven, ein langer Seufzer durch geschürzte Lippen. „Jetzt stellen Sie die ganz große Frage, Doc. Die Eine-Million-Dollar-Frage. Ist jetzt die Zeit, um zu leben? Oder ist es die Zeit, zu sterben?"

Er hielt inne und verlor sich in seinen Gedanken. Ich wartete, aber es kam keine Antwort.

„Also, welchen Weg wollen Sie gehen?" fragte ich.

„Keinen von beiden. Zumindest nicht auf die Art und Weise, wie Sie sie beschrieben haben. Doc, ich sehe die Sache so: Wie jeder andere Mensch bin auch ich auf der Straße der Entscheidung. Auf dem Highway des Lebens, der unvermeidlich zum Tod führen muss. Aber im Gegensatz zu den meisten anderen Leuten kann ich das Ende der Straße sehen. Und es ist verdammt nah." Er streckte seine Hände vor sich aus, die Handflächen nach oben, und ließ sie steigen und fallen, als ob sie eine Waage seien, die zwei Möglichkeiten abwägt. „Die Götter der Medizin haben durchaus machtvolle Magie", sagte er und ließ die linke Hand sinken, während die rechte hinauf stieg. „Aber ich bin nicht daran interessiert, diese Straße um einen oder zwei Monate zu verlängern – nicht nur um des Überlebens willen." Dann sank die rechte Hand hinab, während die linke aufstieg. „Aber ich bin auch nicht bereit, mich in die Arme der Dunklen Göttin zu werfen. Ich werde mit ihr flirten, mit ihr tanzen, aber ich werde mich ihr nicht überlassen. Noch nicht."

Es passiert nicht oft, dass jemand sowohl im Leben als auch im Sterben so präsent sein kann, dachte ich. Die meisten Menschen versuchen, zu leugnen, dass sie sterben, aber wenn es zu offensichtlich wird, werden sie davon überwältigt. Nicht so Steven. Er tanzte schon seit Jahren mit seiner Dunklen Göttin. Für jemand anderen wäre das hier ein sehr schwieriges Gespräch gewesen. Für ihn war es nur eine Chance, einem anderen Menschen von etwas zu erzählen, das seine tägliche Wirklichkeit darstellte.

„Jetzt im Augenblick", sagte Steven, „geht es nur ums Heute. Wofür lebe ich heute? Um morgen kümmere ich mich, wenn es da ist."

Das klingt wie ein Ansatz aus dem Hospizbereich, dachte ich, war mir aber noch immer nicht sicher. Ich musste die Situation noch ein wenig mehr erkunden, und zwar sowohl seine Gründe dafür, zu leben als auch seine Bereitschaft, zu sterben.

„Steven, was Sie beschreiben, ist ein Mittelweg. Das klingt beinahe buddhistisch."

„Nein, nicht wirklich. Vor vielen Jahren habe ich mal mit dem Buddhismus geflirtet, aber ich konnte mich nie voll und ganz dazu entscheiden. Ich kam einfach nie hinter diesen Grundsatz des Loslassens, der Selbstübergabe an den Einen. Wirklich, das Gegenteil trifft zu. Bei meinem Weg ging es immer um Anhaftung. Heftigste Anhaftung. Ich bin dieses Liebes-Karma so leid, für mich gibt es nur einen Weg vorwärts. Nennen Sie es den Weg der Leidenschaft."

„Das führt uns dann zu einer anderen Frage …"

„Verdammt, Doc, Sie sind voller Fragen." Er lächelte – das erste Zeichen von Entspannung, das ich bisher bemerkt hatte.

„Völlig richtig, Steven. Noch mehr Fragen – und alle dienen dazu, *Ihre* Absicht zu klären."

Ich dachte an die Ausbildung zum Wildnisführer zurück, die ich einige Jahre zuvor absolviert hatte. Die Leiter, Gigi und Roger, ließen uns auf zwei Hochzeiten zugleich tanzen; wir waren sowohl Menschen, die sich auf ein viertägiges Fasten vorbereiteten als auch Führer in Ausbildung. Ein Schlüsselpart beider Erfahrungen war „das Interview". Als vor dem Fasten stehender Mensch war ich aufgefordert, eine Version meiner Lebensgeschichte zu erzählen, die erklären konnte, warum ich alleine hinauszugehen beabsichtigte. Dann stellen Gigi und Roger Fragen, die dafür bestimmt waren, diese Absicht zu vertiefen, indem sie „die Heldenreise" ermittelten, die in diese Geschichte eingebettet war. Später bot man mir als Führer in Ausbildung die Möglichkeit, einer der Fragenden zu sein, wenn ein anderer Mensch seine Geschichte erzählte. Als ich nach Hause zurückkehrte und meine Hospizbesuche wieder aufnahm, hatte diese Suche nach der zugrunde liegenden spirituellen Geschichte meine Art, mit sterbenden Menschen zu sprechen, grundlegend verändert.

„Und hier ist die nächste Frage", fuhr ich fort. „Worin besteht Ihre Leidenschaft? Wofür leben Sie? Als wir vorhin über Ihren Umzug auf Meereshöhe sprachen, sagten Sie, das sei geschehen, damit Sie mehr Zeit haben können. Dann fragten Sie: Mehr Zeit wofür? Ich gebe Ihnen Ihre eigene Frage zurück. Mehr Zeit wofür?"

„Liebe, Liebe, Liebe", antwortete er sofort. „Das war immer die Antwort und wird es immer sein. Mehr Zeit zum Lieben. Aber als alter, runzliger Narr hilflos herumzuliegen und nach Luft zu schnappen – das ist kein Lieben. Für mich muss Liebe etwas Aktives sein. Ich sollte der Welt etwas geben."

„Und was könnte dieses Etwas sein?"

„Wenn ich meiner Muse antworte, könnte es das Schreiben oder das Lehren sein. Die einzige Katastrophe, die noch schlimmer wäre, als wenn meine Muse mich verließe wäre, dass Meredith davonläuft."

„Was ist also mit Ihrer Muse? Hat sie Sie verlassen?"

„Ja und nein. Die Ideen kommen immer noch, aber es wird immer schwerer, sie aufzuschreiben. Alles, was ich noch kann, ist mit einem Finger auf der Tastatur herumzuhacken. Dieses letzte Buch ist fast fertig, aber es war durchwegs ein Kampf. Ich bin nicht sicher, was jetzt kommt. Und ich bin noch weniger sicher, ob ich die Kraft dafür habe."

„Und das Lehren?"

„Meredith legt ständig noch ein weiteres Ausbildungsprogramm für mich fest. Noch eine weitere Karotte, für die ich mich weiter dahinschleppen soll."

Als ich Meredith ansah, erklärte sie, dass sie ihn ständig prüfte, um herauszufinden, was ihn noch reizen könne. Die Hin- und Rückreise nach Südafrika schien zu viel zu sein, aber ein einmonatiges Ausbildungsseminar in Big Pine hatte sein Interesse erweckt.

„Die Frage ist", sagte ich zu Steven, „werden Sie sich stark genug fühlen, um sich wieder in diese Höhe zu begeben?"

Er zuckte mit den Schultern.

„Gut, wollen Sie dann mehr Kraft finden?"

„Sicher will ich das. Natürlich will ich das. Aber ich glaube nicht mehr an den heiligen Gral, an das großartige magische Elixier, das mich retten wird." Er wandte seinen Blick zum Boden und schaute mich dann an. Aus seiner Stimme klang eine neue Herausforderung. „Es sei denn, Sie sind Doktor Frankenstein und haben einen Blitz, der diesen Körper wieder ins Leben zurückschleudert."

„Ich fürchte nicht, Steven. Kein Blitz, kein magisches Elixier. Aber ich glaube, Ihnen stehen noch immer einige Möglichkeiten offen."

Mit der hohlen rechten Hand forderte er mich auf, weiterzusprechen.

„Sie haben sich auf Meereshöhe begeben, um Ihre Kraft wiederzugewinnen, richtig?"

Er nickte.

„Nun, Sie sagten bereits, dass Sie sich stärker fühlen und dass der Sauerstoffwert in Ihrem Blut ein wenig höher geworden ist. Darauf können Sie aufbauen. Betrachten Sie das als eine Zeit der Rehabilitation."

„Das stimmt", sagte Meredith und richtete sich auf. „Sein Arzt zu Hause hatte uns empfohlen, einen Ort für eine Reha-Kur für seine Lungen zu suchen. Können Sie uns einen empfehlen?"

Ich erzählte ihnen von einem sechswöchigen Programm in Santa Monica für Menschen mit chronischen Lungenerkrankungen. Dort lernte man, effizient zu atmen, die eigene Kraft wieder aufzubauen und so viel wie möglich aus dem Leben zu machen. „Kombinieren Sie das mit der geringeren Höhe hier und der höheren Sauerstoffkonzentration – wer weiß, vielleicht können Sie sich wieder neu beleben. Sie könnten sich einen neuen Aufschwung verschaffen."

Steven zeigte sich jetzt sehr engagiert. Ich bot ihm keinen heiligen Gral, sondern sah in seinen Augen die Möglichkeit für mehr Zeit widergespiegelt. Nicht mehr Zeit zum Sterben, sondern mehr Zeit zum Leben. Zeit zum Schreiben, zum Unterrichten, zum Lieben.

Nein, sagte ich zu mir, *wahrscheinlich ist er nicht fürs Hospiz geeignet.* Er wollte noch immer um sein Leben kämpfen. Und wenn die niedrigere Höhe und die Reha-Kur halfen, konnte er noch ein weiteres Jahr haben – vielleicht sogar zwei. *Doch ich muss immer noch in seinen dunklen Bergbau hineingehen.*

„Steven, Sie haben mir erzählt, warum Sie weiterleben wollen. Liebe, sagten Sie. Liebe und etwas, das Sie Ihren Leuten geben können. Jetzt möchte ich erforschen, was Sie daran denken lässt, aufzugeben. Einfach alles zu beenden. Wenn ich mich recht erinnere, nannten Sie es ‚Erstickungsangst'."

„Das ist richtig, Doc." Stevens Worte schienen unter dem Gewicht der Erinnerung an all die vielen Nächte abzusacken. „Tagsüber kann ich meist einen Grund zum Leben finden. Aber in der tiefsten Nacht kann alles zu viel werden. Manchmal möchte ich all dem einfach ein Ende setzen."

„Ziehen Sie den Suizid in Betracht?"

„Nein, nicht mehr. Vor einiger Zeit habe ich mal mit diesem Gedanken gespielt, habe dann aber entschieden, dass das nichts für mich ist. Nein, ich hasse es einfach, wie ein Fisch auf dem Trockenen herumzuzappeln und nach Luft zu schnappen. Verdammt, lasst mich doch einfach ins süße Vergessen hinübergleiten."

„Wenn wir die Erstickungsangst in den Griff bekommen würden, hätten Sie also mehr Grund zum Leben, stimmt das?"

„Verdammt richtig. Geben Sie mir ein bisschen Energie und nehmen Sie diesen Schrecken von mir – dann wären Sie ein Gott. Ein echter Gott der Medizin."

„Nochmal, Steven, es gibt hier keine Wunder. Nur die Möglichkeit, ein paar Symptome zu lindern. Sagen Sie, was haben Sie und Ihr Arzt versucht, um die Angst vor der Atemnot zu lindern?"

Er zählte eine lange Liste von Medikamenten auf. Mehrere Antidepressiva, als letztes Zoloft. Und auch einige angstlösende Mittel, zuerst Xanax und dann Klonopin. Doch nach all dem war es immer noch der Whiskey, der am besten wirkte.

„Manchmal richtig gutes Zeug, aber meistens Rachenputzer wie das hier." Er tippte gegen die Flasche zu seinen Füßen. „Ehrlich, Doc, das ist das verlässlichste Medikament, das ich gefunden habe. Es entspannt mich und macht es leichter, mit der furchtbaren Angst davor zu leben, nicht atmen zu können. Und was am wichtigsten ist – es hilft mir, zu schreiben."

„Wie viel trinken Sie denn?"

„Ich war mal bei fast einer ganzen Flasche am Tag. Das machte Meredith Sorgen, also habe ich letzte Woche damit aufgehört. Kalter Entzug. Das war vielleicht ein Fiasko. Ich habe richtig schwere Entzugserscheinungen gehabt. Wirklich schlimm. Erinnern Sie sich an diesen Song aus den Sechzigern?" Er ließ seinen ganzen Körper vibrieren und sang dabei laut „Shakin' all over."

„Das klingt schrecklich."

„Ja, es war nicht gerade hübsch. Aber mittlerweile ist nichts mehr an mir hübsch. Also bin ich wieder bei den Rachenputzern gelandet. Für den Augenblick zumindest. Aber ich habe es auf eine halbe Flasche am Tag reduziert."

„Steven, ich muss jetzt ganz ehrlich sein." Ich hielt inne, weil ich nicht wollte, dass er sich schuldig fühlte. „Whiskey ist schlicht und einfach eine schmutzige Droge. Es überrascht mich nicht, dass er bei Ihnen wirkt. Das ist verdammt starkes Zeug. Aber es hat bei weitem zu viele Nebenwirkungen. Am schlimmsten davon ist für Sie, dass es zu viele Kalorien enthält. Wenn Sie Ihre Kraft wieder aufbauen wollen, werden Sie sich besser ernähren müssen."

„Und wie soll ich dann aufhören?"

Ich beschrieb die Möglichkeit, die Menge langsam zu reduzieren und gleichzeitig Medikamente zur Linderung der Entzugserscheinungen zu verwenden.

„Okay, vielleicht kann ich von dem Zeug loskommen, aber dann habe ich immer noch das Problem dieser erstickenden Nächte. Was soll ich dagegen tun?"

„Morphium, Steven. Schlicht und einfach. Das ist das beste Mittel, das wir gegen Atemnot haben. Es wirkt hervorragend im Schmerzzentrum des

Gehirns, greift aber auch in die Zentren ein, die zum Erleben der Atemnot führen. Das, was Sie ‚Erstickungsangst' nennen."

„Moment mal, jetzt fahren Sie aber wirklich große Geschosse auf." Sein Körper versteifte sich sichtlich. „Ich bin mir da nicht so sicher. Ich kann mich daran erinnern, was das Zeug mit meinem Vater gemacht hat. Nachdem er damit begonnen hatte, Morphium zu nehmen, war er nur noch benommen. Er wurde so verdammt abhängig davon, dass er nur noch davon sprach, die nächste Dosis zu bekommen. In der letzten Woche seines Lebens war er kaum noch anwesend."

„Steven, Morphium ist eine sehr starke Droge. Genau wie Alkohol. Aber Sie befinden sich noch nicht in Ihrer letzten Lebenswoche, und Morphium zu nehmen wäre auch kein Zeichen dafür, dass Sie aufgeben. Ganz im Gegenteil. Wenn Sie Morphium vorsichtig und in geringer Dosierung einsetzen, wird es Ihnen das Atmen erleichtern und Ihren Wunsch zu leben verstärken."

Das schien ihn ein wenig zu entspannen.

„Steven, so groß auch die Last des Todes Ihres Vaters ist, sollten wir vielleicht doch mehr über Ihr eigenes Ende sprechen. Wie das aussehen und welches Hospiz dann für Sie geeignet sein könnte."

Er zog eine Grimasse.

„In Ordnung, aber nicht heute. Heute haben wir schon genug besprochen."

Definitiv noch zu früh für das Hospiz, sagte ich zu mir. *Morphium ist jetzt vollkommen angemessen – das und eine Lungenreha braucht er jetzt. Nicht das Hospiz. Noch nicht jedenfalls.*

Wir sprachen noch ein wenig über seine Befürchtungen bezüglich des Morphiums und konzentrierten uns darauf, wie wir es gegen seine Angst vor der Atemnot einsetzen könnten. Nachdem er seine Zustimmung gegeben hatte, zog ich meinen Rezeptblock hervor und begann zu schreiben.

Moment mal, sagte eine laute Stimme in meinem Kopf. *Was tue ich da eigentlich?*

Beide Stellen, an denen ich arbeitete – die HIV-Klinik und das Hospiz von Petaluma – waren ein Teil eines in sich geschlossenen Systems, das außerhalb davon stattfindende Aktivitäten nicht unterstützte. Da Steven weder HIV hatte noch für das Hospiz geeignet war, bedeutete das, ich würde „ohne Sicherheitsnetz" arbeiten. Wenn ich dieses Rezept ausschrieb, würde ich auf keine Versicherung gegen ärztliche Kunstfehler zurückgreifen und auch keine Sonn- und Feiertagsvertretung durch andere Ärzte in Anspruch nehmen können.

Nun komm schon, forderte ich mich selbst heraus. *Wie riskant kann schon ein einzelnes Rezept sein? Gib es ihm einfach und kläre das Ganze später.*

Ich fuhr fort, zu schreiben, aber plötzlich erinnerte ich mich an diesen ehemaligen Patienten von mir, der viele Jahre zuvor versucht hatte, mich zu ruinieren. Das Gekritzel auf dem Rezeptblock war unentzifferbar – sogar für mich selbst.

Soll ich das wirklich tun?

Ich zerriss den Zettel, und eine andere, noch stärkere Erinnerung ersetzte die erste. Ich saß alleine auf dem Felsgrat im Tal des Todes und lernte, wie man vergibt, wie man alte Verletzungen hinter sich lässt.

Das sind genau die Menschen, die mir dieses Geschenk gemacht haben, sagte ich mir. *Wenn es irgendetwas gibt, womit ich ihnen helfen kann, muss ich es tun.*

Ich schrieb das Rezept noch einmal aus, diesmal langsamer. Als ich Steven das Blatt gab, bebte meine Hand noch immer ein wenig, wenn auch nicht so stark, dass er es bemerkt hätte.

Okay, sagte ich mir, *wenn ich ihm schon ein Rezept gebe, muss ich auch den Rest der Arztrolle spielen.*

Ich führte eine kurze körperliche Untersuchung durch und konzentrierte mich dabei auf sein Herz und seine Lungen. Auf Merediths Bitte hin bestellte ich über das Telefon ein paar tragbare Sauerstoffgeräte. Wir sprachen über den Durchfall, der jedes Mal begann, wenn er die Menge des Alkohols reduziert hatte, und nach Betrachtung der gesamten Liste seiner Medikamente verschrieb ich ihm ein Durchfallmedikament.

„Haben Sie noch irgendein weiteres Anliegen?" fragte ich. Meine früheren Befürchtungen war jetzt verschwunden.

„Genug von mir", sagte Steven. „Erzählen Sie mir von sich. Was ist Ihre Geschichte?"

Das Unbehagen kehrte zurück. Diese Einladung verlockte den Wildnisschüler in mir, aber der Arzt war eher zurückhaltend. Einen Augenblick lang rangen die beiden miteinander darum, wie ich antworten solle.

„Nun, was wollen Sie wissen?" sagte ich schließlich.

„Dieselben Dinge, die Sie auch mich gefragt haben, Doc. Worin besteht Ihre große Leidenschaft? Was gibt Ihnen einen Grund, zu leben?"

Es kann nicht schaden, ihm ein wenig von meiner Geschichte zu erzählen, versicherte ich mir selbst.

„Nun, ich denke, Sie wissen bereits, dass ich mehrere viertägige Fastenperioden in der Wildnis durchgeführt habe. Einmal im Jahr seit nunmehr drei Jahren. Vor etwa achtzehn Monaten habe ich auch damit begonnen, Touren in die Wildnis für Ärzte, Krankenschwestern und Therapeuten zu leiten. Im Moment ist der neueste Stand meiner inneren Arbeit die Erforschung der Frage, wie ich diese Arbeit in der Natur mit meiner Hospizarbeit verschmelzen kann."

„Das ist großartig!" rief Steven aus. „Die Visionssuche ist schon immer ein Weg gewesen, das Sterben zu üben. Hospize und Übergangsriten sollten wirklich endlich zusammenkommen." Er sah zu Meredith hinüber. „Verdammt, wir hätten ihn schon letzten Monat beim Hospiz dabei haben sollen." Er erklärte, dass sie acht Hospizmitarbeiter – Ärzte, Schwestern, Seelsorger und ehrenamtliche Mitarbeiter – für ein zehntägiges Programm, das ein viertägiges Fasten beinhaltete, in die Wildnis hinausgebracht hatten. „Für so eine Tour mussten wir sie natürlich ins *Tal des Todes* führen."

„Wohin auch sonst?" Wir lachten beide. „Ich habe übrigens von diesem Programm gehört, aber erst wenige Wochen, bevor es begann. Sonst hätte ich möglicherweise teilgenommen."

Schon bald hatten sich die Rollen umgekehrt, und Steven führte jetzt das Gespräch. Als er nach mehr Einzelheiten grub – über mein Leben in der Hospizarbeit und meine Fastenerfahrungen – versuchte ich, ihn auf Distanz zu halten. Ich strebte ein empfindliches Gleichgewicht an, weil ich ihm einerseits inhaltlich substanzielle Antworten geben und andererseits als Arzt einen gewissen Abstand wahren wollte. Steven wollte von diesem Gleichgewicht nichts wissen. Doch je mehr ich ihm erzählte, umso unbehaglicher fühlte ich mich. Diese Vertraulichkeit war wie eine starke, schnell wirkende Droge: berauschend und schnell süchtig machend, aber auch mit sicheren Nebenwirkungen. Dann kam all das zu einem völlig unerwarteten Höhepunkt.

„Sie sollten die nächste Hospiz-Fastentour leiten!" verkündete Steven. Sein Gesicht war so lebendig wie während unserer ganzen bisherigen Begegnung nicht. „Ja, Doc, das wäre großartig. Ich schaffe es nicht mehr, zehn ganze Tage in der Wüste zu verbringen. Aber wenn Sie als Leiter dienen würden und zehn Tage lang der Anker für die Gruppe wären, könnten Meredith und ich für kurze Abschnitte hinzukommen."

Steven Foster und Meredith Little wollen sich mit mir zusammentun? Nun wollte ich hoch hinaus. Aber bald schon begannen die Nebenwirkungen, die Freude zu überwältigen. Es begann als Unsicherheit – *Kann ich das denn?* –, eskalierte zu Ängstlichkeit und grenzte schon bald an Furcht. Echte Furcht. *Ich bin ein Arzt*, schimpfte ich mit mir selbst. *Ein Arzt! Nicht sein Schüler, nicht sein Kollege und ganz gewiss nicht sein Freund.*

„Das sollten wir tun", sagte ich. „Ich reise bald zu einer fünftägigen Tour nach Joshua Tree ab." Ich beschrieb die geplante Tour. Sieben Ärzte einschließlich meiner selbst, zwei Krankenschwestern und ein alter College-Freund von mir. Ein Tag zum Ankommen, ein anderer für Trennung und Vorbereitung, eine von einem Sonnenaufgang zum nächsten dauernde Fastenzeit in der Einsamkeit und schließlich ein weiterer Tag für die Geschichten der Teilnehmer. „Lassen Sie mich Ihren Vorschlag in die Wüste tragen. Während der Zeit alleine werde ich Ihr Angebot als meine eigene, persönliche Absicht verwenden."

„Abgemacht, Doc." Steven reichte mir die Hand und zog mich dann zu einer Umarmung heran. Dieser große Bär von einem Mann hatte schließlich doch noch seine Regenbogenforelle zu fassen bekommen. Glücklicherweise ging es bei seinem Spiel nicht nur um das Fangen, sondern auch darum, wieder loszulassen.

„Eines noch, bevor ich gehe." Ich blieb stehen und schaute zuerst Steven, dann Meredith an. „Dieser ganze Hausbesuch hat außerhalb des Sicherheitsnetzes der medizinischen Institutionen stattgefunden."

Ich erklärte ihnen, dass ich hier weder auf eine Kunstfehlerversicherung, noch auf andere Ärzte zurückgreifen konnte. Sie schenkten mir ihre volle Aufmerksamkeit, und für mein Empfinden auch ihr Mitgefühl.

„Vor vielen Jahren wurde ein Patient, der auch ein Freund war, sehr wütend auf mich. Es wurde so hässlich, dass er versuchte, mich zu zerstören. Und beinahe hätte er es auch geschafft."

Ich hielt einen Moment inne und spürte, wie mich der dunkle Strudel der Erinnerung wieder hinabzog. *Das ist Vergangenheit*, sagte ich zu mir und widerstand dem Sog.

„Es war eine Riesenschweinerei. Danach habe ich mir geschworen, nie wieder dieses Risiko einzugehen – sowohl Arzt als auch Freund zu sein. Aber im Moment tue ich genau das. Auch wieder ohne jedes Sicherheitsnetz. Wenn ihr mich verklagen würdet, könntet ihr mich ruinieren. Finanziell und auch emotional. Ihr würdet zwar nicht viel Geld bekommen, weil ich nicht viel habe, aber ihr wärt immer noch in der Lage, mich zu ruinieren."

„Aber warum sollten wir das jemals tun wollen, Doc?" fragte Steven mit tiefernstem Gesicht.

Ich schaute ihn fragend an.

Steven blickte auf seine Füße und schüttelte langsam den Kopf. Als er wieder aufblickte, war ein Lächeln in seinem Gesicht, so breit wie die Mondsichel. „Doc, warum sollten wir uns die Mühe machen, dich zu verklagen, wenn du sowieso kein Geld hast?"

Ich antwortete ebenfalls mit einem Lächeln.

TEIL II

An diesem Tag und in dieser Nacht sind [die Ihnen nahestehenden Personen] in Ihrer Todeshütte zu Gast, einer symbolischen Struktur, die Sie auf heiligem Grund errichtet haben. Sie schließen mit einem nach dem anderen ab und vollenden die Beziehung, die Sie im Leben zu ihnen hatten.

In der Todeshütte erstellen Sie die endgültige Fassung Ihres letzten Willens und geben all Ihre irdischen Besitztümer fort. Das ist heiliger Boden. Niemand, der nicht direkt mit Ihrer Entscheidung zu tun hat, auf dem Großen Ballspielplatz zu tanzen, kann hierher kommen. Auch jene, denen Sie Unrecht zugefügt haben oder die Ihnen noch immer etwas nachtragen könnten, werden hier willkommen geheißen und um Vergebung gebeten. In der Todeshütte vollzieht sich eine wichtige Veränderung in der Einstellung des Tänzers. Es gibt keine Zeit mehr dafür, sich unbestimmten und unrealistischen Fantasien zu widmen. Jetzt, wo dem Tänzer nur noch so wenig Zeit bleibt, sieht er deutlich, was real ist und was nicht.

Wenn Sie sich von Ihren irdischen Besitztümern befreit und von allen, die Sie in der Hütte besuchten, die Erlaubnis dazu erhalten haben, schließen Sie die Tür der Hütte. Symbolisch beenden Sie so den körperlichen Teil Ihres Lebens. Nun sind Sie jenseits des physischen Kontakts mit jenen, die Sie lieben. Diese Menschen können nur noch aus der Ferne zuschauen.[40]

Steven Foster, *The Great Ballcourt Vision Fast*

---

40) unveröffentlicht

DIE TODESHÜTTE

Eine Lektion, die man am Bett eines Sterbenden erhält
Sie sind ein sterbliches Tier, und die Zeit Ihres Todes nähert sich nun. Stellen Sie sich vor, dass Sie bewusst auf die Straße der Entscheidung getreten sind und sich vor Ihrem letzten Spiel auf dem Großen Ballspielplatz befinden. Jetzt ist es an der Zeit, sich vorzubereiten – beginnend mit dem Besuch der Todeshütte, „einem kleinen Haus abseits des Dorfes, in das sich die Menschen begeben, wenn sie jedem mitteilen wollen, dass sie jetzt bereit sind, zu sterben."[41]

Vielleicht haben Sie das Glück, über einen besonderen Platz zu verfügen, an dem Sie diese Vorbereitungen durchführen können. Es könnte ein Hospiz sein, in dem man wohnen kann – das moderne Äquivalent zur Todeshütte früherer Zeiten, ein Ort, der eigens zum Sterben erbaut worden ist. Oder Ihre Stadt verfügt über die moderne Möglichkeit des Hospizes zu Hause, bestehend aus einer Gruppe von Pflegern, die Ihnen dabei helfen, Ihre letzten Tage zu Hause zu verbringen. Wo immer Sie dieses bedeutsame Ritual auch durchführen, dieser Raum, diese Todeshütte wird zu einem heiligen Ort werden. Freunde und Familienmitglieder kommen dorthin, um sich zu verabschieden. Und dort bringen Sie auch ein ganzes Leben voller Beziehungen zum Abschluss.

Einer alten Hospiz-Weisheit zufolge gibt es fünf Sätze, die Ihnen dabei helfen können, eine Beziehung zu vollenden: „Bitte vergib mir." „Ich vergebe dir." „Ich danke dir." „Ich liebe Dich." „Lebewohl."[42] Die Arbeit in der Todeshütte besteht im Wesentlichen darin, diese Worte auf die eine oder andere Weise zum Ausdruck zu bringen. Manchmal sind diese letzten Begegnungen sehr schwierig. Da könnte es zum Beispiel ein Familienmitglied geben,

---

41) Foster und Little, *Visionssuche*

42) Die Lehren zur Vollendung einer Beziehung entstammen einer unbekannten Quelle, aber Ira Byock hat auf diesen Weisheiten ein Buch aufgebaut, das *The Four Things That Matter Most: A Book About Living* heißt (Free Press, New York 2004). Anstatt sich ausschließlich auf die Vollendung von Beziehungen auf dem Totenbett zu konzentrieren – ein Vorgang, der notwendigerweise mit dem letzten Schritt des Abschiednehmens endet – findet er in unserem Leben auch Plätze für die ersten vier: das Gewähren und Empfangen von Vergebung, Dankbarkeit und Liebe.

das in problematischen Momenten immer recht unzugänglich war, oder jemand, mit dem Sie sich vor kurzem schwer gestritten haben, oder ein alter Freund, dem Sie schon Jahre nicht mehr begegnet sind. Wer auch immer zu Ihnen in die Hütte kommt – die alten Feindseligkeiten, die einst zwischen Ihnen herrschten, erscheinen jetzt bedeutungslos, wenn nicht sogar albern. *Schau, ich sterbe,* sagen Sie zu sich selbst (und vielleicht sogar laut zu den anderen), *das ist nicht die richtige Zeit, um in der Vergangenheit steckenzubleiben.* Wem Sie auch begegnen, immer werden Sie Worte der Vergebung anbieten und erhalten, so dass Liebe und Dankbarkeit frei zwischen Ihnen und den anderen Menschen fließen können. Und wenn endgültig die Zeit zum Abschiednehmen kommt, entlassen Sie einander gegenseitig mit dem größten aller Segen in ihr jeweiliges Schicksal.

Stellen Sie sich nun eine Horror-Version Ihres Sterbens vor, die weit entfernt von einem besonderen Raum in Ihrem Zuhause stattfindet. Sie sind mit einer schweren Erkrankung konfrontiert, für die es jedoch gute medizinische Behandlungsmöglichkeiten gibt. Da Sie sich der vor Ihnen liegenden Gefahren wohl bewusst sind, bitten Sie die Ärzte, alles nur Mögliche zur Rettung Ihres Lebens zu unternehmen. Dann tauchen Komplikationen auf, und Ihre Ärztin überweist Sie in ein Krankenhaus, wo man Sie bald schon auf die Intensivstation verlegt. Die einzige Privatsphäre dort besteht in einem Vorhang, den man an drei Seiten um den Patienten ziehen kann und der einen Raum umschließt, der gerade mal groß genug für ein Bett und ein paar Maschinen ist, die ständig piepsen und blinken, um zu bestätigen, dass Sie noch am Leben sind. Ihre häufigsten Besucher sind ein ganzes Bataillon von Menschen, die zum Krankenhauspersonal gehören, deren Identität sich jedoch nach noch einem weiteren Schichtwechsel deutlich zu verwischen beginnt. Wenn Ihre Freunde oder Familienmitglieder zu Besuch kommen, wird jeder von ihnen für eine kurze Zeit hineingeführt, aber aufblitzende Maschinen und emsige Schwestern verhindern den Austausch von mehr als der hoffnungsvollen Erklärung, wie gut Sie sich doch halten.

Eines Tages wendet sich plötzlich alles zum Schlechteren. Ein Lungenspezialist steckt einen Atemschlauch in Ihre Kehle, was das Sprechen für Sie unmöglich macht. Weil Ihr Körper beginnt, sich gegen die Kraft des Beatmungsgerätes zu wehren, sediert man Sie und lähmt all Ihre Muskeln. Tagelang quälen sich Ihre Freunde und Familienmitglieder wegen Ihres Zustands. Können Sie sich wieder erholen, oder ist die Situation hoffnungslos geworden? Schließlich kommt eines Tages die Klarheit. Sie sterben. Jeder begreift das – außer Ihnen, weil Sie tief ins Koma versunken sind.

Ein paar tapfere Freunde und Familienmitglieder versammeln sich für eine letzte Wache an der Seite Ihres Bettes. Einer von ihnen tritt vor, um Ihre Hand zu halten. Der Lungenspezialist, dem Sie bis vor einer Woche noch nie begegnet waren, dreht langsam die Beatmungsmaschine herunter, die Sie am Leben hält. Als sich Ihr Herzschlag zu verlangsamen beginnt und Ihre Hirnwellen nur noch ein Flackern sind, beugt sich eines Ihrer Familienmitglieder über Sie und wispert in Ihr Ohr: „Auf Wiedersehen, mein Liebes. Ich liebe dich. Ich bin so stolz auf dich für all das, was du gewesen bist und getan hast." Hören Sie diese Worte, oder sind Sie bereits zu weit entfernt, um sie noch wahrzunehmen? Wie auch immer, die Zeit Ihrer Todeshütte ist bald vorbei.

Man könnte noch Tausende weiterer Szenarien beschreiben; in einigen davon ist das Sterben zu Hause qualvoll und hässlich, und in anderen bietet das Krankenhaus eine sichere und angenehme Umgebung für einen friedvollen Tod. Welche Version wird die Ihre sein? Ihre Werte und Ihre Entscheidungen werden die Art und Weise, wie sich Ihre Geschichte entfaltet, höchstwahrscheinlich sehr beeinflussen. Aber wie gut Sie sich auch vorbereiten, immer wird vieles von dem, was geschieht, zufällig und unkontrolliert erscheinen. Diese Ungewissheit führt zu einigen wenigen, aber überaus wichtigen Fragen:

Will ich die Arbeit in der Todeshütte bis zu dem Zeitpunkt verschieben, an dem ich aktiv sterbe – will ich bis zum absoluten Ende warten, um meine Beziehungen zu vollenden?

Oder will ich die verbliebenen Wunden lieber während meines Lebens heilen, damit ich diese Beziehungen aktuell *erhalten kann?*

Gerechtigkeit und Mitgefühl ins Gleichgewicht bringen

Wenn die Zeit kommt, die fünf Sätze auszusprechen, die eine Beziehung heilen können – bitte vergib mir, ich vergebe dir, ich danke dir, ich liebe dich und Lebewohl – ist es oft am schwierigsten, Vergebung zu erhalten und anderen zu vergeben. Es ist schwer, zu vergeben, weil das noch einen weiteren Schritt erfordert, der ihm vorausgehen muss. Möglicherweise müssen wir erst sagen: „Ich bin wütend." Eine längere Version davon könnte so lauten: „Was zwischen uns geschehen ist, war sehr schmerzhaft, und auch wenn ich irgendwann später in der Lage sein mag, dir zu vergeben, wird das, was du getan hast, dennoch nie in Ordnung sein." Wenn wir zu rasch die andere Wange darbieten, riskieren wir eine nur oberflächliche Vergebung, die das Geschehene zu billigen oder zu minimieren scheint, wodurch wir uns selbst erniedrigen und die Chance erhöhen, wieder zum Opfer zu werden. Es scheint, dass ein reifer Zorn der notwendige Partner einer reifen Fähigkeit zur Vergebung ist. Indem wir das verwerfen, was falsch war, behaupten wir unsere eigene moralische Autorität. Wenn das auf eine gute Weise geschehen ist, können wir eventuell den Königsweg zur Vergebung einschlagen. Mitgefühl muss ebenso mit Gerechtigkeit ausbalanciert werden, wie die Gerechtigkeit des Mitgefühls bedarf.

Steven hat während seines ganzen Lebens mit seinem Zorn gerungen. Als Kreuzritter, der sich der Wandlung der Welt und der „Gerechtigkeit für alle" verschrieben hatte, war er zugleich auch ein unbeständiger und unberechenbarer Mann mit einem scharfen und machtvollen Schwert, das in zweierlei Richtung schneiden konnte. In seinen jungen Jahren wies er ein besonders sprunghaftes Verhalten auf, und die Wunden, die er anderen und oft auch sich selbst zufügte, waren oft sehr tief. In seiner Autobiografie identifiziert er die Hauptursache seiner wechselhaften Natur:

> Ich liebe meine Mutter. Sie ist eine liebe christliche Frau. Aber sie hat mich böse reingelegt. Sie hat mich dazu erzogen, zu glauben, wenn ich nicht zu einem guten christlichen Ehrenmann heranwachse, würde ich nicht geliebt werden. Ich tat mein Bestes, um mich einzufügen. Erst, als ich von Zuhause fortging, begann ich, mich schmerzhaft und allmählich von ihrem Einfluss abzuschneiden. Ich glaube, ich musste durch und durch verrufen werden, um dieses Band aufzulösen. Auf gewisse Weise könnte meine verzweifelte Suche als ein Streben nach jeder möglichen Erfahrung definiert werden, die sie peinigen oder abstoßen würde. Warum war da eine derart extreme Reaktion auf die Liebe einer Mutter? Was versuchte ich zu beweisen? Warum musste ich so weit gehen?
> „Schäme dich", sagt das Gewissen meiner Mutter. „Scham und Schuld. Du hast deine Mutter verletzt. Du hast deine Frauen verletzt. Du hast deine Kinder verletzt. Aber ich vergebe Dir. Jesus vergibt dir. Er ist für deine Sünden gestorben. Nimm ihn wieder in dein Herz auf und sei von deinen Sünden gereinigt." Aber ich kann nicht. Ich muss meinen eigenen Weg finden. Dieses Schuld-und-Scham-Zeugs tut mir nicht gut. Ich sollte wissen, wovon ich rede. Ich habe mich mit Schuld selbst derart grün und blau geschlagen, dass die Leute nicht mehr mit mir leben konnten. „Hier kommt der schuldige Typ", haben sie gesagt und eine andere Richtung eingeschlagen.[43]

---

43) Foster, *Under the Skirt of the Dark Goddess*

Elisabeth Kübler-Ross zufolge ist Zorn eines von fünf angeborenen Gefühlen, die man Kindern nicht beibringen muss – die anderen vier sind Liebe, Angst, Trauer und Eifersucht.[44] Seit Jahrhunderten wird der Ausdruck dieser natürlichen Emotionen von der zivilisierten Gesellschaft unterdrückt, was zu schädlichem oder selbstzerstörerischem Verhalten führt. Es kann sehr herausfordernd sein, Kinder zu lehren, wie sie ihre Gefühle auf gesunde Weise ausdrücken können, aber es ist auch überaus wichtig. So ist es zum Beispiel wichtig, zu lernen, wie man Zorn auf angemessene Weise zum Ausdruck bringt, um innere Autorität und Durchsetzungsvermögen nach außen zu entwickeln. Kübler-Ross beharrt darauf, dass der gesunde Ausdruck von Zorn nicht länger als fünfzehn Sekunden andauern sollte – „lange genug, um ‚nein danke' zu sagen."[45]

Steven wurde als Kind keine gesunde Art der Kultivierung innerer Autorität und äußerer Durchsetzungskraft ermöglicht. Stattdessen beanspruchte er diese als zorniger junger Mann als sein Geburtsrecht, selbst wenn das bedeutete, einen ziemlich gewundenen Pfad zur Reife zu gehen. Wieder ist es wichtig, Stevens Kindheitsgeschichte innerhalb ihres historischen Rahmens zu betrachten. Er wuchs nach dem Zweiten Weltkrieg auf, in einer Zeit, in der seine Eltern und Altersgenossen wirklich die Ärmel hochkrempeln und an die Arbeit gehen mussten. Die dominierenden Farben ihrer emotionalen Palette waren die Grau- und Schwarztöne der auf den Krieg folgenden Trauer und der Angst vor dem Kalten Krieg. Alle starken Gefühle, die ein Mensch vielleicht empfand, wurden gut verborgen, und schwierige Gespräche unterdrückte oder vermied man, sei es nun im Krankenhaus, im Büro oder zu Hause. Man führte sein Leben in der schwarzweißen Vorstadt einer Fernsehserie á la „Erwachsen müsste man sein."[46]

Dann kamen die sechziger Jahre und mit ihnen häufige Momente lebhafter Gefühle. In seiner viele Jahre später geschriebenen Biografie erinnert sich Steven so an diese Zeit:

> Hin und wieder taucht eine Person aus diesen verrückten Jahren, in denen ich an der San Francisco State University unterrichtet habe, in der Gegenwart auf und sagt: „Ich erinnere mich an Sie." Dann zucke ich innerlich immer zusammen. Ich fürchte mich nicht etwa vor der

---

44) Elisabeth Kübler-Ross, *Befreiung aus der Angst* (Knaur 2010)
45) Ebenda.
46) „Leave it to Beaver": Eine US-amerikanische Sitcom der 1950er und 60er Jahre. (A.d.Ü.)

Erinnerung – es ist nur viel einfacher, zu vergessen. Wir waren so viele damals in San Francisco, die Rockmusik hörten, Gras rauchten, LSD nahmen, ausstiegen und von Revolution sprachen. Die Black-Power-Bewegung marschierte durch die heiligen Hallen der akademischen Welt. Hübsche Mädchen warfen Blumen in die offenen Mündungen der Polizeigewehre. Bomben explodierten in Waschräumen und Mülleimern. Heterosexuelle Menschen, schwule Menschen, arme Menschen, Menschen auf Gras, LSD, Speed, Kokain oder Heroin marschierten und forderten ihre Rechte ein. Sondereinsatzkommandos schlugen anderen die Köpfe blutig. Bob Dylan jammerte: „The times they are a-changin'."[47]

Die Zeiten veränderten sich tatsächlich. Jede Sache, jedes Thema schien eine eigene Version der Befreiung, eine eigene selbst erklärte Bewegung zu haben. Da waren die Frauenbewegung, die Männerbewegung, die Schwulen- und Lesbenbewegung. Die Bürgerrechtsbewegung, die Bewegung zur freien Meinungsäußerung und die Antikriegsbewegung. Selbst in Kliniken und Krankenhäusern gab es die Bewegung dafür, alle Mitglieder einer Familie von ein und demselben Arzt behandeln zu lassen, die Bewegung für die Rechte der Patienten und später die Bewegung für das Recht, zu sterben. Für viele Menschen hatte die Aufrechterhaltung ihrer eigenen moralischen Autorität, ihres eigenen persönlichen Gerechtigkeitsempfindens eine derart große Bedeutung erlangt, dass sich die Balance zwischen Gerechtigkeit und Mitgefühl oft sehr verschob.

Da Steven ein recht impulsiver Querdenker war, verlor auch er das Gleichgewicht zwischen der Gerechtigkeit sich selbst gegenüber und dem Mitgefühl für andere. Als er sich vollständig der Suche nach Selbstentdeckung überließ, folgte er einem oft ausschweifenden und selbstzerstörerischen Pfad. Unterwegs schaffte er es, zwei Ehefrauen, zwei Kinder, zwei Stiefkinder und unzählige Freunde zu verlieren, während er zugleich mehr als nur seinen Teil an emotionalem Gepäck ansammelte. Als er Anfang dreißig war, lag eine große Herausforderung vor ihm. Würde er bis zu seinem Totenbett damit warten, diese Last in die Todeshütte zu bringen? Oder sollte er sich dieser schwierigen Beziehungsarbeit widmen, solange er noch gesund und munter war?

47) Foster, *Under the Skirt of the Dark Goddess*

Den Zorn loslassen lernen

Wir bringen unsere bedeutsamsten Beziehungen zur Todeshütte. Wir möchten den Menschen, die uns am wichtigsten sind, Liebe und Mitgefühl entgegenbringen, aber frühere Konflikte mit einigen von ihnen können uns verletzt haben (oder umgekehrt). Möglicherweise ist zur Wiederherstellung des Vertrauens eine reife Form des Zorns notwendig – ein gesundes „nein, danke", das die Grenze zwischen dem zieht, was in Ordnung ist und was nicht. So wichtig Zorn bei der Aufrechterhaltung der moralischen Autorität auch sein mag, kann er manchmal einfach zu lange schwären und an der Seele nagen. Dann stecken wir in einer alten Geschichte fest, die „Ich bin und werde immer das Opfer (oder der Verursacher) dieser Wunde sein" heißt. Dann könnte eine tiefere Form der Heilung erforderlich sein. Ist es möglich, diese alte Geschichte auszupacken und loszulassen, die so tief in uns steckt? Können wir Platz für eine neue Geschichte schaffen? Und wird diese neue Geschichte das Gleichgewicht zwischen Mitgefühl und Gerechtigkeit wieder herstellen?

Etwa zu der Zeit, als Steven zu seinem Aufenthalt in der Wüste aufbrach, begann Elisabeth Kübler-Ross mit neuen Wegen zu experimentieren, wie man Menschen dabei helfen könnte, diese alten Geschichten auszupacken – ein Prozess, den sie als „Entäußerung" bezeichnete. Nach vielen Jahren des Reisens frustrierte es sie, in großen Hörsälen voller gesichtsloser Menschen zu sprechen.[48] Stattdessen begann sie, in vertraulicherem Rahmen und über einen längeren Zeitraum hinweg zu arbeiten. Schließlich entschied sie sich für Gruppen von bis zu einhundert Menschen, die für fünf Tage in einem Seminarzentrum zusammenkamen. Gemeinsam mit ihrem Betreuerstab half sie den Teilnehmern dabei, ihre unerledigten Angelegenheiten zu vollenden, wie sie es bei sterbenden Menschen auf dem Totenbett beobachtet hatte.[49]

Lange Zeit, nachdem Elisabeth Kübler-Ross mit dieser Arbeit begonnen hatte, konnte ich aus erster Hand erfahren, was Entäußerung bedeutet. 1988 befand ich mich in der Mitte meiner Facharztausbildung und nahm an einem der von ihr entworfenen Seminare teil. Stellen Sie sich einhundert Menschen vor, die im Schneidersitz auf dem hölzernen Boden eines großen Raumes sitzen und alle die Hauptanleiterin anschauen, eine große, majestätische Frau, die ich „Marti" nennen möchte. Eine Person nach der anderen nimmt neben Marti auf einer blanken Matratze Platz, die auf dem Boden liegt. Jede von ihnen erzählt eine andere Geschichte des Schmerzes: vom Kampf mit

---

48) Kübler-Ross, *Befreiung aus der Angst*
49) Ebenda.

dem Krebs, vom Tod eines nahen Freundes, von einer Scheidung nach Jahrzehnten der Ehe. Marti dirigiert die Saga einer jeden Person, als wenn es eine Sinfonie aus dynamischen Emotionen wäre. Nach der anfänglichen Darstellung des Themas besteht der erste, vollständig präsente Moment oft aus Zorn, und Marti gibt der Person einen langen Gummischlauch, mit dem sie auf einen Stapel aus alten Telefonbüchern einschlagen kann. Wenn sich das in ein klagendes Weinen verwandelt, reicht sie ein verknotetes Handtuch, an dem man zerren und das man winden kann. Um ein sanfteres Weinen zu unterstützen, stellt sie ein Kissen zum Halten und Streicheln zur Verfügung. Währenddessen bewegen sich fünf weitere Anleiter durch den Raum und halten bei den Zuschauern nach Anzeichen von Tränen oder Erregung Ausschau. Dann führen sie diese Menschen nacheinander zu einer Matratze in einem Nebenraum, wo sie ihre eigene Entäußerungsarbeit tun können.

Für eine Kultur, die auf der Unterdrückung von Gefühlen basiert und schwierige Gespräche vermeidet, war diese Arbeit bahnbrechend. Die Teilnehmer erfuhren aus erster Hand, dass die fünf bereits von Elisabeth Kübler-Ross beschriebenen Phasen einer tödlichen Erkrankung – Leugnung, Zorn, Verhandeln, Depression und Akzeptanz – für jeden anderen Menschen, der einen großen Verlust erfährt, ebenso wichtig sind. Wenn wir etwas oder jemanden verlieren, das bzw. der sehr wichtig für uns ist, kann uns der aktive Ausdruck unseres Kummers dabei helfen, uns durch ihn hindurch und auf die andere Seite davon zu bewegen. Wenn wir diese Trauerarbeit nicht leisten, stauen sich die negativen Gefühle in uns an, und wir setzen möglicherweise auch weiterhin eine Lebensgeschichte fort, die immer wieder dazu führt, dass wir uns als „Opfer dieses Verlustes" erleben. Elisabeth Kübler-Ross meint, je jünger wir sind, wenn wir mit dem Auspacken dieser Gefühle beginnen, umso umfassender können wir das Leben danach erfahren.[50]

Sie schreibt:

> Die meisten Menschen reagieren im Leben eher, als dass sie agieren. Die meisten Menschen verwenden 90 Prozent ihrer Zeit und Energie dafür, sich um die Zukunft zu sorgen und leben nur zu 10 Prozent im Jetzt. Wenn der Tümpel aus unterdrückten negativen Gefühlen erst einmal geleert worden ist, können wir dieses Verhältnis ändern und ein viel erfüllteres, befriedigenderes, weniger zehrendes und daher auch weniger Krankheit produzierendes Leben führen als zuvor.[51]

50) Elisabeth Kübler-Ross, *Erfülltes Leben – würdiges Sterben* (Gütersloher Verlagshaus 2004)
51) Kübler-Ross, *Befreiung aus der Angst*

Steven, Meredith und Ginnie haben die Arbeit von Elisabeth Kübler-Ross zutiefst bewundert. Sowohl Steven als auch Ginnie standen mit ihr in Briefkontakt, und Ginnie freundete sich sogar mit ihr an (Elisabeth Kübler-Ross schrieb das Vorwort zu *Last Letter to the Pebble People*). Dennoch haben weder Steven, noch Meredith oder Ginnie je an einem ihrer Seminare teilgenommen. Als Steven zum ersten Mal davon hörte, hatte er seine eigene Entäußerungsarbeit bereits getan – allerdings auf weitaus gefährlichere Art und Weise.

> Mein Verlangen nach psychedelischen Zuständen war [in den frühen siebziger Jahren] zwanghaft und allumfassend. Fakultätssitzungen, Vortragssäle, Schlafzimmer, Wohnzimmer, Busse, Filme, Bücher, Straßenecken, Fernstraßen, Parkanlagen, Nationalforste, die Wildnis – wo ich mich auch befand, ich war high. Inmitten eines Streits mit meiner Frau war ich high. Wenn ich lustvoll in den Armen einer Frau keuchte, war ich high. Wenn ich meinen Kindern spielte, war ich high. Wenn ich im Klassenzimmer vor meinen Studenten sprach, war ich high. Und jeder Trip, den ich einwarf, trennte einen weiteren Stich im Gewebe meiner weißen, angelsächsisch-protestantischen Erziehung auf.
>
> Aus den herausgezerrten Stichen quollen Tränen hervor. Fast alles konnte einen Tränenausbruch auslösen. Oft merkte ich gar nicht, dass ich weinte. Das Schluchzen explodierte aus irgendeiner tiefen Magma-Kammer heraus, und ich weinte um die Welt, um die Tiere, um die Menschen, um mich selbst – denn alles schien so wunderschön vergeblich zu sein, so richtig, so wahr, dass alle Dinge nur zu einem Zweck geschaffen schienen. Mit diesen Tränen *wusste* ich. Seitdem habe ich immer versucht, auf diese Weise zu wissen.[52]

Steven nutzte psychoaktive Drogen auf höchst ungewöhnliche Weise und mit bedeutsamem Schaden für seine Karriere, seine Familie und insbesondere seine Kinder, um einen riesigen Eimer auszuleeren, der mit unterdrückten Gefühlen angefüllt gewesen war. Er hat die ersten dreißig Jahre seines Lebens *reagierend* verbracht – zunächst aus einem Gefühl der Verpflichtung heraus und dann mehr und mehr aus Widerstand gegen diese Verpflichtung. Sein Tod als Universitätsprofessor und die fast vollständige Auflösung seines Familienlebens waren Teil eines langen Abtrennungsprozesses, im Zuge des-

---

52) Foster, *Under the Skirt of the Dark Goddess*

sen er seine alten, aus der Kindheit stammenden Anbindungen an Scham, Schuld und Zorn durchtrennte. Er öffnete eine Tür für die Möglichkeit persönlicher Vision und Inspiration, für den Weg des *Agierens* anstatt des *Reagierens*. Eine derart radikale Transformation ist jedoch nicht mit nur einem Mal erledigt, sondern muss über viele Jahre hinweg bearbeitet werden. Für Steven hatte die wahre Arbeit in der Todeshütte gerade erst begonnen.

Eine Lektion in Selbstvergebung
Von den fünf Schritten, die eine Beziehung vollenden (oder aktuell halten), ist „bitte vergib mir" derjenige, über den wir am wenigsten Kontrolle haben. Wie sehr wir auch immer dazu bereit sein mögen, die Verantwortung für unser eigenes Handeln zu übernehmen, wie gut wir auch immer unsere Reue und unsere Entschuldigung auszudrücken imstande sind, es kann immer sein, dass andere Menschen beschließen, uns ihre Vergebung vorzuenthalten. Wenn wir weder Mitgefühl noch Vergebung erhalten, kann es notwendig werden, das „bitte vergib mir" durch „ich vergebe mir selbst" zu ersetzen. Wenn es nicht möglich ist, eine vollständige Versöhnung zu erreichen, muss die Wiederherstellung des Gleichgewichts von Gerechtigkeit und Mitgefühl alleine vollzogen werden. Das gehört zu den schwierigsten inneren Aufgaben, denen wir uns gegenübersehen können. Doch für jene, die dazu in der Lage sind, kann sich das, was einst mühselige Qual oder Schuld war, in ein tieferes Mitgefühl für andere verwandeln, die auf ähnliche Weise verletzt worden sind – oder vielleicht sogar in den Wunsch, dafür zu arbeiten, dass diesen Menschen Gerechtigkeit widerfährt.

1972 – ein Jahr, nachdem Steven seine Stelle an der Universität verloren hatte – war sein Leben ein völliges Chaos. Er hatte seine zweite Frau, sein Kind Keenan und seine beiden Stiefkinder Kevin und Shelley verlassen und bald danach einen weiteren Sohn namens Christian gezeugt, den er ebenfalls zurückließ. Steven beschreibt diese harte Zeit in einem seiner Tagebücher:

> Ohne Geld, ohne Freunde oder eine Muse machte ich mich auf Suche nach dem Bündel, das der Narr am Rande des Abgrunds zurückgelassen hatte, bevor er ihn überschritt. Das Bündel enthielt nicht viel: vier Kinder, zwei Ehefrauen, 83 Ex-Geliebte, 30 oder mehr alte Tagebücher, ein Banjo, ein paar Bücher, ein Schlafsack, ein leeres Päckchen

DIE TODESHÜTTE

Zigarettenpapier, die Gespenster meiner Mutter und meines Vaters und eine Sehnsucht, die der Erfüllung harrte.[53]

Schließlich entschied sich Steven dazu, diesem Lebensfiasko zu entfliehen, indem er mit einem VW-Bus zur Wüste von Nevada aufbrach. Diese Entscheidung war wiederum eine Form der Entäußerung – eine Projektion seiner trostlosen inneren Landschaft auf eine riesige Einöde.

Ich sagte all meinen Freunden, die nicht wirklich Freunde waren, Lebewohl und machte mich auf den Weg nach Nirgendwo, Nevada. Als die Gegend um die Bucht von San Francisco hinter mir verschwand, traf mich die ungeheure Tragweite dessen, was ich hier gerade tat, wie ein Faustschlag. Ich lief vor allen davon. Ich ließ alles zurück. Ich wich auf drastische Weise meiner Verantwortung als Vater, als Brotverdiener, als stützendem Mitglied der Gesellschaft aus. Von nun an war ich ein Ausgestoßener, ein Geächteter, ein Herumtreiber, ein Vater, der seiner Unterhaltspflicht nicht nachkommt, auf der Flucht, ein Niemand. Autos fuhren in der Nacht an mir vorbei. Menschen, die einen Ort hatten, an den sie gehen konnten. Aber ich hatte nicht die geringste Ahnung, wohin ich ging.

In dieser Nacht fuhr ich von San Francisco nach Wendover und stopfte mir jede halbe Stunde [Kokain in] die Nase. Schließlich fuhr ich direkt nach der Grenze von Utah erschöpft, zugedröhnt und mit meiner Weisheit am Ende rechts ran und verlor das Bewusstsein.

Am nächsten Morgen … blickte ich nach Osten über die enorme Ausdehnung der Großen Salzwüste hinweg. Eine solche Weite, und so ein belangloses, törichtes Leben. Plötzlich fürchtete ich, mit dieser Weite nicht umgehen zu können. Meine akademischen Grade hatten hier keinerlei Bedeutung. Ich war nur irgendein Typ, und zwar der typischste von allen Typen. Vielleicht war es besser, umzukehren. Dreißig Meter entfernt von mir rasten die Autos auf dem Highway vorbei. Der Dopplereffekt. Kam ich, oder ging ich? Ich hatte mir die gesamte Freiheit des Ausgestoßenen verschafft. Sollte ich weiter nach Osten in Richtung Salt Lake City fahren? Oder nach Süden in Richtung Las Vegas? Sollte ich mich umdrehen und nach San Francisco zurückfahren? Oder nach Norden in Richtung Twin Falls? Da war ein Augenblick allertiefster Panik. Ich stieg wieder in den VW-Bus ein und wen-

---

53)   Foster, unveröffentlichtes Tagebuch, 19. Februar 1976

dete völlig unentschlossen, um auf den Highway aufzufahren, der dorthin zurückführte, wo ich hergekommen war. Aber ich fuhr nur bis Wells. Wells – dort hat meine Wüstenquest begonnen. Sie endete nicht, ehe ich zehn Monate später das Tal des Todes erreichte.[54]

Es war töricht, in die Wüste zu verschwinden – die Krönung der Selbstsucht eines Mannes, der keine Kontrolle mehr über sein Leben hatte. Würde Stevens unmittelbare Familie, vor allem seine Kinder, ihm je für all das vergeben können, was er bereits getan hatte und worin er jetzt gerade versagte? Würden sie die unverzeihlichen Taten und Versäumnisse von dem fehlbaren menschlichen Wesen trennen können, das er war? Das konnten nur sie selbst sagen.

Aber Stevens Wüstenaufenthalt war auch eine sehr tapfere Handlung, ein kühner Schritt hin zu Selbstvergebung und Selbsterneuerung. So schwer es damals wie heute für seine Familie auch gewesen sein mag, diesem Mann zu vergeben, hatte er doch den Mut, tief in die Unterwelt seiner eigenen Seele hinabzusteigen und eine ebenso schwere Frage zu stellen: *Kann ich mir selbst vergeben?*

Joseph Campbell spricht in seiner Darstellung der Heldenreise davon, dass der Mensch riskieren muss, sein Zuhause zu verlassen und sich in irgendeine Form der Wildnis hineinzuwagen.[55] Der Held reist in dieses unbekannte Reich, wo er seltsam vertrauten Mächten begegnet, die er entweder als schwere Prüfungen oder als magische Helfer erlebt. An einem kritischen Punkt der Reise muss der Held eine umfassende Feuerprobe überleben: In den Mythen und Geschichten muss er vielleicht einen Drachen bekämpfen, in die Unterwelt hinabsteigen oder wird im Bauch einer Bestie gefangen. Aus dieser Feuerprobe resultiert eine große Belohnung, ein Symbol für Lebensenergie, die den Bedingungen und Bedürfnissen des Helden angemessen ist. Dann kehrt der Held nach Hause zurück, um der Welt diesen Segen zu bringen.

Stevens Wildnis war die Wüste. Die vertrauten Mächte, denen er begegnete, bestanden aus seinen eigenen inneren Dämonen. Die Belohnung, nach der er strebte, war Selbstvergebung. Und die physische Feuerprobe sollte nach zehn Monaten der Wanderung eintreten. In seiner Autobiografie erinnert er sich an diese Erfahrung, die sein Leben verändern sollte und beginnt

---

54) Foster, *Under the Skirt of the Dark Goddess*
55) Campbell, *Der Heros in tausend Gestalten*

mit einer Nacht, in der er östlich des Salisbury-Passes in den Dublin Hills kampierte:

> Soweit ich mich erinnern kann, war es eine ruhelose Nacht. Der Wind heulte durch den Canyon, und die Nacht war trocken und warm. Erinnerungen an meine Kinder vermischten sich mit dem staubigen Wind. Seufzer und Rufe der Frauen, die ich geliebt hatte, hallten von den mondbeschienenen Felsvorsprüngen zurück. Wieder einmal führte ich die Litanei durch, die den Schmerz zu lindern vermochte. Ich machte die Runde, bat um Vergebung, versuchte, es wieder in Ordnung zu bringen und die Worte zu finden, die ihnen erklären konnten, dass ich tun musste, was ich getan hatte, dass ich mir selbst hatte treu bleiben und meinem Traum folgen müssen. Aber in dieser Nacht konnte ich eine Frage nicht abschütteln: Welcher Traum?
>
> Was tat ich hier draußen eigentlich, nach den Hinweisen auf ein Mysterium suchend, das nur dort zu Hause, mit meinen Kindern und inmitten der verworrenen Fäden unerlöster Beziehungen gelöst werden konnte? In dieser Nacht tat ich mir selbst Leid und zweifelte daran, jemals in der Lage sein zu können, meine Lebenskrise zu klären. Es schien mir, als sei ich mit einer fatalen Schwäche geboren worden – dem Widerwillen, die karmischen Folgen meiner Taten anzunehmen. War ich dazu verdammt, ein Ausweichender zu sein? War ich dazu verdammt, von den heißen Wüstenwinden wie ein altes Stück Zeitungspapier hin und her geweht zu werden?[56]

Am folgenden Tag stieg er wieder in seinen VW-Bus und gelangte nach wenigen Meilen an eine entscheidende Kreuzung – sich entweder in der ungefähren Richtung der Bucht von San Francisco in das Tal des Todes hineinzuwagen oder über die Staatsgrenze zurück in die Unterwelt Nevadas zurückzufahren. Er entschied sich für die Straße, die nach Hause führte.

> Um acht Uhr morgens schaltete ich vom Jubilee-Pass kommend einen Gang zurück und schaute über die Narrows hinweg zu den Confidence Hills und dem Owlshead Range hinüber. Die Morgensonne schien die Panamints mit einer goldenen Schicht zu überziehen. Meine Stimmung begann, sich zu heben. Wieder einmal verfiel ich dem Zauber des Tals des Todes und wurde von seinen verschollenen Gren-

56) Foster, *Under the Skirts of the Dark Goddess*

> zen, seinen unerschöpflichen Geheimnissen und seinen Legenden von tödlichen Gefahren angezogen. Es waren nur wenige Autos auf der Straße. Es wurde zu heiß. Vernünftige Menschen hielten sich zwischen Juni und September vom Tal des Todes fern, aber ich war sicher, schon auf mich selbst aufpassen zu können. Ich hatte viel Wasser und einen neuen Reifen dabei – und wahrscheinlich auch so etwas wie einen Todeswunsch.[57]

Leichtsinnigerweise beschloss er, an diesem glühend heißen Tag einen Spaziergang zu machen und glaubte, dass ihn etwa vier Liter Wasser und Jahre der Erfahrung mit Wüsten vor allen Gefahren bewahren konnten. Er begann, einen Kamm in der Nähe von Mormon Point hinaufzusteigen – die niedrigste Erhebung in den Vereinigten Staaten, direkt südlich von Badwater. Bis Mittag befand er sich in ernsthaften Schwierigkeiten. Er fand sich an einem viel zu heißen Tag zu weit von seinem Auto entfernt wieder und beschloss, im gesprenkelten Schatten eines Kreosotbusches auf den Nachmittag zu warten.

> Ich hatte etwas Dummes gemacht, befand mich aber nicht wirklich in Gefahr. Ich würde hier einfach ein wenig ausruhen und dann wieder hinabsteigen.
> Soweit ich mich erinnern kann, befand sich keine einzige Wolke am Himmel. Er war von diesem heißen, unergründlichen Azurblau, ein großer, blauer Strahlenkranz, der einen unerträglichen Quecksilbertropfen umgab – die Sonne. Ich schaute in dieses Blau hinein und erinnerte mich wieder an meine Vergangenheit, als ob sie irgendwie mit dem grausamen Blau des Himmels über dem Tal des Todes in Verbindung stand. Ich fürchtete die Hitze nicht wirklich. Sie kam mir sogar gelegen. Ich hatte den größten Teil meines Lebens damit verbracht, aus der Bratpfanne ins Feuer zu springen, wie das Sprichwort sagt. Mittlerweile war ich in der Tat daran gewöhnt. Hätte ich hier unter diesem kleinen Kreosotbusch verrecken sollen, wäre das nur ausgleichende Gerechtigkeit gewesen. Was hatten die Leute gesagt, die den alten Jim Dayton 1899 tot im Schatten eines Süßhülsenbaums gefunden hatten? „Du hast in Hitze gelebt und bist in Hitze gestorben, und jetzt bist du in die Hölle gegangen."

57) Ebenda.

In die Hölle? Ich hatte nichts derartig Schlimmes getan. Würde mich Petrus am Himmelstor abweisen, weil ich versucht hatte, herauszufinden, was für mein Leben richtig war? Würde der Schmerz meiner Kinder, die mehrfach monatelang ohne ihren Vater gewesen waren, schwerer wiegen als meine Suche? Konnte der Zorn ihrer Mütter, weil ich keinen Unterhalt gezahlt hatte, jede Hoffnung aufheben? Schuld. Was sollte ich nur mit der Schuld tun? Die Protestanten sagten, lege deine Schuld zu Jesu Füßen, der für dich gestorben ist, damit du frei davon sein kannst. Die Katholiken sagten: Gehe zur Beichte. Die Buddhisten sagten, Schuld ist nur eine weitere Manifestation der Illusion. Die Juden sagten: Gehorche dem Gesetz. Was sagte Steven? Seine Antwort lag in seinem Verhalten verborgen, das in diesem Augenblick recht bizarr war – sein Kopf steckte unter einem Kreosotbusch, aus dem nur seine Beine herausragten, wie eine Stinkwanze, die mit dem Kopf im Sand und dem Hintern in der Luft hofft, dass ihre Fürze sie irgendwie vor der Katastrophe retten werden.

Der Geruch des Kreosotbusches überwältigte meine Sinne – ein Duft nach grünem Harz gemischt mit gelbem Gips – ein bitterer Geruch, der das Verlangen nach Wasser in meiner Kehle noch verschärfte. Die sich schlängelnden Äste zitterten im Wind und zerrten sanft an dem Knoten, der mein Herz war. Ach, ich konnte mich dem Wind überlassen, dem Berg, der Leere des Wüstenraums, aber ich konnte mich nicht den Bedingungen meines eigenen Lebens überlassen. Ich sah die Gesichter meiner Kinder und weinte. Ich presste meine Nase in das modernde Laub, in die Zweige und den körnigen Sand unter diesem erbärmlichen Busch und winselte vom Geruch trockner, oxidierender Dinge umgeben um Gnade.[58]

Worte können nur ein schwaches Echo dieser machtvollen Erfahrung, dieser Offenbarung sein, die Stevens Lebensgeschichte transformieren sollte. War es der Prozess einer rudimentären Todeshütte, dem sich Steven in der vergangenen Nacht auf der Suche nach Vergebung von seinen Kindern unterzogen hatte? War es, weil er sich an der Schwelle des Todes befand, wo er noch einmal die Chance erhielt, sich selbst zu vergeben? Oder war es die Wirkung der zehnmonatigen Wanderung durch die Wüste seiner Seele, kombiniert mit der Suche nach dem Schlüssel zu einem Leben voller tiefster Schwierigkeiten? Warum auch immer, etwas hatte sich in Steven verändert. Er wusste

---

58)   Ebenda.

nun mit Bestimmtheit, dass es Zeit für die Rückkehr nach Hause war. Seine Unterweltreise hatte zu ihrem Abschluss gefunden.

> Ich wollte meine Kinder wiedersehen und eine Stelle finden. Vielleicht die Frau meiner Träume treffen, vielleicht auch nicht. Vielleicht dafür leben, ein versierter Asket im Yoga der Verzückung durch die Wüste zu werden. Vielleicht auch nicht. Was bedeutete das schlussendlich schon? Ich lag so weit in Sachen Liebe zurück, dass ich doppelt so schnell laufen musste, um wieder aufzuholen. Aber ich war entschlossen, es zu versuchen.[59]

Als fehlbarer Mensch, aber entschlossen, sich selbst zu erlösen, sollte Steven den Rest seines Lebens damit verbringen, doppelt so schnell zu laufen, um wieder aufzuholen – vor allem in Bezug auf seine Kinder. Aber in den enormen Wüsten Nevadas und des kalifornischen Ostens war eine alte Geschichte zu Ende gegangen. Steven hatte die Bucht von San Francisco als „der schuldige Typ" verlassen, als ein Mann, der rückwärts in seine Zukunft ging, weil er ständig von seinen vergangenen Fehlern besessen war. Draußen, in der Wildnis der Wüste, hatte er mit seinen Dämonen gekämpft und schließlich den hohen Lohn der Selbstvergebung errungen. Aber dieser Preis ist vergänglich. Er muss immer wieder neu entdeckt werden. Im gesprenkelten Schatten eines Kreosotbusches hatte sich Steven in der Mittagshitze des glühend heißen Tals des Todes in eine provisorische Todeshütte begeben. Für den Rest seines Lebens sollte er danach streben, diese Erfahrung wieder und wieder neu zu erschaffen.

Eine Lektion in Dankbarkeit

An jedem beliebigen Tag kann die Geschichte davon, „wer ich bin", auf vielerlei Weise erzählt werden, wobei jede mögliche Handlungslinie einen Teil einer umfassenderen Wahrheit enthält. Die dominante Handlungslinie, für die wir uns entscheiden, kann abhängig von unseren Lebensumständen offen und optimistisch, bitter und resigniert oder irgendwo dazwischen liegend sein. Jeder von uns ist auf die eine oder andere Weise damit „gesegnet", in dieser Welt zu sein, *und* jeder von uns ist „verflucht". Das Gleichgewicht zwischen Fluch und Segen variiert von Mensch zu Mensch, und doch hat jeder von uns die Möglichkeit, die Beziehung zu den uns gegebenen Umständen zu verändern. Je mehr wir in der Lage sind, die schwere Arbeit der To-

---

59) Ebenda.

deshütte zu tun und bereits erlittene Wunden zu heilen, umso freier sind wir in der Wahl einer Handlungslinie, die gegenwartszentriert, das Leben bestätigend und für die Zukunft offen ist. „Ich vergebe mir", „ich vergebe dir" und „bitte vergib mir" bieten die Möglichkeit, auf noch tiefergehende Weise für das Leben zu danken. Eine umfassendere Version davon wäre vielleicht „danke für die Wohltaten, die ich erlebe, *in diesem Augenblick*, und danke für die Möglichkeiten, welche die Zukunft bringen mag."

Doch ungeachtet der Selbstvergebung, die Steven in der Wüste gefunden hatte, erwarteten ihn zu Hause immer noch miserable Bedingungen. Er hatte kein Geld, keine Stelle, keine Arbeitsidentität, keine Lebensgefährtin, und die Beziehungen zu jedem seiner Kinder waren zerbrochen. Unter diesen Umständen konnte es nicht einfach gewesen sein, Dankbarkeit für das Leben zu empfinden. Dieser weniger als ein Jahr nach seiner Rückkehr aus der Wüste geschriebene Tagebucheintrag lässt erkennen, wie oft er mit der Verzweiflung kämpfte:

> Bin mitten in der Nacht aufgewacht. Konnte nicht mehr einschlafen. Habe dem ruhigen Atem [meiner Freundin] zugehört und begonnen, meine Zukunft von hier an zu entwerfen, wo ich mit nacktem Hintern in ihrem kalten Wohnzimmer sitze und das ferne Brummen einer Diesellokomotive höre. Gestern Morgen bin ich früh mit Suizidgedanken aufgewacht. Dann verklang die Idee und tauchte im Fluss eines weiteren Tages unter. Aber nun ist das Bild des Todes wieder erschienen, und ich ringe mit dem Engel der Dunkelheit.
>
> Ich verstehe nicht, warum ich zu diesem Zeitpunkt meines Lebens in so schlechter Gesundheit bin, meine Brieftasche so leer ist und sich meine Liebe in so verzweifeltem Zustand befindet. Ich weiß, dass bei jedem Menschen das Glück kommt und geht und das Leben in jedem Fall nur ein Schatten, ein eingebildeter Traum von der Wirklichkeit ist. Dennoch lebe ich, als wenn dies das einzige Leben wäre. Wie kann ich je ein anderes erfahren, das ebenso unendlich süß und unendlich traurig zugleich ist?
>
> Ich empfinde kein Selbstmitleid – nur einen dumpfen und halbherzigen Hass auf die Umstände. Oh meine Kinder. Euer Vater hat euch nie vergessen. Nicht einen einzigen Augenblick lang.[60]

Trotz seines Ringens mit der Verzweiflung bot die Lektion in Selbstvergebung, die Steven in der Wüste gelernt hatte, ihm die Möglichkeit, dankbar

---

60) Foster, unveröffentlichtes Tagebuch, 7. Dezember 1973

für das zu sein, was er hatte. Er war dankbar dafür, am Leben zu sein. Er war dankbar für die Möglichkeit, sich selbst erretten zu können. Er war dankbar dafür, dass er für die Menschen, die er liebte, wieder mehr der „Held" und weniger der „Schurke" sein konnte.

Um seine Lebensgeschichte neu schreiben zu können, musste sich Steven erst den anderen beweisen – seinen Kindern und deren Müttern, seinen Freunden, der Welt der arbeitenden Erwachsenen und am meisten sich selbst. Dieses neue Kapitel seines Lebens begann mit „ich bin der Liebe würdig und ich bin fähig, der Welt diese Liebe zu geben." Einige Jahre später schrieb Steven in der dritten Person über diese wichtige Zeit:

> Er begann, nach einer Stelle zu suchen. Zunächst fand er nichts. Es war keine gute Zeit, um arbeitslos zu sein. Aber eines Tages traf er einen Mann [Edward L. Beggs], der eine staatliche Einrichtung [„Rites of Passage"] für die emotionale und seelische Wiederherstellung von verwirrten, zornigen, verlorenen und selbstzerstörerischen Menschen leitete. Der Mann hörte sich seine Geschichte an und verstand. Eines Tages saßen die beiden draußen, als es regnete, und sprachen miteinander, bis sie vollkommen durchnässt waren und vor unterdrückter Begeisterung zitterten. Der Mann lud ihn ein, ehrenamtlich in der Einrichtung zu arbeiten, was er dann auch tat. Binnen eines halben Jahres wurde er für seine Arbeit bezahlt. Es war nicht viel, aber es reichte.
>
> Er macht sich mit großer Freude an seine neue Arbeit. Plötzlich sah er sich von Menschen umgeben, die die Hölle verstehen zu können schienen, in die er hinabgestiegen war. Begierig wollte er seine neugefundenen Einsichten überprüfen. Er vertraute entschieden darauf, dass die Liebe die Macht hat, Tod in Geburt zu verwandeln. Er fand Ressourcen in seinem Inneren, von denen er nicht wusste, dass er über sie verfügte. Es war gut, wieder unter Menschen zu sein, sich an ihren Seelen zu reiben; sie erfüllten ihn mit Kraft und Wärme. Er fand andere, die sich ebenfalls in Sackgassen begeben hatten, die in grausamen, katatonischen Zyklen der Selbstzerstörung gefangen waren, und es war ihm eine absolute Freude, sagen zu können: „Schau, ich weiß, wo du gerade bist. Ich war auch schon dort. Höre auf, bevor du absolut nicht mehr erreichbar bist."[61]

61) Foster, unveröffentlichtes Tagebuch, 4. Dezember 1976

DIE TODESHÜTTE

Binnen eines Jahres nach seiner Rückkehr begann Steven, Wildnisaufenthalte für die drogenabhängigen Jugendlichen zu entwerfen, die in die Einrichtung kamen. Aus seinen ausgedehnten, kulturübergreifenden Forschungen schöpfend plante er, diesen verwirrten jungen Menschen einen echten Übergangsritus in der Wildnis zu bieten. Die erste Fahrt führte in den Yosemite-Nationalpark, doch danach kehrte er wieder und wieder in die Wüsten von Nevada und Kalifornien zurück. Dieses Experimentieren wurde bald zu einem zentralen Teil der neuen Lebensgeschichte, die er sich erschaffte.

Während seines Lebens erinnerte er sich oft an den genauen Augenblick, an dem er die Wildnisführungen zu seiner Lebensarbeit erklärte. Er war auf dem Rückweg von einer chaotischen Fahrt ins Tal des Todes, wohin er einen Haufen straffälliger Jugendlicher gebracht hatte, und fuhr gerade über die Golden-Gate-Brücke.

> Einige der Jugendlichen hatten sich geweigert, sich der Herausforderung der Einsamkeit in der Wildnis zu stellen. Stattdessen waren sie zu einer Art Rattenrudel geronnen und auf der Suche nach Autos, die sie aufbrechen konnten, durch die Wüste gezogen. Einer der Jugendlichen weigerte sich, zurückzukommen. Er machte sich mit seinem Rucksack zum 140 Kilometer entfernten Las Vegas auf. Nur drei von ihnen vollendeten die Zeremonie tatsächlich, was bedeutete, zwei Tage und Nächte lang alleine und ohne Nahrung in der Wüste zu bleiben.
>
> Ich war endlich alleine im Bus und fuhr über die Golden-Gate-Brücke, als es mich wie ein Blitzschlag traf. Ich würde diese Art von Arbeit machen. Ich würde – ich war – ein „Visionssucheführer".
>
> Ha! Aufgeblasen durch diese hochfliegende Geschichte, bestand mein Schicksal darin zu erkennen, dass ich nichts als ein Anfänger war, ein Grünschnabel allerersten Grades. Ich hatte gerade erst eine Woche in der Wildnis durchgestanden, die man definitiv nur als Fehlschlag bezeichnen konnte.[62]

Obwohl diese Fahrt offensichtlich missglückt war, wählte Steven eine Handlungslinie, die das große Potenzial dessen, was geschehen war, was geschehen *konnte*, in den Vordergrund stellte. Früher war er oft im Sumpf der Selbstzweifel versunken, weil ihn der Schmutz vergangener Fehler hinabgezogen hatte. Nun lernte er langsam, wie er die Segnungen des gegenwärtigen Ta-

---

62) Foster, *We Who Have Gone Before*

ges und die Möglichkeiten der Zukunft für sich in Anspruch nehmen konnte. Noch viele Jahre danach verwendete Steven diese Offenbarung auf der Golden-Gate-Brücke als Beispiel dafür, wie Menschen ihre eigene Lebensgeschichte schaffen, sei es zum Guten oder zum Schlechten, und diese dann in eine selbsterfüllende Prophezeiung verwandeln. „Als er dieses Aha-Erlebnis hatte", schrieb Meredith, „wusste er, dass er noch kein richtiger Visionssucheführer war. Aber indem er es aussprach, es für sich in Anspruch nahm, verlieh er dieser Geschichte Leben."[63]

Nachdem Steven jahrelang rückwärts in die Zukunft gegangen war, hatte er schließlich begonnen, sich umzudrehen. Nun war er in Lage, dankbar für den Punkt zu sein, an dem er sich befand, seinen Weg voran zu erkennen und selbsterfüllende Geschichten zu erzählen, die nicht negativ, sondern positiv waren. Er begann gerade damit, der Richtung zu vertrauen, die er eingeschlagen hatte.

Eine Lektion in Liebe

Die Lektion der Selbstvergebung und der Dankbarkeit kann vielerlei Formen annehmen. Manche von uns können diese Arbeit am besten innerhalb einer organisierten Religion tun, indem sie zum Beispiel zur Beichte der katholischen Kirche gehen. Andere benötigen dafür eine privatere Form, wie eine Version der „Todeshütte" im Rahmen eines Rückzugs in die Einsamkeit. Doch wie auch immer jeder von uns diese zutiefst persönliche Arbeit tut, wenn sie zu einer bedeutsamen inneren Veränderung führt, können wir uns der Welt unter Umständen auf eine ganz neue Weise öffnen. Möglicherweise wird unsere Reue wegen vergangener Verfehlungen noch tiefer und für andere Menschen spürbarer. Wenn dann die Worte „bitte vergib mir" ausgesprochen werden, klingen sie eventuell echter und können so die Abwehr eines Freundes besser durchdringen. Selbstvergebung kann der Schlüssel zu Versöhnung und Wiedergutmachung sein. Selbstvergebung – ein anderes Wort für Selbstliebe – vertieft unsere Fähigkeit, andere Menschen zu lieben, was die Wahrscheinlichkeit erhöht, auf dieselbe Weise auch von anderen geliebt zu werden. Doch wieder gilt es zu bedenken, dass Selbstvergebung kein einmaliger Akt ist. Sie stellt spirituelle Arbeit der schwersten Art dar und muss immer wieder erneuert werden.

Steven kämpfte während seines ganzen Lebens aufs Heftigste mit dem ihm von seinen Eltern vermittelten Feuer-und-Schwefel-Christentum. Obwohl er versucht hatte, sich aus seinem Griff zu befreien, indem er mit fast

---

63) Little, persönliche Mitteilung, Januar 2004

jeder Sünde experimentierte, sollte seine letztendliche Befreiung der langsam wachsenden Fähigkeit entspringen, seinen Eltern zu vergeben. Wenn er sich selbst vergeben konnte, dem unterhaltssäumigen Vater, der er gewesen war, konnte er auch ihnen ihre elterlichen Verfehlungen verzeihen. Wie er waren auch sie nur fehlbare menschliche Wesen. Wie er waren auch sie der Vergebung, des Mitgefühls und der Liebe würdig. Durch die schwere Arbeit der Todeshütte lernte er langsam, auf eine neue Weise in der Welt zu sein: auf dem Weg der Liebe. Ein anderer von Stevens Berichten in der dritten Person enthüllt uns Folgendes:

> Liebe ... floss aus ihm heraus, fast ohne, dass er irgendetwas dafür tat. Es war die Liebe, die er so viele Jahre lang seinen Kindern, seinen Eltern und all jenen, die seine verrückte, geisterhafte Welt bevölkerten, nicht zu geben imstande gewesen war. In seinem Inneren nahm eine neue Definition der Inspiration Gestalt an. Dabei war es keineswegs so, dass er wie ein Hund danach suchen musste, der verzweifelt nach einem irgendwo vergrabenen Knochen Ausschau hält. Gold glitzerte in den Augen und Mündern der Menschen. Ihre Berührung war wie Quecksilber. Die Bäume seufzten Liebe, Liebe in den Wind, und der Himmel war mit Wundern bewölkt. Er musste nicht nach der Muse suchen. Sie suchte ihn, fing ihn ein und nahm ihn für immer in ihre Arme. Er hätte ihr nicht einmal dann entkommen können, wenn er es versucht hätte.
>
> Als dummer Narr, der er nun einmal war, hat er natürlich nie völlig verstanden, wie leicht die von ihm erstrebte Inspiration erreichbar war – noch wird er es je begreifen. Aber irgendetwas in seinem Leben hatte sich gewendet. Er war verloren gewesen und nun gefunden worden. Und obwohl er sich viele Male traurig, alleine, taub und blind und von depressiven Gefühlen sowie von Suizidgedanken überwältigt fühlte, konnte er nun erkennen, dass sein Päckchen des Schmerzes und Leids nicht größer war als das jedes anderen menschlichen Wesens auch, sondern dass es genügte. Seine Lebensbedingungen erschienen ihm von da an als genügend und erträglich. Und er besaß nun eine Zauberformel: Wer liebt, soll von Liebe erfüllt werden.[64]

Binnen eines Jahres nach seiner Rückkehr aus der Wüste begann Steven, ehrenamtlich für die Suizid-Telefonhotline von Marin zu arbeiten, wo er und

---

64) Foster, unveröffentlichtes Tagebuch, 4. Dezember 1976

Meredith miteinander einmal pro Woche die Nachtschicht übernahmen. In der Dunkelheit der Nacht spielte der ältere, aber sprunghaftere Steven oft den Lehrling der jüngeren, stabileren Meredith. Die Lektionen, die sie ihn lehrte, drehten sich um seine neu entdeckte Zauberformel. Es waren Lektionen über die Grundlagen der Liebe, und zwar nicht in der sexuellen Form (über die Steven sehr viel wusste), sondern von der Liebe zu sich selbst und zu anderen.

Er begann, sich in ihrer Nähe regelmäßig zu entspannen. Sie war „sicher". Sie war jung, lebte mit einem Mann zusammen und funktionierte in einer anderen Welt als er. Sie existierte außerhalb seiner romantischen Interessen. Er fühlte sich von ihr nicht sexuell angezogen, obwohl sie schlank und hübsch, feinfühlig und intelligent war; ein Hauch wie von klarem Wasser umgab sie. Er war ihr Freund und sie seine Freundin, einmal pro Woche.

Wenn das Telefon nicht klingelte und sie sich nicht um sein Karma kümmerten, sprachen sie miteinander. Sie sprachen durch die verzweifelte Dunkelheit hindurch, die sich gegen den warmen, pulsierenden Schoß des Suizidhilferaumes presste – und beider Worte wurden Anker, die sie in die Seele des jeweils anderen warfen. Da war etwas in ihr, dem er instinktiv vertraute, etwas grundlegend Unermüdliches, Bestimmtes, Klarsichtiges. Sie sprachen über die Menschen, die anriefen. Sie sprachen über Freunde. Sie sprach über Kant und Spinoza, er über Blake und Neruda. Sie sprachen über den Tod. Sie war immer voller Fragen. Manchmal spielte er Banjo und sang dazu. Ganz tief in der Nacht, kurz vor Anbruch der Dämmerung, wenn die Telefone etwa eine Stunde lang in ehrfürchtiger Erwartung des Tagesanbruchs still standen, dösten sie ein – in getrennten Betten, einzeln, und doch auf seltsame Weise miteinander verbunden.

Für beide war es eine Überlebensstrategie – ihre Art und Weise, sich dem Tod zu stellen. Manchmal hing der Tod wie eine düstere, rastlose Schlaflosigkeit im Raum, und sie bekämpften ihn gemeinsam ermüdende Stunden lang mit Kaffee und gegenseitigen Rückenmassagen. Nicht, dass sie gegen ihn gewinnen hätten können. Als der Tod dann plötzlich in Form eines unerwarteten Telefonanrufs zuschlug, kam er auf notwendige und unvermeidliche Weise. Eines Nachts nahm sie den Hörer ab, und es war ein Ferngespräch ihrer Mutter, die aus Florida anrief, um ihr mitzuteilen, dass ihr Vater an Krebs starb. Aber sie weinte nicht. Sie wollte nicht viel darüber sprechen. Da stand sie vor ihm – tapfer und auf traurige Weise tragisch. Und als sie alleine war, brach sie zusammen und weinte um das fantastische Leben ihres wunderbaren Vaters, der Bücher über Algen und das Meeresleben geschrieben und fünf Kinder gezeugt, geliebt und versorgt hatte, bevor er sich von ihrer Mutter trennte und nach Florida ging.[65]

Zu Beginn des Jahres 1975 beschlossen Steven und Meredith, die ehrenamtliche Arbeit für die Telefonhotline einzustellen. Während ihrer letzten gemeinsamen Schicht fragten sie sich, was wohl aus ihrer Freundschaft werden würde und zeigten sich beide überrascht darüber, wie wichtig ihnen diese geworden war. Jeder von ihnen hatte eine sexuelle Beziehung zu einer anderen Person, aber während der kommenden Monate fuhren beide fort, einander als Freunde zu betrachten. Langsam kamen sie zu der Erkenntnis, dass das, was sie miteinander teilten, wichtiger als ihre anderen Beziehungen war. Erst dann begann ihre sexuelle Affäre.[66]

Für Meredith (und später auch für Steven) war der Beginn der Liebe wie auch danach die Bindung fürs Leben eng mit dem Tod und Sterben von Merediths Vater Aldie verwoben. Die Intensität von Aldies letzten Tagen war das Feuer, in dem Stevens und Merediths Hingabe aneinander geschmiedet wurde. Für Meredith ging es hier um die beiden wichtigsten Männer in ihrem Leben, von denen sie den einen gerade verlor, während sie den anderen eben erst gefunden hatte. „So verlor ich während dieser misslichen Überschneidung meiner Welten den einen Mann, der mich bedingungslos liebte, und erhielt einen Mann, der willens war und danach hungerte, mich für immer vollständig so zu lieben, wie ich war – welcher Irrsinn und welche Herausforderungen uns auch immer bevorstehen sollten", schrieb Meredith.[67]

1975 erhielt Meredith einen Tag nach Weihnachten einen Anruf von Ginnie, ihrer Stiefmutter. Aldie war nach einem Sturz von der Hüfte an abwärts gelähmt. Sein Ende war nahe. Zwei Tage später saß Meredith in einem Flugzeug nach Florida, und Steven folgte ihr bald darauf. Meredith hat aufgeschrieben, wie wichtig diese Zeit für Steven gewesen ist:

> Anlässlich Aldies Tod betrat Steven zum ersten Mal die Atmosphäre, die schon immer das Haus von Aldie und Ginnie erfüllt hatte: offenes, zutiefst in Frage stellendes, herausforderndes und grenzüberschreiten-

---

65) Foster, unveröffentlichtes Tagebuch, 22. September 1975
66) Little, persönliche Mitteilung, November 2003
67) Little, persönliche Mitteilung, Dezember 2003

des Denken in Verbindung mit Akzeptanz, Lachen, Tränen, Kreativität, Ehrlichkeit, Offenheit und Liebe, immer Liebe. Wenn man diese Atmosphäre auf die letzte Woche von Aldies Sterbeprozess überträgt, mit etwa zehn der Kinder von Aldie und Ginnie, mit Familienmitgliedern und anderen wichtigen Menschen, hat man die perfekte Umgebung für Steven. Ich glaube, er trat dort in eine Glückseligkeit ein, nach der er sich schon immer gesehnt hatte. Und all das verband sich mit seinen Lieblingsthemen – Tod, Sterben und Liebe.[68]

Alden und Virginia Hine teilten etwas miteinander, das sie den „Liebesverbund" nannten, eine Verpflichtung füreinander, die Steven zutiefst inspirierte. Er sehnte sich nach einer ähnlichen Beziehung und, mehr noch, er war endlich der Überzeugung, dazu auch fähig zu sein. Kurz vor Aldies Tod schrieb Steven den folgenden Brief an Meredith:

M, meine Gefühle gehen über Worte und meine Gedanken über den Klang oder die Form hinaus. Ich bin stolz auf Dich, auf die Tiefe Deiner Liebe und Achtsamkeit. Ich bin stolz (und sogar eifersüchtig) auf Deinen Vater. Als Möchtegern-Krieger sage ich zu einem echten Krieger: Gott sei mit Dir! Ich werde mein Leben führen, indem ich in mich gehe, bis auch ich mich dem Tod stellen und ihn sogar begehren kann, wie Aldie Hine es getan hat. Ich werde nicht damit umgehen, indem ich das Unaussprechliche nicht einmal zu denken wage. Ich werde danach streben, mein naives, verängstigtes, verwirrtes, führungsloses Wesen auf die letzte und einzige Antwort auf die Frage nach der Bedeutung des Lebens vorzubereiten. Ich werde mich mit dem, was ich nicht habe, darauf vorbereiten, in das einzutreten, was ich nicht kenne. Ich bin nicht tapfer, ich bin nicht verständnisvoll, ich weiß nicht, wie man liebt und kann nicht ausdrücken, was ich meine – und doch lebe ich irgendwie im direkten und reflektierten Licht eines Sterns, der in meinem Inneren existiert und der die Canyons um mich herum mit reiner Liebe überfluten würde, wenn er nicht abgeschirmt wäre. Denn die Liebe ist der im Himmel leuchtende Stern, der unsere Canyons und Trockentäler mit jenem unsichtbaren Stoff erfüllt, der die Dinge in ihr vollständiges Sein hineinwachsen lässt.

68) Ebenda.

Und so ist auch Alden Hine in sein vollständiges Sein hineingewachsen. Und er reflektiert die reine Liebe eines Sterns. Und ich will wachsen, wie er es getan hat, so wahr ich dazu imstande bin.
M, ich liebe Dich. Worte sind so unzureichend.[69]

Bald nach Aldies Tod heirateten Steven und Meredith und empfingen während eines längeren Aufenthalts auf Ithaka (einer der griechischen Inseln) ihr einziges Kind. Obwohl das kleine Mädchen erst nach ihrer Rückkehr in die Vereinigten Staaten zur Welt kam, erhielt es den Namen Selene – das griechische Wort für Mond.

Die Todeshütte als praktisches Ritual
Wir alle sind fehlbare menschliche Wesen. Selbst dann, wenn wir aus bester Absicht heraus handeln, verletzen wir oft jene, die wir lieben. Wir sagen oder tun Dinge, die wir besser nicht gesagt oder getan hätten. Wir unterlassen es, Dinge zu sagen oder zu tun, die wir hätten sagen oder tun sollen. Das Einzigartige an einer fest verbundenen Beziehung – einer lebenslangen Verpflichtung füreinander – besteht nicht in der Abwesenheit von Verletzungen, sondern eher in der Bereitschaft, die schwere Arbeit der Vergebung und Versöhnung zu leisten. Um dafür zu sorgen, dass eine Beziehung rein und aktuell bleibt, müssen die Sätze „ich vergebe dir" und „vergib mir" Monat für Monat, Jahr für Jahr ausgetauscht werden. Jedes Mal, wenn das gelingt, wird die darauf folgende Versöhnung automatisch in „ich danke dir" und „ich liebe dich" übergehen. Aber wenn die Arbeit der Vergebung nicht oder nicht gut getan wird, lösen sich die gegenseitige Dankbarkeit und Liebe oft auf. Wenn die Verletzung sehr tiefgehend ist und die Versöhnungsarbeit vollkommen scheitert, kann das „Lebewohl" schon lange vor dem Tod einer der beiden Personen eintreten.

Die Arbeit der Vergebung ist so einfach zu beschreiben, aber viel schwerer zu tun, *besonders* für einen so unbeständigen Menschen wie Steven. Um ihrem Liebesverbund treu bleiben zu können, mussten er und Meredith wie jedes andere Paar auch lernen, wie sie ihre Meinungsverschiedenheiten beilegen konnten. Steven hatte seine eigene Version dieser universalen Herausforderung: Wie konnte er den gewaltigen Abgrund zwischen einem Leben voller Fehler und der Lossprechung überbrücken, die er in den weiten und offenen Räumen der Wüste gefunden hatte? Viele Jahre lang hatte er sein Selbst im unversöhnlichen Spiegel zorniger Frauen, vernachlässigter Kinder

---

69) Foster, unveröffentlichtes Tagebuch, 30. Dezember 1975

und gescheiterter Arbeit reflektiert gesehen. Die karge Wüste bot ihm jedoch stattdessen ein reines, unverfälschtes Bild, das er langsam zu respektieren lernte. Und genau das hat ihn wieder und wieder in die Wüste zurückgezogen, wobei Meredith ihn schon bald bei fast jedem Ausflug begleitete. Die Geschichte davon, wie sie lernten, Tag für Tag zu Hause wieder in Einklang miteinander zu kommen, ist von ihren einsamen Erkundungen in der Wüste nicht zu trennen.

Fünf Jahre nach dem Aufbau eines in der Umgebung von San Francisco stattfindenden Wildnisprogramms zogen Steven und Meredith zur Hochwüste des östlich der Sierra Mountains liegenden Owens-Tales. Dort, im „Land der verschollenen Grenzen" gründeten sie ein neues Zentrum für Übergangsriten mit dem Namen „The School of Lost Borders". Nun, da sie das ganze Jahr über in der Wüste lebten, lernten sie, ihre beiden Welten langsam miteinander zu verweben: die heilige Zeit, die sie alleine in der Wüste verbrachten und das profane, alltägliche Leben. Je dichter diese Verbindung wurde, um so mehr verstanden sie, dass alles heilig und weltlich zugleich ist.

Die erste Ausgabe des 1980 veröffentlichten Buchs *The Book of the Vision Quest* ist ein Zeugnis der ersten, rudimentären Lektionen, die sie gelernt hatten. Darin wird die Todeshütte noch nicht erwähnt, und die Lektionen der Vergebung, der Dankbarkeit und der Liebe sind noch nicht klar ausgearbeitet.[70] Nachdem sie Hyemeyohsts Storm begegnet waren und seine Lehren vom Großen Ballspielplatz kennengelernt hatten, steckten sie diese Konzepte in ihre eigene kreative Mühle und erprobten sie einige Jahre lang in der Praxis. Das führte 1988 zu einer neuen, überarbeiteten Auflage des Buches, das nun auch diese Veränderungen einschließlich der Todeshütte umfasste.

> Sehen Sie einen Zeitraum vor, der offiziell dazu dient, jene Personen und Ereignisse aufzusuchen, die gemeinsam das Karma Ihres Lebens gebildet haben. Machen Sie Ihr Testament, falls Sie das Bedürfnis danach haben. Treffen Sie Vorkehrungen für die Entsorgung Ihres Körpers. Gedenken Sie der Krisen und Ereignisse Ihres Lebens aus der Perspektive eines Menschen, der dabei ist, zu sterben. Durchtrennen Sie die Nabelschnüre zu all den ausgelaugten Plazentas Ihrer Vergangenheit. Nun, wo Ihr bisheriges Leben zu Ende ist, können Sie auf

---

70) Foster, Little, *The Book of the Vision Quest*, erste Auflage.

eine saubere und edle Weise sterben, vergebend und Vergebung erhaltend.[71]

Steven, der lange nicht in der Lage gewesen war, ein Gleichgewicht zwischen wilder Unabhängigkeit und reifer Verantwortung, zwischen sprunghaftem Zorn und barmherzigem Mitgefühl herzustellen, empfand den Ritus der Todeshütte als zutiefst transformierend. Er bot ihm nicht nur die Möglichkeit, sich auf Beziehungsthemen zu konzentrieren, während er alleine in der Wüste war, sondern lehrte ihn auch eine neue Sprache einschließlich der Worte für das Empfangen und Gewähren von Vergebung. Es waren Worte, die er in sein Leben mit Meredith zurückbringen konnte. Im Gegenzug stellten die beiden sowohl diese Sprache als auch das Ritual der Todeshütte wiederum Tausenden anderer Menschen zur Verfügung.

Steven und Meredith betrachteten die Todeshütte als entscheidenden Bestandteil der *Trennungsphase* eines Übergangsritus, also des ersten Stadiums, das zu einem symbolischen Tod führt. Sie ermunterten Teilnehmer, die sich auf das Fasten in der Wildnis vorbereiteten dazu, je nach Notwendigkeit diese schwierigen Gespräche mit anderen Menschen in der Todeshütte zu führen, bevor sie in die Wüste aufbrachen. „Aber die meisten Leute haben das nicht ernst genommen", schreibt Meredith. „Wir sahen immer öfter, dass moderne Menschen es einfach nicht ‚wieder gutmachen', also diese bewusste Arbeit des Vergebens und sich Entschuldigens nicht leisten."[72]

Wenn die Teilnehmer die Wüste erreicht hatten, wurden sie auch dazu ermuntert, das Ritual der Todeshütte während ihrer Zeit alleine in der Wildnis durchzuführen. Die Technik erforderte, dass die Menschen die einengenden Regeln des vernünftigen Verhaltens aufgaben und sich statt dessen die Freiheit zugestanden, diese Zeremonie mit so wenig Selbstverurteilung wie nur möglich umzusetzen.

> Finden Sie einen materiellen Ort, der sich wie eine „Hütte" anfühlt – vielleicht in einer großen Kuhle in der Erde, unter einem Baum oder in einem abgeschlossenen Canyon. Markieren Sie den „Eingang" mit Steinen oder anderen natürlichen Gegenständen, begeben Sie sich in den Raum hinein und schließen Sie die „Tür" dann hinter sich. Setzen Sie sich hin und warten Sie geduldig darauf, wer zu Besuch kommt.

---

71) Steven Foster und Meredith Little, *The Book of the Vision Quest: Personal Transformation in the Wildernis*, überarbeitete Ausgabe (Simon & Schuster, New York 1992)
72) Little, persönliche Mitteilung, Dezember 2005

Sagen Sie zu jeder Person, was ausgesprochen werden muss – vielleicht sogar laut. Wenn Sie mit dem Sprechen fertig sind, höre Sie zu, was jeder von ihnen antwortet. Machen Sie sich kurze Notizen; schreiben Sie auf, wer gekommen ist und auch ein wenig von den Gesprächen, die sich ereignet haben. Weil das eine recht erschöpfende Arbeit sein kann, ist es am besten, nicht zu lange in der Hütte zu bleiben. Wenn ein oder zwei Stunden nicht ausreichen, schließen Sie die Hütte, machen eine Pause und kehren später wieder zurück.

Wenn Sie fertig sind, danken Sie der Umgebung und schließen die Hütte hinter sich. Achten Sie, falls notwendig, darauf, alle Hinweise auf das Ritual wieder zu entfernen.[73]

Manchmal führt ein Todeshütten-Gespräch in der Wüste direkt zu einer Unterhaltung mit derselben Person zu Hause, manchmal auch nicht. Am wichtigsten sind nicht die konkreten Worte, die nach der Rückkehr gesprochen werden, sondern die Art, wie der Mensch, der aus der Todeshütte kommt, die Heilung verkörpert, die sich in ihm vollzogen hat. Letztendlich kann die transformierende Kraft des Rituals der Todeshütte nicht vollständig in Worte gefasst werden. Ein Mensch kann nach Hause zurückkehren und entdecken, dass sich alte, defensive Verhaltensmuster verändert und die engen Begrenzungen einer einstmals problematischen Beziehung gelockert haben, ohne dass er auch nur ein einziges Wort darüber gesagt hat, was während seiner Zeit alleine in der Wildnis geschehen ist. Oder es kann deutlich werden, dass nun die Zeit gekommen ist, diese Beziehung zu beenden.

Im Tod gesegnet sein
Die Art, wie wir Tag für Tag die Arbeit der Todeshütte tun, wird mit hoher Wahrscheinlichkeit Einfluss darauf haben, auf welche Weise wir unsere Beziehungen beenden, wenn wir sterben. Es ist nicht erforderlich, sich für die Arbeit der Todeshütte alleine in die Wüste zurückzuziehen (auch wenn das für manche Menschen ein sehr wertvolles Verfahren sein kann). Sie erfordert jedoch am meisten, zu lernen, wie man schwierige Gespräche führt, die dafür sorgen, dass wichtige Beziehungen aktuell bleiben. Manche Menschen lernen, diese Gespräche mit einem gewissen Maß an Anmut und Würde zu führen, während andere ihr Bestes versuchen und es doch nie ganz schaffen. Wiederum andere vermeiden solche Unterhaltungen einfach gänzlich. Doch auf welche Weise man sich auch damit auseinandersetzt, jeder

---

73) Basierend auf einer persönlichen Mitteilung von Meredith Little, Dezember 2005

von uns erschafft ständig ein emotionales Erbe, das wir eines Tages für die uns überlebenden Freunde und Familienmitglieder zurücklassen. Das kann ein Erbe der Vergebung, des Mitgefühls und der Liebe oder der Schuld, des Zorns und der Feindseligkeit sein.

Für Steven bestand die zentrale Lektion der Todeshütte darin, mit dem Beginn der Heilung der aus seinen wichtigsten Beziehungen resultierenden Wunden nicht bis kurz vor seinem Tod zu warten. Er brauchte mehr als sein halbes Leben, um diese Lektion zu lernen, doch als es ihm gelungen war, gaben Meredith und er dieses Wissen an viele andere Menschen weiter. Doch noch wichtiger, als anderen davon zu erzählen, war die Beziehungsarbeit, die sie bis zum Ende von Stevens Leben miteinander leisteten.

„Um im Leben gesegnet zu sein, muss man zu sterben lernen" heißt es in der ersten Hälfte eines mittelalterlichen Gebets.[74] Das traf auf Steven mit Sicherheit zu. Er begann sich erst für die Segnungen des Lebens zu öffnen, nachdem er begonnen hatte, zu lernen, wie man auf symbolische Weise stirbt.

„Um im Tod gesegnet zu sein, muss man zu leben lernen."[75] Weil der körperliche Tod oft unvorhersehbar ist, kann es schwieriger sein, die zweite Hälfte dieses Gebetes umzusetzen. Aber mit der Verinnerlichung der Lektionen der Selbstvergebung, der Dankbarkeit und der Liebe hatte Steven sein Bestes getan, um auch einen gesegneten Tod einzuladen.

---

74) Philippe Ariès, *Geschichte des Todes* (DTV 1999)
75) Ebenda.

ZWEITER HAUSBESUCH

29. Januar: Wow! Wie die alten Hippies zu sagen pflegen. Heute Nachmittag habe ich die Hälfte der mir verschriebenen Dosis Morphium genommen. Es tut so gut, sich entspannt zu fühlen und dem Atem zu ermöglichen, von selbst zu kommen. Tausend, tausend Sterne und Galaxien, lieber Doktor, für Deine Krone!

Es fällt mir immer noch schwer, an die Wirksamkeit der Medikamente zu glauben, denn ich weiß, dass sie kaum mehr als ein Pflaster darstellen. Illusion, wie die Buddhisten sagen. Der Tod wartet immer noch auf mich – aber ich glaube, die Dunkle Göttin hat sich ein paar Monate zurückbewegen und vorübergehend verstecken müssen.

Und ja, Doc, Du musst wissen, ich liebe Dich. Aber genug davon.[76]

25. März: Hier komme ich also von einem Ort „ohne Sicherheitsnetz", um erfreuliche Gefallen zu erbitten, wie die Verschreibung der zugangsbeschränkten Droge Sauerstoff und des Honigpuders im Herzen der Morphinsulfat genannten Blume. Morpheus!

Aber was ich im Augenblick wirklich brauche, ist eine Verordnung zur Fortsetzung der Rehabilitationsbehandlung, schlicht für körperliche, qualvolle Übungen in einer erstklassigen Therapieeinrichtung, idealerweise im Stil von Marin und nah genug, um mit Hilfe des Verkehrslabyrinths dreimal pro Woche bequem erreichbar zu sein. Das sechswöchige Pulmonal-Rehabilitationsprogramm war für uns beide eine tolle und erhellende Zeit. Ich brauche mehr davon. Auch wenn es vielleicht einfacher wäre, einfach loszulassen, bin ich noch nicht bereit, mit dem Kämpfen aufzuhören.

Mehr noch als diese erfreulichen Bonmots möchte ich – möchten wir – Zeit in Deiner physischen Anwesenheit verbringen, kein Thema verboten. Falls Du mal einen Tag von Deiner Geburtsarbeit frei nehmen könntest, würden wir uns sehr freuen, wenn Du uns einen „Haus-

---

76) E-Mail von Steven Foster an den Autor, 29.01.2003

besuch" in diesem wunderschönen Haus in Mill Valley abstatten würdest, wo wir jetzt leben und wahrscheinlich bis zu einem noch nicht enthüllten Zeitpunkt wohnen werden. Das Haus gehört Ms Eltern und der Familie Little, auch wenn jetzt nur noch Mama und Papa hier leben. Papa ist 91 Jahre alt, Mama 80. Da kann ich noch was lernen, nicht wahr?

Mir geht es gut, Doc. Mit Deiner Hilfe, mit Morphinsulfat und dem rechten Geist habe ich mich von meinem geliebten Scotch entwöhnt und lebe nun mit meiner wunderschönen Frau auf Meereshöhe. Wir stehen morgens zum Gesang der Vögel auf.

Wir lieben Dich, auch wenn wir Dich kaum kennen.[77]

Samstag, der 5. April
Ich fuhr langsam durch das kleine, an einem Berghang gelegene Dorf Mill Valley, dessen Straßen von schicken Geschäften gesäumt waren, die sich an die Betuchten von Marin County wandten, die modisch auf dem neuesten Stand sein wollten. Dann wichen die Geschäfte einer Reihe von Wohnhäusern, die sich bald auszubreiten begannen und einem Wald aus alten Redwood-Bäumen Platz machten. Es war ein sonniger Spätfrühlingstag, doch nachdem ich in die Dunkelheit des Waldes hineingefahren war, musste ich die Scheinwerfer anstellen, um meinen Weg erkennen zu können.

In meinem Inneren bebte eine ängstliche Erwartung, ein Gefühl der Aufregung, als wenn ich zu viel Kaffee getrunken und nicht genug gegessen hätte. Eine Unterrichtsstunde im Anatomielabor vor vielen Jahren blitzte wieder auf. Der Solarplexus ist ein Netzwerk aus Nerven, das sich vor der Aorta und hinter dem Brustbein befindet und Impulse an die Bauchorgane aussendet. Dieser Nervenplexus feuerte gerade unaufhörlich Signale ab – wie ein Telefonkabel an Weihnachten.

Warum all diese Unruhe? Ich dachte, ich hätte das alles in Joshua Tree geklärt.

Der Ausflug in die Wüste hatte sich trotz einiger kalter Nächte als großer Erfolg erwiesen – sowohl für die Gruppe als auch für mich. Obwohl wir nur vierundzwanzig Stunden lang alleine gefastet hatten, konnten viele der anderen Teilnehmer tief in sich hineingehen, und die Geschichten, die danach erzählt wurden, führten zu einer festen Gruppenbindung. Ich selbst hatte meinen inneren Kampf dazwischen, einerseits Stevens Arzt und andererseits sein Schüler zu sein, in meine Fastenzeit in der Wüste mitgenommen. Stun-

---

77) E-Mail von Steven Foster an den Autor, 25.03.2003

denlang hatte sich ein beinahe ständiger Dialog zwischen diesen beiden Seiten aus meinem Kopf und in mein Tagebuch ergossen. Eine Stimme gehörte dem Arzt, der sich viel darauf einbildete, verantwortungsbewusst zu sein und zu geben; die andere war die des Schülers, der die Aufmerksamkeit des Lehrers suchte, auch wenn er befürchtete, das könne kriecherisch aussehen. Ihre verschiedenen Wege schienen unvereinbar miteinander zu sein – bis ich am nächsten Morgen, als ich halb schlafend auf dem Boden lag, eine kleine Erleuchtung hatte. *Führe dienend.* So einfach. *Gib die Rollendefinitionen auf und führe dienend.*

Ich erreichte mein Ziel, eine Zufahrt mit einem Schild, auf dem „The Littles" stand und das auf das Haus von Merediths Eltern hinwies.

Führe dienend. Während ich aus dem Auto ausstieg, wiederholte ich diese Worte einige Male. *Mache dir keine Gedanken über Rollen, sondern führe einfach dienend.*

Als ich die steile, kurvige Zufahrt hinunterging, die durch einen Redwood-Hain führte, erinnerte ich mich an eine Email von Steven. Es war seine Antwort auf meinen eigenen Bericht von dieser Reise in die Wüste.

> Bester Doc, bester Freund, es ist so gut, von Deinen Fahrten nach Joshua Tree zu hören – von Freude, Abenteuern, Erinnerungen, Selbstvergebung, von Zeichen der Heilung und des Sterbens, von Ärzten und Schwestern, die bereit dafür sind, mit ihren eigenen Mysterien in den Strudel der Vollkommenheit einzutreten. Die Seele der Vollkommenheit ist also eine Dunkle Universität mit einer Bibliothek, deren Sammlung seltener Bücher einen vollkommenen Satz enthält, der stetig wiederholt werden muss.
>
> Arzt und/oder Schüler. Eine interessante Frage. Sind wir das nicht sowieso füreinander? Brauchst Du eine Diagnose oder ein Rezept? Dann kannst Du auf mich zählen.[78]

Stevens Aufforderung war klar und eindeutig. Ich sollte „alles von mir" bei jedem Besuch einbringen, sei es als Arzt, als Schüler oder als Freund. Doch selbst mit meinem neuen Mantra über das Dienen war ich nicht sicher, ob ich bereit war, dorthin zu gehen, wohin mich das bringen mochte.

Bevor ich das hölzerne Tor am Ende der Zufahrt öffnete, wiederholte ich ein letztes Mal: *Führe dienend.* Aber auch diese klare Absicht konnte nicht

---

78) Foster, Zusammenstellung aus zwei E-Mails an den Autor, 13. Februar 2003 und 15. April 2003

verhindern, dass mein Solarplexus in doppeltem Tempo zu feuern begann, als ich das Tor durchschritt.

Ich befand mich in einem großen, offenen Hof mit wirbelnden Kreisen aus rotem Backstein unter meinen Füßen, einem großen Flecken blauen Himmels über mir und einem überaus ungewöhnlichen Haus auf der anderen Seite des Hofes. Gewölbte Redwood-Balken, von einer demontierten Highway-Brücke in Ukiah gerettet, stützten ein Dach, das von rotem Vulkangestein bedeckt war und Wände, die hauptsächlich aus Glas bestanden. Das Redwood-Holz der Balken, die roten Ziegelsteine unter meinen Füßen und das rote Gestein des Dachs verschmolz mit dem all das umgebenden Wald, der aus Redwood-Bäumen, Föhren und Eichen bestand. Hier wurde die Grenze zwischen Mensch und Natur absichtlich verschleiert.

Das ist mehr als nur ein Gebäude, sagte ich mir. *Das ist nicht nur ein Haus.*

Ich klopfte an der Tür und stellte mich einer älteren Frau vor, die mich mit ihren aufmerksamen Augen und einem einnehmenden Lächeln begrüßte.

„Ich bin Liz", sagte sie, „Merediths Mutter." Sie führte mich mit einem Schwung in das Haus hinein, der ihr Alter Lügen strafte. „Ihr Name ist Scott? Wie schön, einem Arzt zu begegnen, der noch immer bereit ist, Hausbesuche zu machen."

Ich machte eine Bemerkung bezüglich des ungewöhnlichen Hauses, was zu einer kurzen Besichtigung führte. Das Haus war in den frühen sechziger Jahren von Daniel Liebermann, einem Architekten und ehemaligen Schüler von Frank Lloyd Wright, entworfen und für seine Eltern gebaut worden. Liz und Merediths Stiefvater Phil hatten es 1966 gekauft, als sie mit ihrer Familie aus Minnesota in die Gegend von San Francisco zogen.

Liz brachte mich nach draußen zu einer Freitreppe, die zu einem nachträglich angefügten, in den Berg verkeilten Gebäudeteil führte. „Hier hat Meredith als Teenager gemeinsam mit ihren beiden Schwestern gewohnt", erklärte sie.

Nachdem wir uns verabschiedet hatten, begann ich, die Stufen hinabzusteigen. Da begriff ich es: *Dieser Ort ist nicht nur ein Haus. Es ist ein Zuhause. Einst war es das Zuhause von Meredith und ihrer Familie. Jetzt ist es das Zuhause von Steven und Meredith. Stevens letztes Zuhause.*

Meredith begrüßte mich mit einem einladenden Lächeln an der Tür, auch wenn unsere Umarmung noch immer etwas unbeholfen war. Sie und Steven hatten mir in so kurzer Zeit überaus tiefen Zugang zu ihrem Leben gewährt, aber in Stevens letzter Email hatte so treffend gestanden: „… auch wenn wir Dich kaum kennen."

Bevor sie mich hineinführte, machte sie mich darauf aufmerksam, dass sie bald gehen müsse, um einige Dinge zu erledigen. „In Wirklichkeit ist das nur eine Entschuldigung, um dich mit Steven allein zu lassen", erklärte sie. „Die Art von Gesprächen, die du ihm bietest, bekommt er mittlerweile nicht mehr oft."

Ich folgte ihr durch den Eingangsbereich in ein Zimmer, das gerade groß genug für ein riesiges Bett, einen mit einem Computer beladenen Tisch, mehrere Stapel von Büchern und Zeitungen und einen stumm geschalteten Fernseher war, in dem ein Basketballspiel lief. Das Bett, auf dem Steven saß, stand in Richtung einer Wand aus niedrigen Bücherregalen, über denen große Fenster einen panoramaartigen Blick in den Wald ermöglichten.

Ein frisch rasierter Steven schwang seine Beine vom Bett auf den Boden und stand auf. Obwohl er durch den Sauerstoffschlauch an einen in der Nähe stehenden Behälter gekettet war, ging er einige wichtige Schritte vor, um mich auf halbem Weg zu treffen. Als wir uns begegneten, lag auf unseren beiden Gesichtern ein großes Lächeln, auch wenn sein Gruß leidenschaftlicher und dringlicher als der meine zu sein schien. *Ist das seine normale Art?* fragte ich mich. *Oder ist das Leben jetzt zu kurz geworden, um noch Zeit mit Zögern zu verschwenden?*

Als wir einander umarmten, spürte ich ein Zittern unter meinem Brustbein. *Der Solarplexus mal wieder*, dachte ich. Aber diesmal war das Gefühl anders, mehr ein warmes Glühen denn ein ängstliches Feuern. *Eine besondere Verbindung, körperlich geworden.* Als sich unsere Körper trennten, bestätigte ich diese Verbindung, indem ich meine Hand auf Stevens Brust legte und ein paar Mal langsam im Kreis bewegte.

Wie stimmig, dachte ich in Erinnerung daran, wann ich diese Geste der Hand auf dem Brustkorb zum ersten Mal verwendet hatte. Ich begann damit während der ersten Wüstenfahrt, bei der ich als Mitleiter im Basislager half; es war ein unbewusster Ausdruck für die ungewöhnliche Intimität dieser Arbeit. Als ich später wieder zu Hause war, tat ich es bewusster, aber nur in ganz besonderen Momenten mit meinen Freunden.

Ich trat einen Schritt von Steven zurück und blickte auf sein schwarzes T-Shirt, genau an der Stelle, wo ich ihn berührt hatte. „Ich trage nur so lange schwarz", stand darauf, „bis ich etwas Dunkleres gefunden habe."

„Das ist ein ganz schön gewaltiges T-Shirt, Steven."

„Ist es nicht klasse?" Er grinste, als er an den unteren Ecken des Hemds zog. „Es ist ein Geschenk von Gigi Goyle, der Gründerin und Leiterin des Dark Institute. Ich nehme an, du hast schon davon gehört."

„Absolut." Ich hatte von Gigi selbst von der mythischen Universität erfahren. Sie meinte, dass nur solche Menschen für die Mitgliedschaft in Frage kämen, die genug Zeit damit verbracht hatten, die dunkle Nacht der Seele zu erforschen. „Auch wenn ich noch keine offizielle Bewerbung eingereicht habe", sagte ich zu Steven, „denke ich, dass mich meine Erfahrungen beim Erwachsenwerden dafür qualifizieren sollten. Und wenn das nicht ausreicht, schaffen es die Jahre in der Facharztausbildung mit Sicherheit."

„Das ist gut." Er ging zurück, um sich auf das Bett zu setzen. „Ich kann mir einfach keinen Hospizarzt vorstellen, der kein Diplom in Dunkelheit und Depressionen hat."

Meredith ging um mich herum, stellte den Fernseher ab und nahm einen Platz an der Seite ein, wo sie sich gegen die Wand lehnte. Sie verlagerte ihr Gewicht auf ein Bein und beugte das andere leicht, wodurch sie anmutig wie ein Fischreiher aussah.

Nach einem kurzen Geplänkel über das Basketballspiel fragte ich Steven nach seinem letzten Anfall von Brustschmerzen. Der plötzlich einsetzende, schneidende Schmerz hatte Meredith genügend beunruhigt, um eine Verlegung ins Krankenhaus zu erwägen. Nachdem sie mich angerufen hatte, organisierte ich ein Bruströntgen für Steven sowie eine Blutuntersuchung in der nächstliegenden Einrichtung, doch als ich später die Ergebnisse anfordern wollte, stellte ich fest, dass er nicht hingegangen war.

„Die Schmerzen sind viel besser geworden", sagte Steven und rieb seinen Brustkorb. „Es ist bei weitem nicht mehr so schlimm wie vor ein oder zwei Tagen. Ich glaube nicht, dass ich in nächster Zeit den Löffel abgeben werde. Jedenfalls nicht heute."

„Ich habe mir natürlich Sorgen gemacht", sagte Meredith und setzte beide Füße wieder fest auf den Boden. Sie erklärte, dass er sich geweigert hatte, in ein Krankenhaus zu gehen, auch wenn es nur für ein paar Tests war. Als sie zu Ende gesprochen hatte, blickte Steven sie an und verzog sein Gesicht zu einer süßsauren Grimasse. Sie lächelte zurück.

Ein Warnsignal, dachte ich. *Wird er je bereit sein, ins Krankenhaus zu gehen?*

Nachdem er mir alle Einzelheiten seines Brustschmerzes erzählt hatte, führte ich eine körperliche Untersuchung durch. Der Schlüsselhinweis bestand darin, dass sein Brustkorb an der Stelle druckempfindlich war, wo sich die Rippen mit dem Brustbein verbinden.

„Costochondritis", sagte ich. „Eine Entzündung des Knorpelgewebes der Rippen. Nichts Ernstes, auch wenn es höllisch wehtun kann. Wahrscheinlich hast du dich beim Husten verletzt." Ich erläuterte die Funktion von Morphium und Entzündungshemmern wie Ibuprofen. Meredith – wie immer in der Rolle der Krankenpflegerin – erkundigte sich nach Dosierung und Häufigkeit der Einnahme, was zu weiteren Fragen bezüglich Stevens anderer Medikamente führte.

„Klasse, das hilft mir schon mal weiter", sagte Meredith. „Aber jetzt muss ich euch beide alleine lassen." Sie küsste Steven und legte ihre Hand beim Hinausgehen kurz auf meine Schulter. „Er gehört nun dir."

„Diese Frau ist ein Wunder", sagte Steven, nachdem sie gegangen war. „Was immer ich auch brauche, sie ist da. Oft, noch bevor ich es selbst weiß. Sie ist mein größter Segen und mein größter Fluch zugleich."

„Warum ein Fluch?"

„Wir sind so stark miteinander verbunden, dass ich mich frage, ob sie mich jemals loslassen können wird. Sie hat so viel von sich geopfert, um mich am Leben zu erhalten." Er beschrieb ihre unendliche Unterstützungsbereitschaft: die regelmäßigen kleinen Mahlzeiten, Briefe und Emails, Erledigungen, die Organisation der täglich anfallenden Arbeit. „Aber sie leistet mehr, als sich nur um diese Aufgaben zu kümmern. Sie versucht ständig, mir noch einen weiteren Grund zum Leben zu geben." Auf seinem Gesicht begann sich langsam ein Ausdruck inneren Aufruhrs zu zeigen.

„Ich bin ihr gegenüber ein furchtbares Scheusal gewesen. So oft. Zu oft. Dennoch liebt sie mich noch immer auf diese unglaubliche Weise. Sie liebt mich und bleibt zugleich sich selbst treu. Das ist einfach ein Wunder. Ich sage dir, Doc, die unausweichliche Tatsache ihrer Liebe wird mich immer absolut verblüffen. Es ist das größte Mysterium meines Lebens."

Er wandte sich ab und starrte gedankenverloren in den Wald hinaus.

„Also, ja", fuhr er fort, „ich mache mir Sorgen. M hat so viel von sich eingebracht, um mich am Leben zu erhalten, dass ich mich frage, ob sie mich einfach sterben lassen können wird."

Ich wartete, weil ich sicher sein wollte, dass er fertig war. „Steven, das erinnert mich an jemanden, den ich einmal betreut habe." Ich erzählte ihm von Richard, einem jungen Mann, der fünfzehn Jahre früher, als ich gerade als Arzt zu arbeiten begonnen hatte, an AIDS gestorben war. „Ich erinnere mich, wie ich ihm und seinem Partner gesagt habe: ‚Bald wird hier nur noch Platz für zwei Menschen sein. Und dann nur noch für einen.'"

„Mitten ins Schwarze getroffen, Doc. Ich würde dieses große, verrückte Leben, das wir führen, liebend gerne auf nur uns beide reduzieren. Wir zwei und die Familie. Aber das ist unmöglich."

Er setzte sich ein wenig gerader auf und lehnte sich vor. Sein Verstand wurde lebendiger, während sein Körper darum kämpfte, mitzuhalten.

„Und dann kommt die Aufgabe, die noch schwerer ist." Er sah mich direkt an. „Platz für nur noch einen Menschen. Jepp, ich mache mir Sorgen um sie. Wird sie dieses alte Scheusal loslassen können? Seit fünfundzwanzig Jahren haben wir mit Ausnahme einiger weniger Tage fast jede Stunde miteinander verbracht. Unterwegs haben wir aus uns selbst noch einen großen Mythos gemacht. Immer gemeinsam. Nie ‚nur-Steven'. Oder ‚nur-Meredith'. Immer ‚Steven-und-Meredith'. Wie können wir das jemals in zwei Hälften teilen? Wie können wir nur die Steven-Hälfte sterben lassen?"

„Das ist die größte Prüfung der Liebe. Kann Meredith dich genug lieben, um dich schließlich loszulassen, um dich in das zu entlassen, was kommen muss?"

Die alte Hospizlektion über die Vollendung von Beziehungen kam mir in den Sinn, auch wenn die ersten beiden Schritte zum Thema Vergebung hier nicht notwendig zu sein schienen.

„Werdet ihr beide", fügte ich hinzu, „in der Lage sein, ‚danke', ‚ich liebe dich' und ‚Lebewohl' zu sagen, wenn die Zeit kommt?"

Steven veränderte seine Körperhaltung auf dem Bett und starrte wieder nach draußen. Ich wartete, aber es kam keine Antwort. Schließlich schaute er mich noch immer schweigend an.

„Steven, erzähle mir mehr von eurem großen, verrückten Leben. Wie war es, als du versucht hast, es auf euch beide zu reduzieren?"

„Nun, abgesehen von diesem Seminar im Juni habe ich die Wildnisarbeit so gut wie abgeschlossen. Wir haben das in gute Hände gelegt – diese Arbeit wird nun von anderen getan. Im Alltagsleben geht es jetzt hauptsächlich um Eins-zu-eins-Beziehungen. Aber verdammt, davon gibt es immer noch so viele. Deshalb habe ich vor kurzem diese Autoreise gemacht. Was ich meine ‚Todeshüttenreise' genannt habe."

„Erzähle mir doch davon."

„Eine einmonatige Reise im Januar. Ein Tournee, die ziemlich unterschiedliche Kritiken erhalten hat." Er beschrieb die Route, die er abgefahren hatte, um viele der Menschen zu besuchen, die ihm am wichtigsten waren. Zuerst seine Mutter in der Wüste östlich von Los Angeles. Dann Los Angeles und San Diego. Als nächstes kam die größte Gruppe von Menschen, die in der Bucht von San Francisco ansässig war. Am Schluss dann noch Oregon und Washington. „Ich habe all das alleine gemacht. Musste alleine sein. Ich musste noch ein letztes Mal wissen, ob ich ohne Meredith zurechtkommen würde, die mich ständig rettet."

„Eine letzte Reise in Einsamkeit."

„Das stimmt. Ich, mein Sauerstoffgerät und ein ausgeleiertes Oldsmobile. Das Auto war so alt wie ich. Es hatte eine Woche zuvor eine Panne gehabt, und die Automatikschaltung war in der zweiten Position steckengeblieben. Es fuhr nur noch so. Es ist ein Wunder, dass wir so weit gekommen sind."

„Du hast von unterschiedlichen Rückmeldungen gesprochen. Worum ging es da?"

„Vergiss nicht, das war meine Todeshüttenreise. Ich wollte mich mit jeder Person ein letztes Mal zusammensetzen. Ihnen sagen, dass ich sterbe. Ihnen sagen, dass ich reinen Tisch machen will. Zu vergeben und Vergebung zu erhalten. Zu lieben und geliebt zu werden. Liebe zu den Menschen. Liebe zu dieser Erde. Je näher man dem Ende kommt, umso klarer wird das. So klar wie die Wüstenluft nach einem starken Regen."

„Aha, lass mich raten: Ein paar Leute waren nicht bereit, direkt zur Vergebung überzugehen."

„Da hast du verdammt Recht. Was mir so klar war, erschien anderen nicht unbedingt ebenso klar. Einige Leute haben es einfach nicht verstanden. Das war es dann. Unsere letzte Chance. Zumindest unsere letzte Chancen in Person."

„Vielleicht wollten sie nicht glauben, dass du wirklich stirbst."

„Damit könntest du Recht haben. Das einzige offensichtliche Zeichen dafür, dass etwas nicht stimmt, ist dieser Schlauch, den ich mir in die Nase stopfen muss." Er schlug mit seiner Hand gegen die Sauerstoffleitung. „Dabei haben wir das seit Jahren kommen sehen. Und seit Jahren haben wir alle versucht, das, was passiert, zu ignorieren. Wir haben aufgehört, davon zu sprechen, dass der Alte vom Berge langsam in die Schwärze hinein schwindet. Dass die Sonne schon fast untergegangen ist und das Licht schnell nachlässt."

Er nahm einen Inhalator von seinem Nachttisch. Nach ein paar vorbereitenden Atemzügen nahm er einige Züge davon. Dann saß er eine Zeit lang still und wartete darauf, dass das Medikament seine Luftwege um ein paar zusätzliche Mikrometer erweiterte.

„Aber die hätten mich verdammt nochmal sehen sollen, als mich in Washington dieser Sumpfvirus erwischt hatte. Hat mich fast umgebracht." Am Ende der Reise, erklärte er, konnte er nur noch wenige Stunden am Tag fahren und musste große Umwege machen, um die dünne Luft der Berge zu meiden.

„Steven, was tust du, wenn jemand nicht erkennen kann, dass du stirbst und keine Möglichkeit findet, dir zu vergeben?"

„Nun, dann muss man sich eben selbst vergeben, was nicht immer einfach ist. Wie ich schon sagte, je mehr ich mit der Dunklen Göttin tanze, umso einfacher wird es, anderen Menschen zu vergeben. Aber mir selbst? Mich kann man nicht so leicht davonkommen lassen."

„Das sieht von hier betrachtet anders aus. Für mich scheint es einfach zu sein, dich zu lieben."

Steven stöhnte leise, seine Augen waren zu Boden gerichtet. „Doktor Feelgood", sagte er aufblickend. „So werden wir dich nennen müssen – Doc Feelgood."

„Sei dir da mal nicht so sicher. Ich bin auch ein Meister der schwierigen Gespräche. Und immer bereit, mich an dunkle Orte zu begeben."

„Wenn du derjenige bist, der führt, bin ich bereit, zu folgen."

„Also gut. Erzähle mir mehr über dein großes, unförmiges Leben. Was du vorhin beschrieben hast. Warum ist dein Leben immer noch außer Kontrolle, obwohl du jetzt die Todeshüttenzeremonie gemacht hast?"

„Leute. Unzählige Leute, die etwas brauchen. Beratende Worte. Unterstützende Worte. Weise Worte. Es ist das Karma der Liebe. Das Ergebnis der Arbeit, die wir tun. Der Arbeit, die zu tun wir selbst gewählt haben. Tag für Tag, Jahr für Jahr. Den Geschichten anderer Menschen zuzuhören, sie zu unterstützen, zu ermutigen, zu lieben."

Er hielt inne, um wieder zu Atem zu kommen. Einen Augenblick lang sah er schwach und verletzlich aus.

„So viele Menschen, Doc. Und alle kommen sie zu mir, als wenn Honig von meinen Lippen tropfen würde."

„Aber es ist Honig." Ich lächelte.

„Ha!" höhnte er.

„Dann erzähle mir von all diesen Forderungen. Wie sehen sie genau aus?"

„Okay, Doc." Er zeigte auf den Tisch hinter mir, auf dem sein Computer stand. „Ganz oben auf diesem Papierstapel befindet sich die Karte eines Mannes, der vor Jahren von uns ausgebildet worden ist. Er bat mich, ihm für sein neues Projekt einen Empfehlungsbrief zu schreiben." Steven beschrieb den Mann kurz: Ein guter, ein freundlicher Mensch, dessen Leben jedoch bisher besonders hart gewesen war. „Die Einzelheiten dieser Geschichte sind für dich vielleicht nicht wichtig, aber für ihn bedeuten sie alles. Und wenn ich seine Geschichte hören will, wenn ich ihm dabei helfen will, diese Geschichte einen Schritt weiter zu tragen, müssen sie auch für mich wichtig sein."

„Das ist genau so, wie ein Arzt zu sein. Man muss ständig bei anderen Menschen auftauchen, selbst wenn es auf eigene Rechnung geschieht."

„Jepp, das muss ähnlich sein." Er dachte einen Augenblick darüber nach. „Hier haben wir also diesen Typ, der einen neuen Anfang zu machen versucht und aus irgendeinem Grund glaubt, ein Brief von diesem alten Knakker hier könnte ihm dabei helfen. Er braucht *mich*. Oder zumindest glaubt er das. Was soll ich jetzt tun? ‚Nein' sagen?" Er machte mit seinen Armen eine Bewegung, als ob er eine große Last an jemand anderen weiterreichen würde. „Oder gebe ich all die Karten, Briefe und Emails einfach an Meredith weiter?"

Ein wenig außer Atem geraten hörte er zu sprechen auf. Nach ein paar kostbaren Atemzügen drang der Sauerstoff tiefer in seine Lungen ein und sickerte von dort in seine Blutbahn und in sein Gehirn.

„Verdammt, Doc, ich klinge wie ein jammernder Weichling. Aber so ist es. Ich bin in meiner eigenen Hölle gefangen, in einer ganz besonderen Hölle, die ich selbst geschaffen habe. Alles, was ich tun möchte ist, die Menschen zu lieben, aber ich habe keine Kraft dafür. Nicht mehr. Also bleibt die meiste Arbeit an der armen Meredith hängen."

„Steven, das klingt, als wenn es an der Zeit ist, die Tür deiner Todeshütte zu schließen. Vollende zuerst deine Beziehung zu dieser riesigen Legion von mitfühlenden Menschen, die dir gute Besserung wünschen. Und danach lässt du nur noch deinen inneren Kreis an dich heran."

„Ja, ja, ja", sagte er und bewegte seine Arme von sich fort, um mir zu signalisieren, dass ich mich zurückhalten solle. Er war immer noch rasch erschöpft, schien sich aber schneller wieder erholen zu können. *Die Reha-Behandlung scheint zu helfen,* sagte ich zu mir.

„Doc, wir nennen uns nicht für nichts und wieder nichts die ‚School of Lost Borders.' Keine Grenzen, keine Beschränkungen." Er beschrieb, dass ihnen viele ihrer frühen Lehrer, von Storm über Grandpa Raymond bis hin zu Sun Bear, beigebracht hatten, für jeden zugänglich zu sein, der zu ihnen kommt, selbst für Menschen, die mitten in der Nacht auftauchen. „Diese nächtlichen Besuche pflegten unsere Kinder in den Wahnsinn zu treiben. Aber das war unsere Lebensaufgabe. Unsere Gabe an die Gemeinschaft."

„Puh, Steven, dieses Rezept stellt sicher, dass man bald so stark ausbrennt, dass man knusprig ist. Das klingt ja ebenso schlimm wie die Facharztausbildung – vielleicht sogar noch schlimmer. In der Tat, lasse mich dir denselben Rat geben, den ich auch jungen Ärzten im Laufe der Jahre immer wieder geben habe. Wenn du die Facharztausbildung beendet hast, musst du lernen, ‚Nein' zu sagen, damit dein ‚Ja' noch etwas bedeutet."

„Hey, Doc, man muss tun, was man tun muss."

„Damit hast du völlig Recht. Und jetzt wirst du etwas anderes tun. Du musst. Wie viel Zeit dir auch immer noch bleiben mag – Tage, Wochen, Monate oder Jahre – deine Welt wird kleiner werden. Wenn du wirklich ‚Ja' zu deiner Familie sagen willst, wirst du ‚Nein' zu all diesen anderen Leuten sagen müssen. Du wirst richtig mitleidlos sein müssen."

„Ooooooh", stöhnte er mit geweiteten Augen. „Mitleidlos! Weißt du, was der Ursprung dieses Wortes ist?"

Ich schüttelte den Kopf. *Der Englischprofessor*, erinnerte ich mich selbst.

„Mitleid-los. Ohne Mitleid. Ohne Mitgefühl. Du verlangst von mir, kein Mitgefühl zu haben. Nein, auf keinen Fall."

Sein beständiger Wunsch, zu dienen, überraschte und berührte mich. Aber ich hatte eine Mission zu erfüllen. Ich weigerte mich, schwankend zu werden.

„Wenn es nötig ist, nun – dann muss es wohl so sein. Kein Mitgefühl."

Ich hörte einen Hauch von selbstgerechtem Zorn in meiner Stimme. Drei Jahre Facharztbildung und all die Arbeit, die danach kam, hatten die Lektion der Selbstfürsorge in mich hinein geprügelt. Mitleidlose Selbstfürsorge. Es *muss* ebenso wichtig sein, für sich selbst wie für andere zu sorgen. Sonst kann man für keinen von beiden mehr da sein.

„Steven, wie sollen Meredith und deine Familie sonst erhalten, was ihnen zusteht? Wie sollst *du* erhalten, was *dir* zusteht?"

Er wich meinem Blick aus.

„Oh Steven. Lieber, bester Steven. Vergib mir. Ich weiß, ich halte Vorträge. Aber ich möchte dich einfach einwickeln und vor all diesen Leuten beschützen." Sein Gesichtsausdruck veränderte sich langsam von dem eines alten Mannes zu dem eines kleinen Jungen. „Weißt du, ich habe genau das wieder und wieder mit angesehen. Für so viele Menschen – vor allem für jene, die ihr Leben damit verbracht haben, für andere zu sorgen – besteht der schwerste Teil des Sterbens darin, zu lernen, wie man nimmt. Es ist jetzt an der Zeit, dass du von anderen Menschen umsorgt und beschützt wirst. Dass du derjenige wirst, der Liebe erhält."

Er beugte sich vor, blickte zu Boden, schüttelte seinen Kopf heftig und stöhnte – ein kehliges Geräusch, das aus den tiefsten Tiefen seiner Schweizer-Käse-Lungen kam. Er sah auf und wischte sich ein paar Tränen fort.

„Versprich mir eines, Doc. Wenn Platz für nur noch ein paar Menschen bleibt, dann sei du einer davon."

„Darauf gebe ich dir mein Wort, Steven. Wenn es in meiner Macht steht, dann werde ich da sein."

„Ich habe etwas für dich, Doc. Betrachte es als eine Art Vorauszahlung für die Arbeit, die noch kommt."

Mit leicht zitternden Fingern nahm er eine kleine Kupfermünze von seinem Nachttisch und gab sie mir. Die Münze war etwa von der Größe eines Pennys. Auf ihrer Oberseite war eine große „1", unter der in kleinen Buchstaben „Pfennig" stand.

Steven erzählte mir die Geschichte seiner deutschen Freunde, die ihm die Münze gaben, nachdem sie das Lied vom Fährmann für ihn gesungen hatten. Er fügte eine kurze Beschreibung Charons, des Unterwelt-Schiffers, hinzu.

„Der Fluss Styx ist nicht mehr weit entfernt. Wenn schließlich die Zeit zur Überquerung kommt, Doc, möchte ich, dass du am Ruder stehst."

Eine lange Stille senkte sich über uns. Diesmal war ich es, der aus dem Fenster blickte. Ich nahm die Kathedrale der uns umgebenden Bäume wahr, als wenn ich sie zum ersten Mal sehen würde. Sie legte den Raum des Schlafzimmers neu fest und machte ihn viel größer und höher.

Ein Ort der Sicherheit und Gelassenheit, dachte ich. *Ein guter Platz zum Sterben. Und ich werde hier sein, wenn die Zeit kommt.*

Schließlich verblasste die Magie des Augenblicks und hinterließ eine Lücke im Gespräch. Wir begannen, sie mit Geplauder zu füllen, und bald danach kam Meredith zurück. Sie nahm wieder denselben Platz ein und lehnte sich an die Wand hinter Steven.

Zeit, noch eine weitere Arztfrage zu stellen, entschied ich. Jetzt, mit Meredith, war es an der Zeit, das Warnsignal zu untersuchen, das ich zu einem früheren Punkt meines Besuchs wahrgenommen hatte.

„Steven, lasse uns zum Thema Grenzen zurückkehren. Du hast dich gestern dafür entschieden, nicht ins Krankenhaus zu gehen. Ist der Eingang des Krankenhauses eine dauerhafte Grenze, die du nie wieder überschreiten wirst?"

Gemeinsam untersuchten wir, wo Steven die Grenze ziehen wollte. Keine Krankenhäuser mehr? Keine Einlieferungen in die Notaufnahme? Keine Röntgen- und Blutuntersuchungen? Keine Antibiotika mehr? Er entschied sich ganz klar gegen die ersten beiden Punkte, behielt sich jedoch das Recht vor, den anderen zuzustimmen.

„Doc, es gibt kein Heilmittel für das, was ich habe. Natürlich, wenn ich krank werden sollte, könnte es dir gelingen, eine Infektion unter Kontrolle zu bringen, und das ist einen Versuch wert. Aber nur bis zu einem gewissen Punkt. Tatsache ist …" Er hielt inne und blickte Meredith an. „Tatsache ist, dass ich dann immer noch sterbe."

Meredith zuckte nicht zusammen.

„Natürlich lebe ich auch. Besonders mit Hilfe dieses Reha-Programms kann ich spüren, wie meine Kraft zurückkehrt. Doch selbst damit kann ich noch immer eine Lungenentzündung bekommen, die mich umhaut. Und wenn das passiert, werde ich nicht ins Krankenhaus zurückeilen. Das wird der richtige Zeitpunkt sein, um den Großen Ballspielplatz zu betreten. Um mit den Herren und Damen des Todes zu tanzen. Vielleicht werden sie mir einen weiteren Tag gewähren – vielleicht auch nicht."

Ich fasste seine Entscheidungen noch einmal zusammen und bestätigte damit, wo genau er gerade stand. Er blieb standhaft. Keine weiteren Krankenhausaufenthalte, außer für eine Blutabnahme oder eine einfache Röntgenaufnahme. Und selbst das schien unwahrscheinlich zu sein.

„Steven, ich habe noch ein weiteres Anliegen. Ein kleines Problem, aber nicht unüberwindbar." Ich erklärte ihm, dass sich sein neues Zuhause fast eine Stunde von dem Ort entfernt befand, an dem ich lebte, und sogar noch weiter weg von meinem Hospiz und meiner Klinik. Wenn er sich dazu entschied, Tests machen zu lassen, würden diese von einer medizinischen Gemeinschaft durchgeführt werden, die mich nicht kannte. Selbst, falls er nur begrenzte Wünsche haben sollte – ein oder zwei einfache Tests – konnte ich nicht so tun, als wenn ich die dafür am besten geeignete Person sei. „Was hältst du davon, einen hier ansässigen Arzt hinzuzuziehen?" fragte ich. „Jemanden, der alles, was du brauchst, hier in Marin bekommen könnte."

„Aber du bist der Arzt, den ich haben will", platzte er heraus. „Ich will dich nicht verlieren."

Wieder hörte ich etwas in ihm, das wie ein kleiner Junge klang, und so tat ich mein Bestes, um ihn zu beruhigen. „Du kannst mich auch dann immer noch rufen, wenn du mich hier haben willst. Und genau so oft, egal, wofür du dich entscheidest. Vergiss nicht: keine Grenzen. Es macht keinen Unterschied, ob ich als Arzt, als Schüler oder als Freund hierher komme. Nur, dass ich mich blicken lasse."

Ich zuckte innerlich zusammen. *Mache ich denselben Fehler wieder?* Zehn Jahre zuvor hatte ich ebenfalls versucht, Arzt und Freund zugleich zu sein, und es hätte mich fast ruiniert. *Führe einfach dienend*, erinnerte ich mich selbst.

„Hey, Doc, ist alles in Ordnung mit dir?"

„Jepp, mir geht es gut." Und das war tatsächlich so. Jetzt, inmitten des Besuchs, zeigte mir das Mantra über das Dienen den weiteren Weg.

Ich erzählte Steven von meinem neuen Thema mit Grenzen: Hier ging es nicht mehr darum, zugleich Arzt und Schüler, sondern zugleich Arzt und Freund zu sein.

„Doc, das hier ist die School of Lost Borders. Gib diese Grenzen auf, würde ich sagen." Er imitierte einen Rückhandschlag, der groß genug für ein Tennisspiel war.

„Natürlich", sagte ich, „musst genau du mir diese Lektion erteilen, nicht wahr?"

Wir lachten beide.

„Nun komm schon, Doc, erinnere dich einfach daran, was du in deiner Email geschrieben hast. Es geht nicht um bestimmte Rollen. Es geht ums Dienen."

„Jepp, führe dienend. Das führt zu der Frage, was *dir* am meisten dient? Einen anderen Arzt hinzuzuziehen oder nicht?" Wir sprachen eine Weile über die zur Verfügung stehenden Möglichkeiten. Meredith sah eher Vorteile darin, einen Arzt vor Ort einzubinden, als Steven – sicher ist sicher. Wir verblieben so, dass ich ein paar Erkundungen einziehen und dann mit einer Liste von Namen zurückkommen würde.

„Sieht ganz so aus, als ob wir die Plätze vertauscht hätten", sagte Steven. Du willst, dass ich mehr Einschränkungen aufstelle und ein paar verschollene Grenzen wiederherstelle. Und du, du musst welche niederreißen."

„Also treffen wir uns in der Mitte, Steven. Richtig?"

„Richtig, Scott." Meiner Erinnerung nach war es das erste Mal, dass er meinen Vornamen verwendete.

Nachdem wir noch ein wenig miteinander geplaudert hatten, übernahm Steven schließlich die Rolle des Führers und Lehrers, wie er es schon am Ende des vorherigen Hausbesuchs getan hatte. Sein erstes Thema war die Visionssuche für das Hospiz.

„Als wir dich zum ersten Mal sahen, Doc, sagtest du, du wolltest die Welt des Hospizes mit jener der Übergangsriten verbinden. M und ich möchten dich dabei unterstützen, in diese Aufgabe einzutreten, und zwar in großem Stil."

Er hielt nun einen inspirierenden Vortrag über die Visionssuche als Weg, das Sterben zu üben. Je mehr er sprach, umso mehr Energie schien er zu erzeugen – sein Gesicht öffnete sich, seine Arme und Hände bewegten sich in lebendigen Gesten, seine Stimme war von Leidenschaft erfüllt. Seine Worten fanden ihren Höhepunkt in einem Plato-Zitat: „Wahre Anhänger der Selbsterkenntnis praktizieren nichts anderes, als zu lernen, wie man stirbt."

„Und genau dabei haben wir seit vielen Jahren anderen geholfen. Wer könnte mehr von diesen Praktiken profitieren als Menschen, die tatsächlich mit Sterbenden arbeiten?"

„Und wer wäre besser geeignet, ein solches Angebot zu machen, als du?" fügte Meredith hinzu. „Du bist sowohl Hospizarzt als auch Wildnisführer."

Wieder war ihr Angebot wie eine Droge, aber diesmal war die Wirkung nicht so überwältigend. Kein großer Rausch, aber dafür auch keine beängstigenden Nachwirkungen.

„Bist du nach allem, was du für uns getan hast, auch fähig, dafür etwas von uns anzunehmen?" fragte Meredith.

Ja, dachte ich, *das ist die wichtige Frage! Ist es in Ordnung, etwas zurückzubekommen, obwohl ich hier bin, um zu dienen?*

Ich versuchte, ihnen zu erklären, dass es zwar ähnlich, aber nicht dasselbe ist, ein Arzt und ein Wildnisführer zu sein. Die Beziehung zwischen Arzt und Patient ist grundsätzlich unsymmetrisch. Kranke Menschen sind meist verletzlich, während Ärzte oft Informationen oder Zugang zu Behandlungsformen haben, die ihnen eine besondere Macht verleihen. Mit dieser Macht geht eine ganz bestimmte Verantwortung einher, und genau deshalb ist es von so wesentlicher Bedeutung, dienend zu führen.

„Steven, ich glaube, dass du Recht hast, wenn du sagst, dass ich einige dieser Grenzen aufgeben muss. Dass es darum geht, ‚alles von mir' einzubringen. Aber als dein Arzt muss ich dennoch mit dem führen, was dir dienen könnte."

„Und das wird anderen Menschen dienen", sagte Meredith.

„Das stimmt, Doc." Steven fuhr ohne zu zögern fort. „Wenn wir gemeinsam etwas für Hospizmitarbeiter entwerfen, wird es nicht für dich und auch nicht für uns da sein. Es wird für sie sein."

Wieder starrte ich zu den Redwood-Bäumen hinaus und ließ mir das Ganze durch den Kopf gehen. Ich hörte den lauten Gesang eines einzelnen Vogels. Er ließ wieder und wieder dasselbe durchdringende Pfeifen erklingen. *Hat er eben erst zu singen begonnen?* fragte ich mich. *Oder höre ich sein Lied jetzt erst?*

„Okay, dann also dienen", sagte ich. „Führe dienend und lasse zu, dass sich die Rollen selbst definieren."

„Das ist es, Doc."

Wir sprachen noch ein wenig darüber, wie das nächste Wildnisfasten für ein Hospiz aussehen könnte. Erst ging es um das Wie, dann etwas über das Wo und Wann, und schließlich darum, wen wir diesbezüglich ansprechen sollten.

Steven fuhr fort, in der Rolle des Lehrers zu sprechen, aber die Themen begannen nun, schneller zu wechseln. Erst fragte er mich nach den Zeiten, in denen ich mit der Dunkelheit gerungen hatte, und dann nach den Jahren, in denen ich mich regelmäßig selbst alleine in die Wildnis zurückgezogen hatte. Das führte zu einer konzentrierteren Erkundung des Themas allein in der Natur verbrachter Zeit.

Im Gegensatz zu meinem ersten Besuch hatte ich nun Freude an seinen enthusiastischen Fragen. Wie hätte ich anders als wahr antworten können? Hier war ein Mann, der im Unterschied zu den meisten anderen nicht bereit war, sich mit weniger zufrieden zu geben als damit, dass sein Arzt als ganzer Mensch zu ihm kam. Er wollte die Warzen, die Misserfolge und die Schatten ebenso wie die Liebe und das Licht sehen.

„Und so wird vollkommen klar, warum wir einander begegnet sind", sagte Steven zusammenfassend. „Gehen wir die Checkliste durch: Du bist ein Mitglied des Dark Institute. Du hast viel Zeit alleine in der Natur verbracht. Du hast mehrere Male in der Wildnis gefastet. Du fühlst dich berufen, andere zu führen. Und du bist sogar ein Schriftsteller."

„Und auch ich bin vom Tod als Lehrer besessen."

„Alle Punkte erfüllt!" Sein Lächeln war jetzt wieder so breit wie schon den ganzen Tag lang.

„Eine Verbindung, die der Himmel gestiftet hat. Oder wurde sie von der Hölle gestiftet, der Hölle deines Sterbens?"

„Himmel und Hölle", sagte Steven. „Was heute wie der Himmel ist, kann morgen wie die Hölle erscheinen. Aber dennoch ist es nach wie vor derselbe Ort. Die Welt spiegelt nur wider, was man in sie hinein trägt."

Steven nahm ein Buch von seinem Nachttisch, öffnete es auf der ersten Seite und schrieb ein paar Zeilen hinein. Dann gab er es mir. „Der deutsche Pfennig war die Bezahlung für noch zu leistende Dienste, aber das hier betrachte als Geschenk."

Ich betrachtete den Buchdeckel und den Titel: *We Who Have Gone Before. Memory and an Old Wilderness Midwife.*

„Bald wird ein neues Buch erscheinen", erklärte er, „jenes, das wir dir bei deinem letzten Besuch gezeigt haben. Das hier ist letztes Jahr veröffentlicht worden."

Ich öffnete es auf der ersten Seite und las die Worte, die er hineingeschrieben hatte.

Für Scott,
mit dem tiefsten,
vollsten und umfassendsten Dank
für dein kostbares Leben und deine wertvolle Arbeit.
In Liebe, Steven.

Ich schloss das Buch und schaute es lange Zeit an, während ich seinen glatten, glänzenden Einband befingerte. Wieder spürte ich das warme Glühen in meiner Brust. „Danke, Steven. Ich danke dir sehr."

„Gern geschehen. Nein, mehr als nur gerne. Du hast diese Worte verdient. Aber das Buch selbst biete ich dir als Teil eines Tauschs an. Wenn du dazu bereit bist, hätte ich sehr gerne ein Exemplar deines eigenen Buchs."

Überrascht versuchte ich mich daran zu erinnern, ihm davon erzählt zu haben.

„Natürlich hast du das getan", erinnerte er mich. „Du hast es während deines ersten Besuchs erwähnt. Heißt es nicht *A Long Way Home*?"

„Das stimmt. Vermutlich habe ich dir wirklich davon erzählt. Es war sehr wichtig für mich, dieses Buch zu schreiben – eine echte Quelle der Heilung."

„Das ist meistens so, wenn man einen Weg findet, seine eigene Geschichte zu erzählen. Hat das Buch einen Untertitel?"

„*Memoiren eines medizinischen Ketzers.*"

„Du bist also auch ein Rebell. Hätte ich wissen müssen. Ein weiterer Grund dafür, warum wir so gut miteinander zurechtkommen."

Nachdem ich ihm versprochen hatte, ihm ein Exemplar meines Buches zuzuschicken, spürte ich, wie sich mein Nacken zu verkrampfen begann. Ich versuchte so gut wie möglich, ihn wieder zu lockern.

„Doc, du siehst müde aus", sagte Steven.

„Ich schätze mal, das bin ich auch. Sieht so aus, als wenn deine Kondition heute besser ist als meine."

„Das nächste Mal treffen wir uns in der Mitte zwischen unserem und deinem Haus", sagte er beharrend. „Und vielleicht nicht für so lange."

„Schau an, noch eine Umkehrung der Rollen. Jetzt bin ich derjenige, der schwächer wird und du kommst zur Rettung."

„Wie du selbst gesagt hast, Scott, geht es einfach darum, dienend zu führen. Du brauchst einen Doktor, und ich bin hier."

„Und ich werde dasselbe für dich tun, mein Freund."

Nach Umarmungen und Verabschiedungen von beiden begann ich, wieder die Stufen hinaufzugehen.

„Hey, Scott", rief Steven.

Ich wandte mich auf halber Höhe zu ihm um.

„Erinnere mich nächstes Mal daran, dass ich dir alles über mein Leben als Gangster erzähle."

„In Ordnung, Steven. Das werde ich tun."

TEIL III

Die Straße der Entscheidung endet jedoch nicht ... bei [der Todeshütte,]diesem kleinen Haus am Rande des Dorfes. Sie führt zum Bestimmungskreis auf dem Berg, zum Sterbeplatz, an dem der Initiand das Reich der Lebenden hinter sich lässt und sich der Hoffnung auf Wiedergeburt zuwendet. Dort ist er also auf sich selbst gestellt.[79]

Steven Foster und Meredith Little, *Visionssuche*

Du gehst allein genau an die Stelle, an der zu sterben du beschlossen hast. Jetzt hast du keinerlei körperliche Unterstützung mehr. Du bist über die Grenzen der rationalen Kontrolle hinausgegangen. Jetzt stehst du am Eingang zum Übergang des Todes, der zur Geburt führt. Den ganzen Tag lang betest und singst du zu den Kräften und Wesen in deinem Leben, du bittest sie um Hilfe beim Sterben. Langsam fällt die Nacht. In der Dunkelheit betest und wartest du. Der Übergang des Todes liegt vor dir, dort lauern in den schattenhaften Illusionen die karmischen Ungeheuer deines bisherigen Lebens. Hier, im Kreis deiner Lebensbestimmung, hältst du dich eng an das, was du als dein Schicksal fühlst.[80]

Steven Foster und Meredith Little, *Die vier Schilde*

---

79)   Foster und Little, *Visionssuche: Das Raunen des Heiligen Flusses*

80)   Steven Foster und Meredith Little, *Die vier Schilde: Initiationen durch die Jahreszeiten der menschlichen Natur* (Arun 2000)

DER BESTIMMUNGSKREIS

Integrität versus Verzweiflung
Stellen Sie sich noch einmal vor, dass Sie bewusst die Straße der Entscheidung betreten haben, einen Pfad, der Sie von der Todeshütte in den Bestimmungskreis führt. Das ist Ihr letzter Halt auf dem Weg zum Großen Ballspielplatz. Der Bestimmungskreis ist ein Ort, an dem Sie Ihre Vergangenheit überdenken, damit Sie vollständig in die Gegenwart eintreten können – in den gegenwärtigen Augenblick Ihres Sterbens. Ein religiöser Mensch könnte denken: *Dort werde ich vor meinen Schöpfer treten.* Ein Agnostiker oder Atheist denkt vielleicht: *Was habe ich aus meinem Leben gemacht?*

Die Arbeit des Bestimmungskreises beginnt damit, das Leben, das Sie geführt haben, zum Abschluss zu bringen. Das kann auf vielerlei Weise geschehen. Mit im Voraus erteilten Anweisungen können Sie klarstellen, wie Ihren Wünschen entsprechend vor und nach Ihrem Tod mit Ihrem Körper verfahren werden soll. Mit einem juristischen Testament können Sie all Ihre weltlichen Besitztümer nach Ihrem Willen verteilen. Ein ethisches Testament ermöglicht Ihnen, den Ihnen nahestehenden Menschen Ihre Werte zu hinterlassen, indem sie Ihre Erfolge und die Dinge, die Sie bedauern aufschreiben, Ihre Zweifel und Ihre Überzeugungen, Ihre Wünsche und Ihre Anweisungen. Sie können in einem Erinnerungskästchen Andenken an Ihr Leben sammeln, damit die von Ihnen geliebten Menschen es in den kommenden Jahren einfacher haben, sich Ihrer zu erinnern. Und sie können in schriftlicher Form eine Beschreibung der Gedenkfeier hinterlassen, die nach Ihrem Tod Ihren Wünschen entsprechend für Sie abgehalten werden soll.[81]

Im Bestimmungskreis führen Sie auch eine umfassende Rückschau auf Ihr Leben durch. Das kann zum Teil im Beisein von Freunden und Familienmitgliedern geschehen, die Sie bitten, sich zu Ihnen zu setzen, wenn Sie sich alte Fotografien ansehen, alte Geschichten erzählen und alte Lieder singen. Wenn Sie Ihren Lebenserinnerungen auf diese Weise Gestalt verleihen, können Sie sie klarer wahrnehmen. Ihr Leben ist wie eine Sammlung alter

---

81) Am Ende des Buches finden Sie weitere Informationen zu Patientenverfügungen, juristischen und ethischen Testamenten, Erinnerungskästchen und Gedenkfeiern.

Filmrollen, von denen einige erst vor einigen Jahren, aber andere schon vor Jahrzehnten aufgenommen worden sind. Mit Hilfe von Freunden und Familienmitgliedern gehen Sie einige dieser Erinnerungen ein letztes Mal durch und blicken auf all das zurück, was sie gesehen und getan haben und auch auf das, was Sie gewesen sind. Das geschieht nicht, damit Sie sich noch fester daran anklammern können, sondern um all das loszulassen.

Auch wenn Freunde und Familienmitglieder Ihnen bei einem Teil dieser Arbeit helfen können, ist der Bestimmungskreis schlussendlich doch ein Ort für Ihre eigene, persönliche Abrechnung. Wenn Sie an eine höhere Macht glauben, werden Sie wahrscheinlich Ihrem Gott Rechenschaft ablegen; im anderen Fall werden Sie es wohl alleine tun, sich selbst gegenüber. So oder so könnten Sie sich bald mit einigen der größten Fragen des Lebens konfrontiert sehen. *Ist das Leben, das ich geführt habe, im Rahmen meines eigenen Wertesystems „gut genug" gewesen? Worin habe ich meine wichtigste Bestimmung gesehen? Wie habe ich meinem Leben Bedeutung gegeben?* Erik Erikson hat diese Herausforderung der letzten Lebensphase „Ego-Integrität versus Verzweiflung"[82] genannt. Erfüllt es Sie mit tiefer Zufriedenheit, auf all das zurückzublicken, was Sie getan haben? Oder werden sie von einem Gefühl des Versagens und Bedauerns heimgesucht? Wie auch immer – Sie stehen entweder alleine oder vor Gott in der Mitte Ihres eigenen Bestimmungskreises und erklären ein letztes Mal: *Das habe ich aus meinem Leben gemacht, und das bin ich.*

Das Maß des Lebens eines Menschen kann selten durch einen einzigen Lebenszweck bestimmt werden; die meisten von uns überantworten sich verschiedenen Bestrebungen und erschaffen auf diese Weise eine ganze Reihe von „Filmen". Für viele Menschen besteht der primäre Zweck Ihres Lebens darin, eine Familie zu begründen, was sowohl das Großziehen von Kindern als auch die Erbringung hervorragender Leistungen in einem Beruf umfasst, der diese Kinder ernährt. Für Künstler wird der kreative Akt zum primären Fokus. Für Leute, die sich am Dienst für andere orientieren, kann es wichtig sein, für bedürftige Menschen zu sorgen oder für eine gerechte Sache zu kämpfen. Für spirituell ausgerichtete Menschen wiederum kann die Ausübung des von ihnen gewählten Glaubens oder die Aufrechterhaltung regelmäßiger spiritueller Praktiken zum Zentrum ihres Lebens werden. Jeder von uns wählt aus diesen und anderen Zielen unterschiedliche Wege, eine Aufgabe und einen Sinn zu finden. Wenn Sie in Ihrem letzten Bestimmungskreis stehen, können Sie auf all das zurückblicken, was Sie getan haben und sich

---

82)   Erik H. Erikson, *Kindheit und Gesellschaft* (Klett-Cotta 1999)

fragen: *Habe ich gut gewählt? Habe ich mich ganz dem hingegeben, was am meisten zählte? War meines ein wohlgeführtes Leben?*

Selbst dann, wenn Ihr Leben größtenteils gut war, werden Sie sich einigen Ungeheuern stellen müssen – alten Momenten des Bedauerns, die nie ganz verklungen sind. Es gibt keinen Mensch, dessen Gebete alle beantwortet worden sind und der all seine Ziele erreicht hat. So, wie Sie in der Todeshütte vergeben und Vergebung erhalten, kann es sein, dass Sie jetzt nach Selbstvergebung streben müssen – für manches von dem, was Sie getan oder nicht getan haben. Einige Menschen tun das, indem sie *ich vergebe mir* zu sich selbst sagen. Andere beten vielleicht zu einer höheren Macht: *Gott, bitte vergib mir.* Und wieder andere müssen vielleicht einen Weg finden, *Gott, ich vergebe dir* zu sagen.

Die universale Suche nach Sinn und Lebenszweck wird oft noch frustrierender, wenn sich ein Mensch dem Ende seines Lebens nähert. Zweck steht meist mit direktem Handeln in Verbindung, wie es schon die Formulierung *zweckgerichtetes Handeln* nahelegt; doch wenn die Lebenskraft dahinschwindet, kann es zunehmend schwieriger werden, irgendetwas zu *tun*. Wenn Sie die letzten Augenblicke Ihres Lebens erreicht haben, wird es immer wahrscheinlicher, dass Sie andere brauchen, die etwas *für Sie* tun. *Wie kann ich jetzt überhaupt noch von Nutzen sein,* fragen Sie sich vielleicht, *wo ich derart handlungsunfähig bin?* Wenn Sie mit einer Familie und Freunden gesegnet sind, die für Sie sorgen wollen, besteht eine mögliche Antwort auf diese Frage darin, zu lernen, wie Sie deren Liebe und Unterstützung annehmen können. Wenn Sie das Glück haben, in Ihren letzten Tagen gehalten, gefüttert und gebadet zu werden, dann vergessen Sie nicht, dass ein Geschenk von dieser Größenordnung zu einem Akt der Gegenseitigkeit werden kann. Sie können den Menschen, die Ihnen diese ganz besondere Fürsorge zukommen lassen, die liebevolle Erinnerung daran zurückgeben, wie Sie von ihnen während Ihrer letzten Tage geliebt worden sind. Vielleicht wird das Ihre letzte Hinterlassenschaft, Ihre letzte Gabe an die Gemeinschaft sein. Wie Erikson schreibt: „Gesunde Kinder fürchten das Leben nicht, wenn Ihre Eltern über genügend Integrität verfügen, um den Tod nicht zu fürchten."[83]

Es ist nicht möglich, vorauszusagen, wie sich Ihre eigenen letzten Tage schlussendlich entfalten werden. Vielleicht werden Sie langsam und von den Ihnen nahestehenden Menschen umgeben sterben. Oder Sie erreichen stattdessen ein sehr hohes Alter und überleben all jene, die sich um sie hätten kümmern können. Oder Sie sterben plötzlich, und Ihr letzter Bestimmungs-

---

83) Ebenda.

kreis wird nicht mehr als ein schneller Streifzug durch die Erinnerungen an Ihre Vergangenheit und an all das, was Sie bedauern, sein. Aber könnte Sie irgendeines dieser Szenarien Ihres Lebenssinns berauben?

Die Wahrheit ist, dass jeder von uns an jedem Tag, den wir erleben, sein eigenes, persönliches Vermächtnis erschafft. Es ist nicht nur die Art, wie wir sterben, die unserem Leben schlussendlich eine Bedeutung verleiht – das letzte Kapitel unserer Lebensgeschichte. Jedes einzelne Kapitel davon ist wichtig. Sowohl die Unvermeidbarkeit des Todes als auch die Unsicherheit des Lebens fordern uns dazu auf, die Beantwortung der großen Fragen um Sinn und Bedeutung nicht länger hinauszuschieben. Um uns darauf zu fokussieren, können wir uns Folgendes fragen: *Wenn ich heute ganz plötzlich und ohne Vorwarnung sterben würde, was ließe ich dann als mein Vermächtnis zurück?*

Zweimal geboren werden

William James sagt: „Der gemeinsame Instinkt der Menschheit ... hat die Welt im Wesentlichen schon immer für ein Heldentheater gehalten."[84] Ein halbes Jahrhundert später sollte Campbell diese universale Suche nach dem Sinn und der eigenen Lebensaufgabe als „Heldenreise"[85] bezeichnen. Das Wort *Held* kann verschiedene Bedeutungen haben, wobei sich „der mythische Held" oder „der Held einer Geschichte" meist auf jemanden bezieht, der besonders einzigartig ist. Campbell legt jedoch nahe, dass in den Begriffen und im Rahmen der Werte unseres eigenen Lebens jeder von uns ein „Held" genannt werden kann. Das beste Kennzeichen persönlichen Heldentums sind vielleicht nicht etwa erstaunlicher Mut und große Leistungen, sondern ein authentischer Selbstausdruck und die Hingabe an den einzigartigen Ruf, den jede Person für sich entdeckt.

Für jene Menschen, die vor langer Zeit in kleinen, begrenzten Gemeinschaften gelebt haben, waren die Wege, auf denen man zum „Helden" wird, klar definiert. Man lehrte alle Kinder des Dorfs oder Stammes dieselbe Gruppenmythologie: eine kollektive Geschichte, die jedes einzelne von ihnen ungestört von der Wiege bis zum Grabe leitete. Dafür, dass man sich diesem Gruppenmythos überließ, erhielt fast jeder Mensch sowohl einen festen Platz in der Gemeinschaft als auch die Möglichkeit, in kleinerem Maßstab ein Held zu werden, indem er der größeren Gruppe diente. Ein Beispiel: Seit Jahrhunderten haben viele Menschen in Europa, Amerika und andern-

---

84) William James, *Die Vielfalt religiöser Erfahrung: Eine Studie über die menschliche Natur* (Insel 1997)
85) Campbell, *Der Heros in tausend Gestalten*

orts eine judeo-christliche Mythologie geerbt. Auch wenn es viele Varianten davon gibt, besagt die all diesen zugrunde liegende Mythologie, dass jeder von uns als ein Akt Gottes in diese Welt geboren wird, und wenn wir Ihm mit Achtung und Würde dienen – also heiraten, uns fortpflanzen und innerhalb unserer Glaubensgemeinschaft sowie auch für diese arbeiten – wird jedem von uns ein Ort des Respekts gewährt, sei es im Himmel oder auf Erden.

Wenn eine ererbte Mythologie keine Konkurrenz durch Besucher, Bücher, Zeitungen, Radio, Fernsehen oder das Internet erhält, wird sie möglicherweise viele Generationen lang nicht in Frage gestellt werden. In der modernen Welt gibt es jedoch nur noch wenige isolierte Gemeinschaften. Stattdessen leben wir in einem komplexen, miteinander vernetzten globalen Dorf, in dem das aufblitzende Neon des Neuen die verwitterten Strukturen des Alten überlagert. Wir werden ständig von einer Kakophonie von Stimmen bombardiert: Eltern und Altersgenossen, Kirchen und Regierungen, Ärzte und Juristen, Dichter und Filmstars, Weise und Narren. Unter dem Einfluss so vieler Herausforderungen von außen treiben immer mehr Menschen von der Gruppenmythologie fort, die sie geerbt haben.

In der modernen Welt ist die Suche nach Sinn und Zweck zunehmend zu einer privaten und persönlichen Lebensreise geworden, und das auch für die vielen Menschen, die einen ererbten Glauben praktizieren. Um mit den Worten von Joseph Campbell zu sprechen:

> Das Problem, welches die Menschheit heute hat, stellt entsprechend das genaue Gegenteil dessen jener Menschen dar, die in den vergleichsweise stabilen Perioden dieser großen, koordinierenden Mythologien gelebt haben. ... Damals lag der gesamte Sinn in der Gruppe, in den großen anonymen Formen und nicht auf dem sich selbst ausdrückenden Individuum; heute wohnt der Gruppe kein Sinn mehr inne – keiner auf der Welt: Er liegt vollkommen beim Individuum.[86]

Doch selbst in diesen modernen Zeiten muss die Suche des Einzelnen nach dem Heldentum innerhalb einer Gruppenmythologie beginnen, sei sie nun religiöser oder säkularer und wissenschaftlicher Art. Dieser Gruppenmythos dient als das halbbewusste Fundament, auf dem jeder von uns seine persönliche Lebensgeschichte aufbaut. Doch dieser ererbte Mythos wird noch vor dem Zeitpunkt, wo wir in das Erwachsensein eintreten, von außen durch ein

---

86) Ebenda.

riesiges Maß an Wahrheit und ebenso viel Wahnsinn herausgefordert. Wie sollen wir aus all diesen miteinander konkurrierenden Stimmen schlau werden? Wie vermeiden wir, die Welt simplifizierend in Gut und Böse, Richtig und Falsch einzuteilen? Campbell zufolge besteht die Antwort darin, dass jeder Mensch eine authentische Stimme, eine tiefere innere Vision findet und zum Ausdruck bringt. Und um das tun zu können, sagt er, muss jeder von uns für die Gruppenmythologie sterben, die wir ererbt haben, um so ein zweites Mal geboren zu werden.[87] Für manche Menschen bedeutet das, weiterhin an der Weltsicht oder Religion festzuhalten, die sie erhalten haben, diese aber in eine Form zu verwandeln, die für sie persönlich lebendiger ist und sich mehr im Einklang mit ihnen befindet. Für andere wird es erst möglich, eine authentische Stimme zu entwickeln, nachdem sie vieles von dem, was man an sie weitergegeben hat, zurückgewiesen haben.

Für Steven bestand der einzige Weg nach vorne in einem radikalen Bruch mit dem Christentum. Er hatte eine fundamentalistische Weltsicht geerbt, die seiner dynamischen Persönlichkeit und der bewegten Zeit, in der er lebte, nicht angemessen war. Dennoch diente ihm diese Mythologie auf ihre eigene, begrenzte Weise. Am wichtigsten war dabei, dass sie ihn das Wunder des Lebens und die Mysterien des Todes lehrte. Sie ermöglichte ihm auch einen guten Start ins Leben: eine halbwegs glückliche Kindheit, eine Ausbildung an einem christlichen College und eine Karriere als Universitätsprofessor. Am meisten versagte diese Mythologie für ihn jedoch, weil sie ihm ein nur eindimensionales Bild des Universums und ein zu starres moralisches System vermittelte.

Stevens frühe Erwachsenenzeit – eine sich rasch auflösende Ehe, Suizidgedanken, Scheidung und erneute Heirat, die Experimente mit bewusstseinserweiternden Drogen und der Verlust seiner Familie sowie seiner beruflichen Identität – kann als die Geschichte eines jungen Mannes gesehen werden, der in Bezug auf die ihm überlieferte christliche Mythologie vollständig und schmerzhaft stirbt. Damit Steven ein zweites Mal geboren werden konnte, musste sein erstes Leben zu einem dramatischen Ende finden.

---

87) Campbell erforscht das Thema des „Zweimalgeborenen" an mehreren Stellen. Seine Gespräche mit Bill Moyers sind eine gute Einführung darin (Joseph Campbell, *Die Kraft der Mythen*, Patmos 2007)

Die Spaltung heilen
In einer Welt, in der alle Bedeutung im Individuum und in persönlichen Anliegen gefunden wird, werden viele Menschen bei der Sinnsuche einen verschlungenen oder sogar gefährlichen Weg gehen, wie wir an Stevens Geschichte sehen können. Kommen wir noch einmal zu Campbell zurück:

> Aber hier [im Individuum] ist der Sinn vollkommen unbewusst. Man weiß nicht, worauf man sich zubewegt. Man weiß nicht, wovon man angetrieben wird. Die Kommunikationsleitungen zwischen den bewussten und unbewussten Bereichen der menschlichen Psyche sind vollständig durchtrennt, und wir in sind in zwei Teile aufgespalten worden.[88]

Campbell hat diese Worte 1949 geschrieben. Menschen dieser Ära sahen sich mit einem einzigartigen Dilemma konfrontiert: Zum ersten Mal stellte eine große Zahl von ihnen die alten, koordinierenden Mythologien in Frage oder wies sie zurück, während die Gruppenkultur jedoch noch nicht auf die Unterstützung einer individuelleren Form der Sinnsuche ausgerichtet war. Campbells Worte sprachen in prophetischer Weise von der kulturellen Revolution, die sich in den Sechzigern ereignen sollte – und vielleicht mehr noch im „Ich-Jahrzehnt" der Siebziger, einer Zeit, in der viele Menschen ihre konventionelle berufliche Laufbahn hinter sich ließen, weil jeder von ihnen nach einem persönlichen, bedeutungsvolleren Weg für sich suchte. Dieser Suche wohnt das Bestreben inne, die Aufspaltung zwischen „den bewussten und unbewussten Bereichen der menschlichen Psyche" zu heilen.

In *Der Takt des Denkens: Über die Vorteile der Langsamkeit* lenkt Guy Claxton die Aufmerksamkeit auf diese Spaltung von Bewusstem und Unbewusstem, indem er zwei Arten der Intelligenz beschreibt.[89] Als „Hasenhirn" bezeichnet er das schnelle, logische und zielorientierte Denken, dem die moderne Welt einen so hohen Wert beimisst. Im Gegensatz dazu definiert er mit dem „Schildkrötenverstand" einen langsameren, schweifenderen Bewusstseinszustand, der nicht danach strebt, Probleme zu lösen, Dinge in Ordnung zu bringen oder Veränderungen herbeizuführen. In seiner extremsten Form besteht das Ziel des Schildkrötenverstands darin, kein Ziel mehr zu haben. Ein offensichtliches Beispiel dafür ist die Meditation, aber auch, auf dem Gipfel eines Berges zu sitzen, einen Strandspaziergang zu machen

---

88) Campbell, *Der Heros in tausend Gestalten*
89) Guy Claxton, *Der Takt des Denkens: Über die Vorteile der Langsamkeit* (Ullstein 1998)

oder Tagträumen nachzuhängen. Selbst dann, wenn eine vom Schildkrötenverstand dominierte Aktivität ein Ziel beinhaltet – wie bei der Gartenarbeit, beim Angeln, beim Schreiben eines Gedichtes oder dem Malen eines Bildes – liegt die Betonung dabei meist ebenso auf dem durch die Aktivität erreichten Geisteszustand wie auch auf dem Ergebnis, das dadurch produziert wird. Auf welche Weise man diese innere Stille auch immer erreicht, der Schildkrötenverstand öffnet den Menschen für die Quelle des Unbewussten und ermöglicht so, dass Sinn und Inspiration nach oben steigen können. Wir erleben ihn beim Dichter, der auf die nächste Zeile eines Gedichts wartet, beim Wissenschaftler, der nach dem nächsten Gedankenblitz sucht, beim Künstler, der seinen Geist klärt, um sehen zu können oder beim Asket, der dem Wort Gottes lauscht. In der irrsinnigen Hektik unserer modernen Welt – unserem „hasenhirnigen" Dasein – wird der Schildkrötenverstand als unnormal oder bestenfalls als ein Luxus betrachtet, den wir uns hin und wieder gönnen. Aber für Menschen, welche die koordinierende Mythologie, die sie geerbt haben, in Frage stellen, zurückweisen oder zu vertiefen suchen, ist der Ruf zu stiller Reflektion weder unnormal noch ausschweifend. Für viele von ihnen ist es ihr Lebensquell.

Es gibt viele Möglichkeiten des Zugangs zum Schildkrötenverstand. Das Fasten in der Einsamkeit der Wildnis ist nur eine davon. Wie bereits beschrieben, stieß Steven während seiner Reisen durch die Wüsten von Kalifornien und Nevada zufällig auf eine rudimentäre Form dieser Praktiken. Da er mehr Visionär als Englischprofessor war, empfand er diese Form als einen vernünftigeren und gesunderen Weg zum Bewusstseinszustand des Schildkrötenverstands, der für sein Dasein von so wesentlicher Bedeutung ist. Diese Praktiken boten ihm, einem Mann, der so weit vom Kurs abgekommen war, die Führung, die er so dringend brauchte. Als Steven nach einer seiner frühen Fahrten erklärte, ein Visionssucheführer zu sein, beanspruchte er diese Arbeit als Steuerruder, mit dem er seinen neuen Kurs setzen würde, auch wenn er gerade erst begann, die Umrisse der vor ihm liegenden Reise zu erahnen.

Wenn eine Person in dem, was sie sich zu tun verpflichtet, einen *Lebenszweck* finden kann – in dem Kurs, den man mit dem Steuerrad für sein eigenes Lebens setzt – dann ist der *Sinn* der Wind, der diese Segel erfüllt, die *Inspiration*, die einen Menschen vorantreibt. Wenn ein Mensch nicht stillstehen und stecken bleiben will, müssen Sinn und Inspiration immer wieder neu entdeckt werden. Für Steven (und auch Meredith) bestand der beste Weg, das zu erreichen darin, mehrere Tage alleine in der Wüste zu verbringen. Mit der Zeit wurde das zu einem alljährlichen Ritual, bei dem jeder von ihnen im Spätwinter oder im beginnenden Frühling vier Tage in der Wildnis fastete. Für Steven waren das Schreiben, das Lehren und das Anleiten zweckgerichtete Aktivitäten, die ihm eine Richtung gaben, aber in der Zeremonie des Fastens in der Wüste entdeckte er den Sinn, der ihn durch das jeweils kommende Jahr tragen sollte.

Der Bestimmungskreis als praktisches Ritual

Wenn Sinn und Zweck immer wieder neu entdeckt werden müssen, dann könnte zweimal geboren zu werden nur der Anfang eines langen Prozesses sein, der zu einem authentischeren menschlichen Sein führt. Die Transformation des zweimal Geborenen, von der Campbell spricht – vom abhängigen Jugendlichen zum autonomen Erwachsenen – ist der vielleicht bedeutsamste Übergangsritus im Leben eines Menschen. Und doch werden viele von uns noch eine Reihe weiterer, wichtiger Übergänge erleben: vom alleine lebenden Menschen zum Lebenspartner, vom Lebenspartner zum Elternteil (oder vielleicht vom Lebenspartner zum Geschiedenen), vom arbeitenden Erwachsenen zu einem Ältesten der Gemeinschaft. Diese und andere wesentliche Identitätsveränderungen können sich tiefer in der Psyche eines Menschen verankern, wenn sie von einer bedeutungsvollen Zeremonie gekennzeichnet werden. Das Ritual des Bestimmungskreises als Höhepunkt eines viertägigen Wildnisfastens ist nur eine Möglichkeit, eine solche wichtige Lebensveränderung kenntlich zu machen.

Die Zeremonie des Wildnisfastens erfordert vom Teilnehmer keine bestimmte kulturelle Orientierung oder ein spezielles Glaubenssystem. Sie ist ebenso für einen religiösen Menschen geeignet, der seine Geschichte aus den Tiefen eines ihm von den Ahnen überbrachten Glaubens bezieht, wie auch für einen Atheisten, der solche Praktiken und Glaubensformen hinter sich gelassen hat. Am wichtigsten ist dabei, dass die Teilnehmer bereit sind, sich die eigene, von ihnen selbst erzählte Lebensgeschichte genauer anzusehen – wie immer diese auch aussehen mag.

Treten Sie für einen Augenblick in die Welt eines Menschen ein, der zu diesem Ritual gerufen worden ist:

> In meinem Leben ist es zu einer großen Veränderung gekommen, und ich spüre den starken Drang, sie klar zu kennzeichnen. Es ist jetzt an der Zeit, die Geschichte, die ich von mir erzählt habe, zu erneuern. Da ich in einen weiteren Zyklus von Tod-und-Wiedergeburt eintrete, habe ich mich dazu verpflichtet, ein Wildnisfasten durchzuführen. Während der monatelangen Vorbereitungen frage ich mich wieder-

holt: *Was von meiner alten Geschichte stirbt? Und was muss ich mit hinüber nehmen, um das Kapitel, das bald beginnt, mit Leben zu erfüllen?* Ich frage, und ich antworte. Ich antworte, und ich frage. *Für wen und für was lebe ich?*

Vier Tage lang sitze ich alleine, faste und lebe ohne die Wände, die mich sonst von der natürlichen Welt trennen. Abgeschieden. Ausgeleert. Ausgesetzt. Während der ersten Tage der Fastenzeit führe ich die Zeremonie der Todeshütte durch, wo ich einige der Beziehungsthemen aufzuarbeiten versuche, die mich in der alten Geschichte festhalten. Wenn das getan ist, wähle ich einen Ort für den Bestimmungskreis und lege dann einen Kreis aus Steinen aus, der das neue Leben repräsentiert, das ich dort hinein rufe und von dem jeder Stein einen wichtigen Menschen oder einen bedeutsamen Aspekt meines Lebens repräsentiert.

Bei Sonnenuntergang des Abends, für den ich mich entschieden habe – entweder am dritten oder vierten Tag – betrete ich den Bestimmungskreis und lasse all die vorbereitenden Fragen und alle Menschen zurück, von denen ich mich verabschiedet habe. Es ist an der Zeit, einfach nur meine Geschichte zu *sein*, in diesem Bestimmungskreis zu sitzen und mir selbst und der Welt zu erklären: „Das ist, wer ich bin." Stunde um Stunde biete ich dem Nachthimmel meine Verunsicherung und meine Gebete, meine Lieder und mein Klagen dar. Die Mondsichel ist meine Hebamme, die Welt um mich herum zieht sich zusammen und schiebt mich langsam durch den Geburtskanal. Wenn die ersten Sonnenstrahlen auf mich treffen, bin ich neu geboren. Ich *bin* meine neue Geschichte.[90]

Indem er sich Jahr um Jahr dem Ritual des Bestimmungskreises aussetzte, verwandelte Steven sein Leben in eine aufwärts gerichtete Spirale des „Werdens". Bei jeder dieser jährlichen Fastenerfahrungen erneuerte er seine Lebensgeschichte und verbrachte dann das darauf folgende Jahr damit, diese neue Geschichte auszuleben. Jeder Tod samt darauf folgender Wiedergeburt repräsentierte einen Quantensprung, eine weitere Drehung aufwärts auf dem Weg dahin, noch vollständiger „Steven Foster" zu werden. Das war Stevens größtes Lebenswerk. Nach dem Erhalt einer religiösen Weltsicht, die ihn nur schlecht auf sein erwachsenes Leben vorbereitet hatte, schaffte er es, ein spirituelles Verfahren zu finden, das gut für ihn funktionierte. Wurzeln

---

90) Scott Eberle, unveröffentlichte Beschreibung eines Wildnisfastens in der Wüste, Nov. 2005

dieses Verfahrens lassen sich in fast allen Hauptreligionen einschließlich des ihm vermachten christlichen Glaubens finden. Es ermöglichte ihm, seinen eigenen authentischen Handlungsstrang ständig neu zu entdecken.

So, wie die Todeshütte Steven half, seine Beziehungen auf dem gegenwärtigen Stand zu halten, sorgte der Bestimmungskreis dafür, dass die Vision, die er für sein Leben hatte, immer aktuell war. Wenn er eines Tages plötzlich sterben sollte, würde er Ideen für Bücher, Seminare und Ausbildungen mit ins Grab nehmen, die er nie umgesetzt hatte. Aber selbst, wenn sein Leben niemals *vollendet* werden konnte, würde er dann, wenn das Ende kam, mit Sicherheit immer in seiner momentanen Gegenwart sein und in dem Wissen sterben, dass er bis zum letzten Tag dafür gelebt hatte, seiner eigenen Vision zu folgen.

Die Leugnung des Todes

Der Psychologe Abraham Maslow schreibt: „Es ist ein Aspekt des grundlegenden menschlichen Dilemmas, dass wir Würmer und Götter zugleich sind."[91] Wie Würmer essen und scheißen wir, werden wir krank und sterben wir. Wie Götter sind wir mit der Gabe gesegnet, zu träumen und zu reflektieren, zu imaginieren, inspiriert zu sein, zu erschaffen und Erfüllung zu finden. In Maslows Worten ist diese gottähnliche Eigenschaft unsere Fähigkeit, „Potenzial zu aktualisieren" und uns „vollkommener Menschlichkeit"[92] zu erfreuen. In Campbells Worten ist es unsere Fähigkeit, zweimal geboren zu werden, indem wir für die uns übertragene Gruppenmythologie sterben, damit wir auf eine authentischere Weise wiedergeboren werden können.

Doch nicht alles in der Welt des Gotteswurms ist wunderbar und reichhaltig. Unsere gottähnliche Fähigkeit zur Reflektion verlangt, dass jeder von uns mit der qualvollen Wahrheit unseres Daseins ringt: dass wir eines Tages sterben und vergehen werden. Für die meisten Tiere vollzieht sich die Erfahrung des Todes mehr oder weniger blitzartig. Ein paar Minuten der Angst, des Schreckens und des Schmerzes, und dann ist es vorbei. Im Gegensatz dazu ist das menschliche Tier bereits im frühen Alter von vier oder fünf Jahren in der Lage, seinen eigenen Untergang vorauszusehen. Als Gotteswürmer haben wir alle die Fähigkeit, zu träumen und zu reflektieren, aber wir sind auch in der Lage, ängstlich und besorgt, zitternd und erschrocken zu sein. Wir mögen zwar in dem Segen unserer Gottähnlichkeit leben, aber zugleich sind wir auch verflucht.

---

91) Abraham Maslow, „The Need to Know and the Fear of Knowing", *J Gen Psych* 1963
92) Abraham Maslow, *Psychologie des Seins: Ein Entwurf* (Fischer 2000)

In seinem bahnbrechenden Buch *Die Überwindung der Todesfurcht* erweist Ernest Becker der Arbeit von Sigmund Freud seine Huldigung und würdigt dessen große Entdeckung, dass die Ursache psychischer Erkrankungen oft in einer Angst vor dem eigenen Selbst zu finden ist – den eigenen Gefühlen, Impulsen, Erinnerungen und Potenzialen.[93] Becker legt jedoch im Gegensatz zu Freud nahe, dass der am meisten unterdrückte Aspekt des menschlichen Tiers nicht die Sexualität ist, sondern in der Leugnung des Todes besteht. Becker argumentiert, dass die Leugnung unserer fundamentalen Angst vor Tod und Vernichtung unser tiefstes Bedürfnis darstellt, und doch „ist es das Leben selbst, das diese Angst erweckt, und so schrecken wir davor zurück, vollständig lebendig zu sein."[94] Jede der großen, seit Jahrtausenden überlieferten koordinierenden Mythologien bietet ihre eigene Lösung für dieses große, existenzielle Problem. Deshalb kann man nicht genug betonen, dass zweimal geboren zu werden – sich also außerhalb einer ererbten Tradition zu begeben und allein die großen Fragen nach dem Tod und dem Leben danach zu stellen – einen Menschen verletzlich und ungeschützt machen kann. Becker formuliert das wie folgt:

> ... die Welt so zu sehen, wie sie wirklich ist, stellt eine verheerende und furchterregende Erfahrung dar. Sie führt zu genau dem Ergebnis, welches das Kind durch den qualvollen Aufbau seines Charakters über viele Jahre hinweg zu vermeiden versucht hat: Es *macht routinemäßiges, automatisches, sicheres und selbstbewusstes Handeln unmöglich.* Es macht gedankenloses Leben in der Welt der Menschen zu einer Unmöglichkeit. Es unterwirft ein zitterndes Tier der Gnade des gesamten Kosmos und der Frage nach dem Sinn desselben.[95]

Und genau darin besteht das Ziel des Wildnisfastens – ein menschliches Tier alleine in die Wüste zu setzen und ihm jede soziale Ablenkung zu verweigern. Ihm die Nahrung zu entziehen, damit es bis in die Zellen begreift, was es bedeutet, zu sterben. Und das Tier der großen Ausdehnung des Nachthimmels auszusetzen, „dem gesamten Kosmos und der Frage nach dem Sinn desselben." Wie ein Wurm – abgeschieden, ausgeleert, ungeschützt. Wie ein Gott – frei, Rituale zu erschaffen, Gebete hinauszusenden und die großen Fragen nach Sinn und Zweck zu stellen. Dieses gleichzeitige Nebeneinander

---

93)   Ernest Becker, *Die Überwindung der Todesfurcht: Die Dynamik des Todes* (Goldmann 1991)
94)   Ebenda.
95)   Ebenda.

erschafft ein ungemein machtvolles Verfahren, das dem Schildkrötenverstand zugehörig ist, weshalb im Urgrund der meisten Hauptreligionen unterschiedliche Versionen davon gefunden werden können.

Das Wildnisfasten ist von einzigartiger Kraft, stellt sich für manche Menschen aber dennoch als riskant dar. Wenn es von qualifizierten Leitern begleitet wird, sind die körperlichen Risiken minimal – es ist viel wahrscheinlicher, in einer normalen Woche in der Stadt zu Schaden zu kommen als beim Fasten in der Wüste. Die Gefahren des Wildnisfastens sind viel mehr psychologischer und existenzieller Natur. *Bin ich bereit dafür, aus der Komfortzone der Gruppenkultur herausgenommen und absolut alleine in der Wildnis der Wüste abgesetzt zu werden? Bin ich bereit dazu, vier Tage und Nächte lang meinen eigenen persönlichen Mythos zu untersuchen, jene Geschichte, die ich schlussendlich bis zum Grabe mit mir tragen werde?*

Die Risiken des Wildnisfastens sind beträchtlich, aber ebenso kann der Segen beträchtlich sein, der daraus erwächst. Lassen Sie uns zu Steven zurückkehren und ihn während einem seiner wichtigsten Fastenausflüge im Jahr 1980 besuchen:

> Es dämmert mir, dass ich nicht mehr nach Antworten suche. Ich suche nach Wegen, nach Mitteln zum Zweck. Ich habe so lange Fragen über den Sinn und Zweck des Lebens gestellt, bis ich blau, blau, blau war und immer noch nichts wusste – also habe ich mit diesem Unsinn aufgehört und vor noch nicht allzu langer Zeit damit begonnen, nach Wegen zu suchen, auf denen ich meine Ziele erreichen kann.
>
> Ich gehöre nicht zu den Leuten, die mit dem Wind reden können. Ich bin eher jemand, den der Wind füllt und dann mit einer Absicht fortschickt. Ich bin die Antwort des Windes auf meine eigenen Fragen zu Sinn und Zweck.
>
> Jetzt, wo ich die Mitte meines Lebens überschritten habe, beende ich das lange Einatmen dieses Atemzugs, der mich bis zur Lebensmitte gebracht hat und beginne auszuatmen. Ich seufze jedes Jahr bis zu meinem Tod fort. Ich habe das große Glück, so lange gelebt zu haben, mit so vielen Leben, Lieben, Abenteuern, Kindern, Orten, die ich gesehen und Katastrophen, die ich durchgestanden habe. Ja, das Leben ist wirklich gut zu mir gewesen.[96]

---

96)   Foster, unveröffentlichtes Tagebuch, Dezember 1980

Hier erleben wir Steven in dem Augenblick, in dem er nach so vielen Jahren der harten Arbeit der Schaffung eines Bestimmungskreises entdeckte, das sich sein innerer Kreis der Identität, des Sinns und Lebenszwecks nun im Wesentlichen vervollständigt hatte. Wie er sagt, war das Leben „wirklich gut zu ihm gewesen." Aber er konnte nicht wissen, dass er die Mitte seines Lebens im Alter von einundvierzig Jahren bereits weit überschritten hatte. Anstatt vier weiterer Jahrzehnte warteten nur noch zwei auf ihn.

Die Sterblichkeit wird Wirklichkeit
Für den in der temporeichen Welt der Städte lebenden Durchschnittsmenschen ist das Wildnisfasten ein in seiner Kraft einzigartiger Weg, die uralte Kunst des *Memento mori* zu praktizieren: Sich daran zu erinnern, dass man sterben wird, damit man vollständiger leben kann. „Bei der Ausübung [des Memento mori] geht es im Wesentlichen nicht einmal darum, an die eigene letzte Stunde oder an den Tod als körperliches Phänomen zu denken", schreibt der Mönch David Steindl-Rast, „sondern darum, jeden Augenblick des Lebens vor dem Hintergrund des Todes zu betrachten. Es ist die Herausforderung, dieses Bewusstsein des Sterbens in jeden Augenblick zu integrieren, umso lebendiger zu werden."[97] Die Routine, die Abwehrmechanismen und die Ablenkungen des Alltagslebens zurückzulassen und vier Tage lang alleine in der Wüste zu sitzen, ermöglicht uns, über das Land des Lebens hinweg zum Horizont des Todes hinauszublicken.

Es kann eine machtvolle Übung sein, den Tod immer im Blick zu behalten, sei es nun in einem Kloster oder bei einem Wildnisfasten – und doch bleibt es immer nur eine symbolische Form des Sterbens. Keine spirituelle Praktik fordert vom Menschen, sich den Fragen zu Sinn und Lebenszweck in Form einer tatsächlichen Begegnung mit dem Tod zu stellen. Stellen Sie sich noch einmal vor, Sie wären lebensbedrohlich erkrankt und man teilt Ihnen mit, dass Sie nur noch einige wenige Wochen, Monate oder Jahre haben. Sie werden mit einer Macht und Plötzlichkeit gezwungen sein, zu diesem sich rasch nähernden Horizont zu schauen, die keine spirituelle Übung erreichen kann. Oder vielleicht haben sie einen unmittelbareren Zusammenstoß mit dem Tod in Gestalt eines Autounfalls, einer Herzattacke oder eines gewaltsamen Angriffs. Dann wird die dünne Schicht der psychologischen Abwehr – Beckers Leugnung des Todes – binnen eines winzigen Augenblicks abgebaut, und Sie starren direkt das Tor zum Tod an. Doch unabhängig davon, ob die Bedrohung des Todes langsam oder plötzlich in Erscheinung tritt, wird sie

---

97) David Steindl-Rast, „Learning to Die.", Parabola 1977

höchstwahrscheinlich einige der größten Fragen des Lebens zum Vorschein bringen. Manche Menschen sagen vielleicht: *Warum gerade ich? Warum gerade jetzt?* Während andere stattdessen fragen: *Habe ich mit meinem Leben genug getan? Was soll ich mit der mir noch verbleibenden Zeit tun?*

Steven unterschied sich von den meisten anderen Sterblichen darin, dass er bereits vor Beginn seiner Erkrankung regelmäßig bewusst über seinen eigenen Tod nachdachte. Jahrelang hatte er sich auf die kleinen Tode konzentriert, indem er immer wieder schaute, was in seinem Leben krank und am Sterben war, damit er es loslassen konnte. Doch als ihm das Atmen schwerer zu fallen begann, war der Tod nicht mehr nur ein gedankliches Konzept oder eine Abstraktion, auf die man sich konzentrieren kann, um davon inspiriert zu werden. Stattdessen wurde er zu einem steten Begleiter – vor allem in jenen Nächten, in denen er mit Atemnot erwachte.

Die ersten Anzeichen für Stevens Erkrankung tauchten fast zwei Jahrzehnte vor seinem Tod auf. Von diesem Augenblick an verlangte seine ständig zunehmende Kurzatmigkeit von ihm, zu einem Horizont hinauszublicken, der sich schnell näherte. Steven zuckte oft davor zurück und verzweifelte daran, aber selten wandte er seine Augen davon ab. Der Tod wurde zu einer gegebenen Tatsache, sowohl in Gestalt seines unvermeidlichen Ausgangs als auch als schlussendliches Maß seines Lebens. Das war eine weitere Version des Bestimmungskreises, der jetzt von einem einmal jährlich stattfindenden Ereignis zu einer fast täglichen Übung wurde. Dieses Ritual erforderte keine Einsamkeit, kein Fasten und keinen ungeschützten Aufenthalt in der Wildnis. Mit jedem raspelnden Husten, mit jedem keuchenden Atemzug konnte Steven spüren, dass er immer näher an die Kante des Horizonts herantaumelte.

Der Tod als letzte Gabe an die Gemeinschaft

Die Weltliteratur ist voller Geschichten von jungen Männern und Frauen, die „aufzuwachsen" lernen – Menschen, die sich spiralförmig aufsteigend in eine vollständigere Version ihrer selbst begeben. Im Vergleich dazu ist nur äußerst wenig darüber geschrieben worden, wie man „hinunterwächst" (und das meiste davon erst in den letzten paar Jahrzehnten). Wenn „aufzuwachsen" bedeutet, die körperliche Abhängigkeit der Kindheit zurückzulassen und langsam als autonomer Erwachsener hervorzutreten, dann ist „hinunterwachsen" – zumindest im Reich der Materie – einfach das genaue Gegenteil davon. Ob es nun Jahre, Monate, Wochen oder Tage dauert, oft beraubt der unvermeidliche Niedergang der Krankheit und des Alters die Menschen ihrer schwer verdienten Selbstständigkeit, wodurch sie die Spirale wieder in

Richtung der körperlichen Abhängigkeit einer zweiten Kindheit hinabsteigen.

Trotz des körperlichen Verfalls, der sich in diesen letzten Tagen vollzieht, wachsen viele Menschen jedoch auf emotionaler und spiritueller Ebene weiter, und das manchmal sogar in noch höherem Maße. Einige von ihnen werden von einer Verschlechterung inspiriert, durch die sich ihre Suche nach Sinn und Zweck verändert. Wenn es die Aufgabe des gesunden Erwachsenen ist, zu leisten und zu produzieren, zu lieben und zu geben, dann besteht die des sterbenden Menschen im genauen Gegenteil davon: im Loslassen und Aufgeben sowie darin, geliebt zu werden und die Fürsorge anderer zu empfangen. Manchen Menschen fällt diese Umkehrung nicht leicht, denn sie bringt eine Frage mit sich, die ebenso schwierig zu stellen wie auch zu beantworten ist: *Bin ich der Liebe und Fürsorge wert, die ich jetzt so deutlich brauche?*

Wie bei jedem Menschen kann auch der Anfang von Stevens Antwort in seiner frühen Kindheit gefunden werden. Er wuchs in einer Familie auf, in der Liebe an Bedingungen geknüpft war. „Du bist nur dann wert, geliebt zu werden", hatte man ihm gesagt, „wenn du dich wie ein guter christlicher Junge verhältst. Und ein guter christlicher Junge zu sein bedeutet das ... und das ... und das." Als im Jahr 1984 seine Atemprobleme begannen, war dieses frühe Erbe noch immer ein Teil von ihm:

> Vielleicht ist der „Mangel an Glaube" daran, dass ich wirklich geliebt werde, also um meiner selbst willen und für das, wer und was ich bin, das größte Ungeheuer meines Lebens. Es kann sein, dass ich mein Leben, meine Liebe und alle, die mir nahe stehen, wegen dieses Zweifels zerstöre. Weil ich es so schwer finde, zu glauben, dass ich liebenswert, willkommen und anständig bin, werde ich meinen Geist in diesem Leben vielleicht niemals in Harmonie und Gleichgewicht bringen können. Ich sage das ruhig, vernünftig und ohne große Selbstanklage. Es ist ein <u>Fakt</u> meiner Existenz – gewissermaßen mein „Karma". Der Berg meines späteren Lebens, den ich entweder ersteigen oder entsetzliche Folgen erleiden muss.[98]

Wie in der Hospiz- und Pflegetätigkeit ist die Unterstützung von Menschen, die sich inmitten der bedeutendsten Veränderungen ihres Lebens befinden, das Herz und die Seele der Arbeit mit Übergangsriten. In den mehr als drei-

---

98) Foster, unveröffentlichtes Tagebuch, Februar 1984

ßig Jahren, in denen Steven und Meredith die Geschichten anderer anhörten und hielten, haben sie ihr eigenes, einzigartiges Geschenk der Liebe Tausenden von Menschen dargeboten. War all das genug, um dem kleinen Jungen in Steven zu ermöglichen, sich als liebenswert zu empfinden? Offensichtlich nicht. Stattdessen diente die Angst dieses kleinen Jungen noch immer als wesentlicher Antrieb, der ihn dazu bewegte, zu schreiben, zu lehren und zu führen. „Ich mag zwar nicht liebenswert sein", mag er sich gesagt haben, „aber ich kann verdammt nochmal andere lieben und ihnen dabei helfen, sich selbst zu lieben."

In den späteren Jahren seines körperlichen Verfalls rang Steven gewaltig mit der Frage, ob er es verdiente, geliebt zu werden, was sich mit zunehmender Verschlechterung und körperlicher Abhängigkeit noch verstärkte. „Steven trug immer Angst mit sich herum", schrieb Meredith bald nach seinem Tod, „ein Kampf mit seinen Veränderungen, seinem Elend, seinen Selbstzweifeln. Das trieb ihn an, und ich vermute, dass es das auch in diesen letzten Jahren noch getan hat. Am Ende schienen sich die Veränderungen auf allen Ebenen zu vollziehen. Sie nagten an seiner Fähigkeit, kreativ zu sein und sich wie ein MANN zu fühlen. Wie du dir wohl vorstellen kannst, waren das die schwierigsten Veränderungen für ihn."[99] Doch der Fluss der Liebe – wer von wem Fürsorge erhält – hatte sich in Stevens Leben umgekehrt, ob es ihm gefiel oder nicht. In Anbetracht seiner Erziehung wollte er definitiv keine zweite Kindheit erleben. Oft schien ihm der Suizid die einzige Möglichkeit zu sein.

Und doch wusste Steven von der Kraft zur Transformation, die man im Bestimmungskreis finden kann. Jede Zelle seines Körpers *kannte* diese Kraft. Sei es einmal im Jahr oder täglich wie in seinen letzten Lebensjahren – im Bestimmungskreis konnte er seine Selbstachtung und seinen Selbtswert wieder herstellen, auch wenn sich sein Körper zersetzte. *Wofür kann ich leben? Wie kann ich dieser Welt auch weiterhin dienen? Was wird meine Gabe an die Gemeinschaft sein?* Tag für Tag diese Fragen zu leben, zwang ihn dazu, sich den größten Ungeheuern seines Lebens zu stellen: der Erstickungsangst, einem ungewissen Vermächtnis und der Befürchtung, seiner eigenen Liebe nicht wert zu sein. Mit diesen Ungeheuern konfrontiert war es ihm schließlich möglich, sie als Teil des Mannes zu akzeptieren, der er war und immer sein würde.

Am Ende war Suizid für Steven keine brauchbare Möglichkeit mehr. Als ihn sein Körper im Stich ließ, lernte er, die Fürsorge anzunehmen, die er be-

---

99) Little, private Mitteilung, 10. August 2003

nötigte. Er glaubte schließlich, dass er geliebt wurde und liebenswert war. Anstatt sich plötzlich mit Tabletten oder einer Waffe aus dem Leben zu stehlen, war er in der Lage, sich seinem Sterbeprozess zu überlassen. In seinem letzten veröffentlichten Buch schreibt er:

> Wenn ich mich vor dem Thron des Herrn Tod verbeugen muss, dann gebt mir noch ein letztes Mal Gelegenheit zu zeigen, wer ich wirklich bin!
> Freitod ist eine gerechtfertigte Alternative. Befriedigender aber ist es, das Bild zu Ende zu malen, wenigstens so lange, wie noch Farbe da ist. Nur dann können wir die Engel um Beistand bitten, den Thronsaal des Todes durchschreiten und uns zu den Spinnerinnen gesellen, die auf ewig spinnen und spinnen.[100]

Eine letzte Verneigung vor dem Thron des Todes sollte Stevens finale Gabe sein. Er würde sie ebenso dem Tod, seinem großen Lehrer, als auch all den Menschen darbieten, die er wiederum gelehrt hatte. Aber noch wichtiger war für ihn, Meredith, seinen Kindern und sich selbst diese Gabe zu überreichen. Er war entschlossen, die Welt zu verlassen, indem er ein letztes Mal erklärte: „Das bin ich!"

---

100)   Foster, *Ithaka*

DRITTER HAUSBESUCH

15. April: Lieber Doc, danke, dass Du mir Dein Buch geschickt hast. Ich habe es gerade beendet, und wie Du sagst: „Es ist, was es ist." Und es ist zutiefst bewegend, faszinierend, eindringlich, dunkel wie der Blitz, sanft und hart, Traum und Metapher, menschlich und heilig, enthüllend und verborgen, glatt und direkt, echt und wahrhaftig. Ich frage mich, ob es vielleicht nur das erste einer Reihe weiterer Bücher ist. Wie „literarisch" ist es? Wen kümmert's? Lies es einfach so, wie es ist. Mehr darüber werde ich Dir persönlich sagen, viel mehr.[101]

26. April: Bester Doc, ich muss Dich so bald wie für Dich passend sehen. Mein erstes Treffen mit dem neuen Arzt findet erst nächste Woche statt – ich glaube nicht, dass ich so lange warten werde.
   Gestern und heute bin ich mit seltsamen Empfindungen über das Sterben aufgewacht. Das heißt, mit Regungen, die so scheußlich (psychotisch, schizo, krank und verrückt) sind, dass ich es am liebsten gleich hinter mich bringen würde. Ich frage mich, ob ich aufgrund der Einnahme verschiedener Medikamente eine Art Vergiftungszustand erreicht habe. Bis zum frühen Nachmittag haben die körperlichen Wahrnehmungen etwas nachgelassen. Die Nächte neigen dazu, eine echte Hölle zu sein. Ich bin ratlos und kann die Symptome nicht verstehen, vor allem in Anbetracht meines psychologischen Appetits darauf, zu trainieren und meinen Körper im Fitness-Studio zu kräftigen, meiner Liebe zu meiner Frau, meinen Kindern und Dir und auch in Anbetracht eines neuen Projekts, eines Drehbuchs namens „Der besoffene Bus".
   Warum kannst Du nicht mein „Hauptarzt" sein? Ich werde Dich nicht aufgeben. Das werde ich nicht tun. Das werde ich nicht tun![102]

---

101) E-Mail von Steven Foster an den Autor, 15.04.2003
102) E-Mail von Steven Foster an den Autor, 26.04.2003

Donnerstag, der 1. Mai
Ich stellte mein Auto eine halbe Meile von Stevens und Merediths Zuhause entfernt am Beginn eines Wanderwegs ab, der von hier an steil an der Seite des Mount Tamalpis hinaufführte. Der Nebel triefte von den Föhren und machte den Boden feucht, aber nicht glitschig. Als ich ein kleines Stück von der Straße entfernt war, ließ ich Liza von der Leine. Die große und schlanke Foxhound-Dame mit dem sanduhrförmigen Körper sauste voran, und ihre langen Beine konnten kaum noch mit ihrer schnell schnüffelnden Nase mithalten. Ich ging ihr nach, ohne zu wissen, welchem Geruch sie folgte oder welchen Weg wir nehmen würden. *Ist sowieso nicht wichtig,* sagte ich zu mir, *wir haben nicht einmal annähernd genug Zeit, um bis zum Gipfel hinaufzugehen.* Bei meinem letzten Gespräch mit Meredith hatte sie mich gebeten, nach zehn Uhr zu kommen. Das gab uns neunzig Minuten – die eine Hälfte davon, um unsere Herzen beim Weg hinauf anständig zum Arbeiten zu bringen und die andere Hälfte, um wieder hinunter zu gelangen.

Das Schnaufen und Keuchen wurde zu einem steten Fokus und verwandelte den Spaziergang in eine morgendliche Meditation. Für mich war das sowohl Todeshütte als auch Bestimmungskreis – eine Gelegenheit, das Gewirr von Menschen und Problemen in mir auf den neuesten Stand zu bringen. Ich durchwühlte die jüngsten Details meines Lebens: ein Artikel, an dem ich gerade schrieb, das Essen am vorangegangenen Abend mit einem Freund, der gestrige Tag in der Klinik, ein seltsamer Typ im Hospiz. Doch nach einer halben Stunde war ich leer. Keine großen Sorgen. Nichts Wesentliches zu bedauern.

Schließlich wurde der Wanderweg flacher und führte mich aus dem Wald heraus zum Berggasthaus und dem Panoramablick, den man von dort haben sollte. Ich wurde stattdessen jedoch von einem Nebelstrom begrüßt, der sich an der Bergflanke entlang nach unten ergoss. Ein Blick auf die Uhr sagte mir, dass ich mich hier sowieso nur einige Minuten aufhalten konnte, also blieb ich lange genug stehen, um darüber nachzudenken, was mich wohl unten erwarten würde. Ich hatte keine Ahnung. Doch zum ersten Mal sorgte ich mich kaum darum, was bei Steven auf mich zukommen würde. *Gehe einfach hin. Ich bin, wer ich bin. Ich weiß, was ich wissen muss.*

Der Abstieg war ebenfalls frei von Angst oder Erwartung. Ich kam beim Auto an, fuhr die zwei Minuten bis zum Haus der Littles, parkte am oberen Ende der Auffahrt und ließ Liza auf dem Rücksitz zurück. *Ein müder Hund ist ein braver Hund,* sagte ich mir. Sie war zweimal so weit und viermal so schnell gelaufen wie ich. *Sie sollte jetzt ein wirklich müder Hund sein.*

Ich ging am Haupthaus vorbei und steuerte direkt auf Stevens und Merediths Räume zu. Wieder begrüßte mich Meredith an der Tür. Hinter ihr konnte ich das laute Klagen eines Songs von Beck hören, den ich wiedererkannte. Er hatte *Sea Change,* eine wunderschöne Liedersammlung, vor vielen Jahren nach der Trennung von seiner Freundin aufgenommen. „Ich verliere ja nur dich", lamentierte er, „ich denke, mir geht's gut."

„Das ist so ein großartiges Album", sagte ich.

„Großartig und traurig", antwortete Meredith. „Die einzige Musik, die an einem solchen Morgen angemessen ist. Steven hat eine weitere schlimme Nacht hinter sich. Ich habe versucht, uns beiden etwas zu geben, worauf wir uns konzentrieren können."

„Auf welche Weise war die Nacht schlimm?"

„Komm doch rein und sprich mit ihm." Sie winkte mir zu, ihr zu folgen. „Er wird es dir erzählen."

Im Hauptraum saß Steven auf dem Bett und sah ziemlich schmuddelig aus. Sein Haar war zurückgebunden, aber immer noch durcheinander, und sein T-Shirt und seine Jogginghose sahen aus, als ob er darin geschlafen hätte. Er hatte zwar immer gerne die Rolle des Alten vom Berg gespielt, aber dabei gewöhnlich gut gepflegt ausgesehen. Heute schien es ihm egal zu sein.

„Hey Doc, du hast es geschafft." Er stand langsam mit weit geöffneten Armen auf und wartete darauf, dass ich zur Begrüßungsumarmung zu ihm kommen würde. Als ich nah bei ihm war, bemerkte ich, dass er übel roch. *Vielleicht ein schlimmer Fall von Morgenatem.*

Meredith stellte die Musik ab und ließ uns mit dem rauschenden Steigen und Fallen des Sauerstoffgeräts zurück.

Der Arzt in mir nahm eine rasche Einschätzung vor. *Er sieht müde aus, aber sein Atem geht nicht schwer. Er ist weder heiß noch verschwitzt, hat also wahrscheinlich kein Fieber. Vielleicht handelt es sich nur um einen Schlafmangel.*

„Wo ist dein Hund?" fragte Steven, der sich an meine E-Mail vom gestrigen Tag erinnerte. „Ich dachte, ihr zwei wolltet ein wenig in den Wäldern herumtoben."

„Das Toben ist schon erledigt, und sie liegt im Auto, um sich zu erholen."

Da er so schlecht aussah, beschloss ich, das Geplauder auf ein Minimum zu reduzieren. „Meredith sagte mir, du hättest eine schlimme Nacht gehabt."

„Eine schlimme Woche trifft es eher, Doc."

Bei ‚Doc' sind wir also, sagte ich mir. Zwar war „alles von mir" heute hierhergekommen, aber in Anbetracht seines Aussehens war es der Arzt, der die

Führung übernehmen würde. *Verzichte auf das freundliche Geplänkel. Und lasse auch die Planung des Hospizfastens links liegen.*

Ich schnappte mir einen Stuhl, stellte ihn direkt vor Steven und setzte mich darauf. Auf dem Boden zwischen uns stand eine fast leere Whiskeyflasche.

„Dann erzähle mir von der Woche, Steven."

„Hmmm", seufzte er leise. „Nein, das nicht. Noch nicht. Ich würde lieber über dein Buch sprechen. Das ist wichtiger, als was dieser alte Kadaver durchgemacht hat."

„Ich erlaube mir, da anderer Meinung zu sein", sagte ich und unterdrückte das starke Verlangen, zu hören, was er zu meinen schriftstellerischen Tätigkeiten zu sagen hatte. „Wir können ein anderes Mal über das Buch sprechen. Heute müssen wir uns auf deine Gesundheit konzentrieren."

„Aber Doc, was du geschrieben hast, *ist* wichtig. Es wird eines Tages Teil deines Vermächtnisses sein, nichts weniger als das. Genauso wie meine Bücher für mich." Er nahm eines seiner Handgelenke mit dem Daumen und Zeigefinger der anderen Hand auf, erhob es in die Luft und ließ es wieder fallen. „Dieser Körper wird bald schon tot sein, aber die Bücher nicht. Sie sind so nah an der Ewigkeit, wie du und ich je kommen können."

Während er redete, beobachtete ich seinen Atem genauer. Er sprach in ganzen Sätzen, konzentrierte sich aber immer wieder besonders auf das Einatmen. Dann beugte er sich mit den Händen auf den Knien vor und benutzte seine gespitzten Lippen, um die Luft einzusaugen.

Meredith ging zu ihm und legte ihre Hand auf seine Schulter. „Er hat seinem neuen Buch gestern den letzten Schliff verpasst und es zum Schlusslayout geschickt. Es sollte in ein paar Wochen beim Drucker sein."

„Ja", sagte Steven stirnrunzelnd. „Ein Buch, das ich in Abschnitten von dreißig Minuten fertigstellen musste. Mit einem Finger herumhackend, immer nur einen Buchstaben zugleich."

„Aber es ist fertig", sagte ich. „Ein weiteres Stück Ewigkeit erledigt. Und ich für meinen Teil kann gar nicht erwarten, es zu lesen." Ich legte meine Hand auf sein Knie und schüttelte es sanft. „Aber ich bin immer noch bei deinem Körper, Steven. Wie vergänglich wir auch immer sein mögen, wir müssen ihn wieder auf den richtigen Kurs bekommen. Dich wieder zum Schreiben kriegen. Damit du noch mehr Vermächtnisse kreieren kannst. Heute besteht unsere Hauptaufgabe darin, Arzt und Patient zu spielen."

Er lenkte ein und sprach endlich über die Schwierigkeiten, die er in der vergangenen Woche gehabt hatte. Manches davon war alt und vertraut: nächtliches Erwachen mit Atemnot, das dringende Bedürfnis nach einer

Reha-Behandlung. Doch anstatt danach wieder einzuschlafen, blieb er nun noch stundenlang wach.

„Und je länger ich wach bin, umso mehr verwandelt sich dieser Raum in ein Geisterhaus. Eine Achterbahn mitten durch die Hölle. Dann starre ich die Bäume draußen an, und sie verwandeln sich plötzlich in Monster oder Gargoyle. Oder ich versuche, mich mit fernsehen abzulenken, nur um auf einmal zu sehen, wie die Menschen enthauptet werden und ihre blutigen Köpfe auf die Seite rollen. Das bringt mich dann dazu, über mein eigenes Sterben nachzudenken. Und diese Bilder sind genauso hässlich."

„Klingt furchtbar."

„Ja, Doc. Es ist, als wenn ich eine Mauer hochsteige. Eine Mauer aus Schmerz, die mich vom Tod trennt." Seine Augen waren nun zu Boden gerichtet, als wenn er die imaginäre Barriere nicht anschauen wollte, die er gerade beschrieben hatte. „Aber jetzt ist da kein Licht, das mir den Weg über die Mauer zeigen könnte. Nichts als Dämonen und dunkle Schatten."

Ich stellte ihm einige weitere Fragen zu dem, was er sah, hörte und dachte. *Er ist bei klarem Verstand*, entschied ich. *Fähig, zu erkennen, was real ist und was nicht.* Trotzdem versetzten ihn die Visionen in Angst und Schrecken.

„Ich erinnere mich an etwas, dass du bei meinem letzten Besuch gesagt hast, Steven. An einem Tag kann das Zuhause wie der Himmel sein, und am nächsten wie die Hölle. Derselbe Ort, aber die Welt spiegelt etwas anderes zurück."

„Verdammt richtig, und jetzt ist es eine Hölle schlimmster Art."

„Aber du hast im Leben schließlich nie etwas nur halb gemacht, oder?" sagte ich und meinte es als ehrliches Kompliment, mit dem ich den Helden in Steven anerkannte.

Er wies meine Worte sofort zurück und winkte dabei mit den Händen hin und her.

„Das ist alles, was ich will – das hier nur halb zu machen!" Sein Gesicht hatte sich verändert. Es war nicht mehr das eines alten Mannes, sondern er hatte sich in einen verängstigten kleinen Jungen verwandelt. „Doc", bat er, „du musst mir helfen."

„Geht klar, Steven." Ich legte meine Hand wieder auf sein Knie. „Dafür bin ich schließlich hier. Lass uns schauen, ob wir aus all dem schlau werden können."

Es war an der Zeit, den traditionellen Doktor zu spielen: nach Symptomen zu fragen, eine körperliche Untersuchung durchzuführen, Krankheitsmuster zu erkennen und Tests in Betracht zu ziehen, die meine Vermutungen bestätigen oder widerlegen konnten. Unsere vorangegangenen „schwierigen

Gespräche" hatten festgelegt, wie es weitergehen sollte, zumindest soweit es die in Betracht zu ziehenden Möglichkeiten betraf. Keine Einlieferung in die Notaufnahme, keine Krankenhäuser, keine medizinischen Wunder. Ich musste mich auf das konzentrieren, was hier in diesem Schlafzimmer für ihn getan werden konnte – zumindest, bis er seinen neuen Arzt treffen würde.

„Erzähle mir von deiner Erkältung und wie sie sich auf deine Atmung ausgewirkt hat."

Sauerstoffmangel steht auf der Liste der möglichen Ursachen für ein Delirium ziemlich weit oben. Aber zu meiner Überraschung waren seine respiratorischen Symptome gar nicht so schlimm. Eine laufende Nase und verstopfte Nebenhöhlen. Ein bisschen Husten, aber ohne viel Schleim. Kein Fieber. Die Atemschwierigkeiten waren nicht schlimmer als sonst auch. Am wichtigsten war jedoch, dass sich sein Sauerstoffsättigungswert nicht verringert hatte.

Meredith steckte die Klemme des Oximeters an seinen Finger, um den Wert noch einmal zu überprüfen. „87 Prozent", sagte sie. „Das ist ziemlich gut für ihn."

Ich hörte aufmerksam seine Lungen ab. Sie klangen genauso wie beim letzten Mal: ferne Atemgeräusche, fast unhörbar, aber nichts, was auf eine Lungenentzündung oder eine Herzinsuffizienz hinweisen würde. Nachdem ich eine vollständige Untersuchung abgeschlossen hatte, gab ich den beiden eine Zusammenfassung dessen, was ich gehört und gesehen hatte, wobei ich mich besonders auf die Gefahr einer Lungeninfektion konzentrierte.

„Ich glaube nicht, dass es die Erkältung war, die mich durcheinandergebracht hat", antwortete Steven. „Wahrscheinlicher ist eine schlechte Zusammenstellung von Medikamenten. Ich bin schon so lange an diese Mittel gebunden, wie mit chemischen Strängen, die in irgendeinem Labor entwickelt worden sind. Ich denke, diese Stränge sind jetzt irgendwie übergeschnappt und haben sich miteinander verwickelt."

Meredith gab mir seine aktuelle Medikamentenliste, die mit den Mitteln für die Atmung begann: niedrig dosierte Steroide und eine Reihe von Inhalatoren. Jedes davon, vor allem die Steroide, konnte zu Angst, Aufregung und in extremen Fällen auch Halluzinationen beitragen. Doch keines davon war neu, und die Dosierungen waren seit Monaten nicht verändert worden.

„Durch dieses Zeug habe ich mich schon immer wie ein Cowboy auf einem buckelnden Wildpferd gefühlt", sagte Steven, „aber der Ritt war diese Woche nicht schlimmer als sonst auch."

Als nächstes kamen die psychoaktiven Medikamente, die Halluzinationen auslösen konnten. Hier war das Morphium meine erste Sorge, aber Steven sagte mir, dass er es mit Bedacht nur am Tag verwendete und niemals während der nächtlichen Episoden einsetzte.

Seine beiden angstlösenden Medikamente, Klonopin und Xanax, waren ebenso eine Möglichkeit wie sein Antidepressivum Zoloft, aber auch deren Dosierung war im Laufe der letzten Monate nicht verändert worden.

Die einzige jüngere Veränderung war der Whiskey, wie er zugab. In dem Bestreben, sein Buch zu beenden, hatte er wieder zu trinken begonnen. Die Hochs und Tiefs des Rauschs, wie mild auch immer, passten mit Gewissheit in dieses Bild.

„Whiskey ist mein bester Freund und mein schlimmster Feind", sagte Steven. „Er gibt mir die Kraft zum Schreiben, selbst wenn es nur für dreißig Minuten am Stück ist."

Ein anderer möglicher Verdächtiger war die Schlaflosigkeit. Schmerz, Depression und Schlaflosigkeit sind am Ende des Lebens oft ein klassisches Symptomtrio, wobei jedes von ihnen die beiden anderen verstärken kann. Ich fragte mich, ob sie für Steven einen ähnlichen Teufelskreis erschufen. Bisher war eine einzige Dosis eines angstlösenden Medikaments genug gewesen, um das Ganze wieder einzurenken, aber jetzt reichte das nicht mehr.

„Wir haben hier eine ganze Menge Faktoren", fasste ich zusammen. „Du wachst mit einem niedrigen Sauerstofflevel auf, was dich für Verwirrungszustände anfällig macht. Der chronische Schlafmangel verschlimmert das Ganze wahrscheinlich ebenfalls, und wenn dich das Xanax dann nicht wieder einschlafen lässt, kann es tatsächlich noch zur Verwirrung beitragen. Und zu all dem könntest du auch unter einem Alkoholentzug gelitten haben, nachdem du einige Stunden lang nichts getrunken hattest."

Ich machte eine Pause, um das eindringen zu lassen. Steven war nicht so lebhaft wie sonst, schien aber aufzunehmen, was ich ihm sagte.

„All das ist körperlich, und wir können gegen alles etwas tun. Und das werden wir auch. Aber bevor ich dir noch mehr Medikamente verschreibe, möchte ich etwas tiefer gehen. Ich will unter die chemische Oberfläche schauen, auf die tatsächliche Quelle deiner Albträume."

Ich beschrieb kurz einen Vortrag, den ich seit Jahren hielt und der sich um den psychologischen Verlauf bei schweren Erkrankungen drehte. Die mittleren der Kübler-Ross-Phasen – Zorn, Verhandeln und Depression – werden oft ein Karussell der Trauer und des Verlusts. Der verhandelnde Verstand versucht verzweifelt, um das wirbelnde Rot des Zorns und die schwarze Abwärtsspirale der Depression herum nach jeder Art von zentralem Mast zu greifen, der ihn stabilisieren kann. Zorn, Verhandeln und Depression sind dann keine Phasen mehr, die man nacheinander durchläuft, sondern werden zu einem schwindelerregenden Drehen, das nicht mehr aufhört.

„Ich nenne es Kreisen", sagte Meredith. „Ein ständiges Kreisen."

Sie beschrieb den ersten großen Trauerprozess, der einsetzte, als Steven bei jeder Art von körperlicher Bewegung Sauerstoff zu verwenden beginnen musste. „Du sagst dir, ‚Okay, das habe ich jetzt akzeptiert.' Doch dann verändert sich erneut etwas, und du begreifst, dass du mit dem Akzeptieren wieder von vorne anfangen musst." Sie nannte den ganzen langen Katalog der wesentlichen Dinge, die Steven verloren hatte. Keine Wildnisaufenthalte in großer Höhe mehr. Schwierigkeiten beim Sex. Selbst zum Schlafen Sauerstoff zu benötigen. Nicht einmal mehr die einfachsten Aufgaben im Haus übernehmen zu können. Und schließlich das Zuhause verlassen zu müssen, um sich auf Meereshöhe zu begeben. „Ein ständiges Kreisen. Ein Verlust nach dem anderen. Es hört einfach nie auf."

Als Meredith sprach, sah ich Steven ebenso an wie sie. Das Gewicht ihrer Worte schien schwer auf ihm zu lasten, seine Schultern fielen nach vorne, seine Gesichtszüge sackten ab. Bald schon war der kleine Junge zurückgekehrt. *Ungefähr acht Jahre alt,* schätzte ich.

„Die Halluzinationen mögen zwar neu sein", sagte ich, „aber du ersteigst diese Mauer des Kummers schon eine ganze Weile lang, nicht wahr?"

Tränen begannen, still an seinen Schuljungen-Wangen hinunter zu laufen.

Ich legte meine Hand auf sein Knie zurück und verwendete die andere, um meinen Stuhl so nah wie möglich an den seinen heranzuschieben.

Die Tränen wurden zu einem hörbaren Schluchzen.

Ich zog ihn zu mir und legte meine Arme um ihn. Sein weites T-Shirt verbarg einen Körper, der überraschend knochig war. Ich hielt ihn fest, als ob die Umarmung alles wäre, was seinen Körper zusammenhielt. Nun war ich nicht mehr Arzt, Schüler, Freund oder auch nur Bruder. Ich war Vater für einen sehr jungen Steven. Eine Minute lang hielt ich einen verängstigten kleinen Jungen. Ich hielt ihn lange genug, um den Mann langsam wieder hervortreten zu lassen, lange genug, damit Steven seine vollständige körperliche Gestalt wieder in Anspruch nehmen konnte.

Als seine Tränen versiegten, ließ ich ihn los und zog meinen Stuhl noch weiter zurück als vorher. „Steven, die Ungeheuer, die du gesehen hast, trägst du schon seit langer Zeit in dir, nicht wahr?"

„Ja, Doc." Er putzte seine Nase mit einem lauten, hupenden Geräusch.

„Also, was hast du in deiner Trickkiste, um sie loszuwerden?"

„Gegen die Trauer und die Verluste, von denen die Monster aufgepumpt werden? Nicht viel. Aber es gibt etwas, das helfen könnte, dass dir das Gefühl geben könnte, mit deinem Kampf nicht so alleine zu sein. Ich würde die Leute vom Hospiz gerne hier draußen einsetzen, und zwar bald schon. Und wenn nur, damit du auch mitten in der Nacht Besuch von einer Schwester bekommen kannst, wenn die nächste Krise zuschlägt."

Merediths Augen erweiterten sich etwas, ihr Körper neigte sich vor und sie nickte heftig mit dem Kopf. Offensichtlich hieß sie diese Form der Hilfe willkommen.

Ich erklärte, wie die vollständige Fassung des Hospizes aussehen würde: regelmäßige Besuche von Krankenschwestern und -pflegern, ein Sozialarbeiter, der Seelsorger, Hauspflegehelferinnen, vielleicht ein ehrenamtlicher Mitarbeiter. Nachdem wir darüber diskutiert hatten, machte Steven deutlich, dass er zum momentanen Zeitpunkt nur die Unterstützung im Krisenfall wollte. Mehr vielleicht später.

„Das wäre dann das absolute Minimum", sagte ich. „Eine Schwester, die einmal pro Woche kommt, Pfleger, die im Fall einer Krise zur Verfügung stehen und ein Sozialarbeiter, der sich alle paar Wochen telefonisch meldet."

„Was ist mit dem Termin bei dem neuen Arzt?" fragte Meredith.

„Gute Frage." Ich hielt inne, um nachzudenken.

Das Hospiz mit an Bord zu holen, würde alles verändern. Von da an würde sich Stevens gesamte Versorgung mit Schwestern oder Pflegern, die in dringenden Fällen abrufbar wären, zu Hause abspielen. Und ich war trotz der Entfernung von einer Stunde von diesem Moment an stärker verpflichtet, Hausbesuche zu machen, als fast jeder andere Arzt – selbst wenn seine Praxis nur zehn Minuten entfernt lag. Hier ging es einfach nicht mehr um Rollen, Grenzen oder Beschränkungen. *Komme einfach hin*, sagte ich zu mir. *Komme hin und tue, was getan werden muss.*

„Das liegt bei euch beiden. Ihr könnt zu dem neuen Arzt gehen, oder ihr könnt den Termin absagen und mit mir als Hauptarzt arbeiten. Was euch lieber ist. Wenn ich im Krisenfall im Rahmen des Hospizes zu euch hinaus kommen kann, ist die lange Fahrt von meinem Zuhause aus viel weniger problematisch."

„Du meinst, du könntest mein Hauptarzt sein?" fragte Steven.

Ich nickte ein Ja.

„Also, das ist eine große Erleichterung." Er lächelte zum ersten Mal an diesem Tag. Wenn mir das klar gewesen wäre, hätte ich schon vor Monaten um das Hospiz gebeten."

„Nein, Steven. Ich glaube nicht, dass du damals schon dafür bereit gewesen wärst. Wie es aussieht, bist du von Meredith einwandfrei gepflegt worden. Und ich habe das Ganze mit einer Mischung aus Freund und Hospizarzt ergänzt."

„Und auch Wildnisführer", sagte Steven.

„In Ordnung. Aber heute vor allem als Arzt."

Ich kehrte wieder zu seinem körperlichen Wohlergehen zurück und schlug ein paar Maßnahmen zur Anpassung seiner Medikation vor. Keine Veränderung beim eher langfristig wirkenden Klonopin, aber weniger Xanax. Bei nächtlichen Krisen sollte er es mit geringen Dosen von Morphium versuchen und die Verwendung von Thorazine während der Nacht in Betracht ziehen, sowohl zur Schlafförderung als auch gegen die Halluzinationen.

Nachdem wir eine Weile darüber diskutiert hatten, stimmte Steven diesem Plan zu. Ich lieh mir das Telefon der beiden, um zuerst die neuen Medikamente bei einer örtlichen Apotheke zu bestellen und dann die Aufnahme in das dort ansässige Hospiz zu arrangieren. Dessen Aufnahmeschwester versprach einen Besuch in der kommenden Woche.

„Ein letzter Teil des Plans fehlt noch." Ich schaute Steven direkt an. „So wichtig, wie das Hospiz und die neuen Medikamente auch sein mögen, musst du dennoch sparsamer mit dem Whiskey umgehen."

Wir sprachen darüber, wie viel er trank und wie er sich am besten entwöhnen konnte.

„Ja", sagte er, „ich habe den Whiskey benutzt, um meine Muse zu fördern. Vielleicht kann ich ihn jetzt aufgeben, wo das Buch fertig ist."

„Und was kommt als nächstes, jetzt, wo das Buch beendet ist?" Ich suchte nach irgendetwas, das ihn inspirieren könnte, aber seine Augen schienen leer zu sein. Für andere Menschen mag es normal sein, leblos vor sich hin zu starren, aber bei Steven – einem Mann, der größer als das Leben war – stellte es ein schreckliches Zeichen dar.

Schließlich tat er sein Bestes, um zu antworten und plapperte ein bisschen über zwei Projekte: das Drehbuch zu *Der besoffene Bus* und eine Autobiografie, die er Jahre zuvor begonnen hatte. Selbst dabei verklangen seine Worte bald.

„Das klingt, als wenn du immer noch danach suchst, was als nächstes kommt."

„Ja, ich vermute, du hast Recht."

Plötzlich traf mich die volle Erkenntnis der Zwickmühle, in der sich Stevens Leben gerade befand. Er musste schreiben, um einen Grund zum Leben zu haben, und er brauchte Whiskey, um schreiben zu können. Aber um die inneren Ungeheuer fernhalten zu können, musste er den Whiskey aufgeben. Er war in der Falle.

„Steven, das erinnert mich an meinen ersten Besuch. An eine der ersten Fragen, die ich dir überhaupt gestellt habe. Was hast du, wofür du leben kannst?"

Er stöhnte wieder auf die mir schon vertraute Art und blickte zu Boden.

„Vom Schreiben abgesehen vermutlich noch das Lehren. Vielleicht dieses Hospizfasten, von dem wir gesprochen haben – vielleicht geschieht das ja noch. Dann sollen M und ich Gigi und Win bei einem einmonatigen Ausbildungsprogramm helfen. Und das ist schon in ein paar Wochen." Er seufzte, als wenn die dabei freigesetzte Atemluft nur noch mehr verlorene Lebensenergie wäre.

„Scott, ich wollte dich wegen der Ausbildung etwas fragen", sagte Meredith. „Glaubst du, dass die Reise zurück nach Big Pine für Steven sicher ist?"

Ich gab ihnen eine ehrliche Antwort. Selbst wenn Steven diese Erkältung überwinden sollte und wir die Zusammenstellung seiner Medikamente in den Griff bekommen würden, wäre er noch immer ziemlich schwach. Eine Reise auf 1200 Meter Höhe stellte ein großes Risiko dar.

„Aber warum bringt ihr den Berg nicht zu Steven, wenn Steven nicht auf den Berg steigen kann?" schlug ich vor. „Ihr könntet die einmonatige Ausbildung in dieser Baumkathedrale direkt vor eurer Schlafzimmertür durchführen. Trefft euch morgens hier, schickt die Leute nachmittags auf dem Mount Tam hinauf und kommt abends wieder hier zusammen, um euch ihre Geschichten anzuhören."

Stevens Augen leuchteten auf. *Vielleicht, ja – vielleicht ...* schien er zu denken.

„Aber glaubst du, dass ich noch eine weitere Ausbildung durchziehen kann?" fragte er und zog dabei eine Grimasse. „Gar nicht zu reden von einem weiteren Buch."

Er schaute zu Meredith hinüber und begriff, was er gerade gesagt hatte. Sie begegnete seinem Blick ohne das geringste Zögern. *Was immer du möchtest,* schien sie zu antworten.

„Wer bin ich noch, wenn ich nicht mehr lehren kann? Wer bin ich noch, wenn ich nicht mehr schreiben kann? Vielleicht ist es an der Zeit, die alte Räucherschale wegzuräumen. Und den Computer vielleicht auch."

Er hielt inne, um wieder zu Atem zu kommen und sog den Sauerstoff durch gespitzte Lippen ein. „Zeit, einen kahlen Fleck in den Bergen zu finden und einen Steinkreis auszulegen."

„Dein letzter Bestimmungskreis?"

„Das ist richtig. Der letzte Widerstand."

„Ich bin nicht sicher, wann die Zeit dafür kommen wird, aber ich muss dich eines fragen, Steven: Bist du bereit dafür?"

„Das bin ich, verdammt nochmal. Mein Vermächtnis ist vollständig. Ich habe ihnen alles gegeben, was ich habe. In diesem Brunnen ist einfach nichts mehr drin."

„Und das ist ein gewaltiges Vermächtnis, Steven. Du hast tausende und abertausende von Menschen berührt. Du hast viele Leben auf eine sehr umfassende Weise verändert."

„Ja, vermutlich hast du Recht", sagte er dem Kompliment ausweichend. „Aber ich mache mir Sorgen wegen meiner Kinder." Er hustete einige Male und musste dann warten, bis er wieder zu Atem gekommen war. „Habe ich mich ihnen gegenüber anständig verhalten? Ich kann nicht aufhören, mich das zu fragen. Das ist die schwere Frage, die wichtigste Frage."

Er sprach über einige Dinge, die er bedauerte. Was er getan und nicht getan hatte. Als er redete, bemerkte ich, dass er immer öfter und länger innehalten musste, um wieder zu Atem zu kommen.

„Vielleicht wird es mir noch einmal besser gehen. Vielleicht werde ich noch etwas mehr Zeit haben, um zu schreiben und zu lehren. Vielleicht auch nicht. Wer weiß das schon? Vielleicht ist mein Tod das einzige, was ich noch zu geben habe."

„Die Art, wie du stirbst, kann ein Geschenk sein, Steven. Die Erinnerung an deine letzten Tage wird deiner Familie sehr viel bedeuten. Ich weiß das. Ich habe es wieder und wieder gesehen."

„Und du, Doc. Du hast gesagt, dass du hier sein wirst, richtig?"

Ich zog einen kleinen schwarzen Samtbeutel aus meiner Hemdtasche und nahm den Pfenning heraus, den er mir gegeben hatte. „Steven, du hast deine Rechnung bereits vollständig bezahlt. Der Schiffer steht dir zur Verfügung."

Er schmunzelte und legte seine Hand auf sein Herz.

Ich stand auf und legte meine Hand auf seine. Dann stand er mit meiner Hilfe ebenfalls auf, und wir umarmten einander. Ich trat etwas zurück und ließ ihn auf seinen Sitzplatz auf dem Bett zurücksinken.

„Steven, ich muss gehen. Nicht, weil ich woanders hin müsste, sondern weil dir der Treibstoff ausgeht."

Er protestierte schwach, doch ich ließ ihn abblitzen.

„Bekommen wir keine Gelegenheit, Liza, die Wunderhündin zu treffen, bevor du gehst?" fragte er.

Ich blickte zu Meredith hinüber, und sie nickte. „Gewiss, aber nur für eine Minute. Und dann verschwinde ich."

Ich ging zum Auto und holte Liza. Im Haus ließ ich sie von der Leine. Von so vielen unbekannten Gerüchen umgeben, arbeitete sie sich in einen Schnüffelrausch hinein und war weitaus mehr an den Ritzen und Winkeln des Raums als an den beiden Menschen interessiert, die sie begrüßen wollten. Ihre Ausgelassenheit war ein bestürzender Gegensatz zu Stevens schwindender Energie, weshalb ich zu fürchten begann, dass sie zu viel für ihn sein könnte. Steven jedoch wurde offensichtlich gut unterhalten. *Gib ihnen mehr Raum*, tadelte ich mich selbst. *Jedem sein eigenes Vergnügen.*

„Okay, Liza", sagte ich schließlich. „Das reicht jetzt. Es ist Zeit für uns, zu gehen. Zeit für diesen Mann, sich auszuruhen."

„Hey, Doc, ich lasse euch zwei gehen, aber nur, wenn du mir etwas versprichst."

Ich wappnete mich innerlich.

„Nächstes Mal will ich mehr wirkliche Gespräche. Nicht nur über meine Gesundheit, sondern über dein Buch. Über dein und mein Buch."

„Steven, wenn du die Kraft dafür hast, werde ich die Zeit dafür haben."

Wir lächelten in gemeinsamer Übereinstimmung. Noch eine Umarmung von Steven, eine etwas sanftere von Meredith, und dann waren Liza und ich fort.

TEIL IV

Die Landschaft ist das erste, was Sie erkennen werden. Der Große Ballspielplatz scheint sich von der Welt, die Sie zurücklassen, nicht zu unterscheiden. Könnte es sich um ein Spiegelbild davon handeln? Sie müssen diese scheinbar identische Welt ohne Illusionen betrachten. Die Herren des Todes sind überall und in allem. Sie befinden sich in der Unterwelt, und alles, was Sie umgibt, gehört zum großen Kreis der Zeugen. Sie tanzen mit dem Tod auf dem Großen Ballspielplatz.

… Es ist durchaus möglich, den Großen Ballspielplatz nicht als Versagen oder Katastrophe, sondern als Erfüllung zu sehen. Diesen Tanz haben Sie jeden Tag auf einem der Ballspielplätze Ihres Lebens geübt. Sie haben mit den „Ungeheuern" Ihres Karmas getanzt – mit den Menschen, die Sie lieben, mit Ihren Leuten, Ihrer Arbeit, mit den Dingen und Anliegen Ihres Lebens. Während Sie wuchsen, haben Sie zu tanzen gelernt. Sie haben zu erkennen begonnen, dass Ihr Tanz mit dem Karma aus denselben Bewegungen besteht wie der Tanz mit dem Tod auf dem Großen Ballspielplatz.[103]

Steven Foster, *The Great Ballcourt Vision Fast*

---

103) unveröffentlicht

DER GROßE BALLSPIELPLATZ

Der Körper als Ballspielplatz
Stellen Sie sich vor, dass sich Ihr Leben seinem Ende nähert. Es ist an der Zeit, sich auf den letzten Übergang vorzubereiten. Vor langem schon haben Sie die Straße der Entscheidung betreten und haben langsam gelernt, sich den kleinen Toden zu ergeben, die das Leben von Ihnen verlangt hat. Diese Straße hat Sie zur Todeshütte geführt, einem Ort, an dem Sie gelernt haben, wie Sie Ihre wichtigsten Beziehungen auf dem aktuellen Stand halten können. Jenseits dessen kam die Aufgabe des Bestimmungskreises, wo Sie Ihrem Leben durch die Verbindung von tiefer Reflektion und zweckgerichtetem Handeln einen Sinn gegeben haben. Nun wird ein gut geführtes Leben bald schon enden. Sie besuchen ein letztes Mal die Todeshütte, um Abschied zu nehmen. Ein letztes Mal treten Sie in den Bestimmungskreis ein, um alles anzunehmen und zu verkörpern, was Sie waren und sind. Und jetzt erhalten Sie den Ruf. Es ist an der Zeit, den Großen Ballspielplatz Ihres Sterbens zu betreten.

Der letzte Tanz mit dem Tod findet nicht in einer imaginären Anderswelt statt. Er ist real und ereignet sich jetzt. Sie sind am Großen Ballspielplatz angekommen, bei dem es sich um Ihren eigenen physischen Körper handelt. Er ist das große Behältnis, in dem sich das Schauspiel Ihres letzten Tanzes mit dem Tod vollziehen wird. Zwar sammeln sich Freunde und Familienmitglieder als Zuschauer um Sie herum, doch ein großer Teil dieses Tanzes findet in Ihrem Inneren und unsichtbar für die Augen anderer statt. Manche dieser Zeugen werden Ehrfurcht vor dem haben, was sie sehen können. Andere werden erschauern und wegblicken. Sie alle wissen, dass auch sie eines Tages auf ihren eigenen Großen Ballspielplatz gehen müssen.

Ihre Ankunft auf dem Großen Ballspielplatz lässt sich gut mit Worten ausdrücken, die aus dem mittelalterlichen Europa stammen: *Mors certa, hora incerta.*[104] *Der Tod ist sicher, seine Stunde ist unsicher.* Vielleicht werden Sie ganz plötzlich auf dem Großen Ballspielplatz ankommen, weil Ihr Leben von

---

104) Stanislav Grof, *Books of the Dead: A Manual for Living and Dying* (Thames and Hudson, New York 1994)

einem Unfall, einer Gewalttat oder einem anatomischen Versagen beendet wird. Wahrscheinlicher ist jedoch, dass sich Ihr Sterben über Stunden oder Tage erstreckt, vielleicht sogar über Wochen und Monate. Wenn das der Fall ist und Sie bereit sind, den Geschehnissen ins Auge zu sehen, kann Ihr Ende vorhersehbar sein, selbst wenn die genaue Stunde unbekannt bleibt.

Die physischen Gegebenheiten Ihres Ballspielplatzes, Ihr eigener sterbender Körper, sind ebenso unvorhersehbar. Doch gibt es einige Elemente, die häufig im letzten Stadium anzutreffen sind. Wenn der Körper schwächer zu werden beginnt, müssen anstrengende Aktivitäten wie Bergsteigen, Schwimmen oder Tennisspielen eingestellt werden. Die Lebenskraft versickert zunehmend mehr, bis sogar einfaches Gehen schwierig wird. Schließlich ist der immer schwächer werdende Körper an den Rollstuhl gebunden, später dann an das Haus und schließlich an das Bett. Während sich der Körper verlangsamt, muss auch das Denken des Hasenhirns dem Dasein des Schildkrötenverstands weichen. Jeden Tag muss ein sterbender Mensch neu herausfinden, wie er an einer immer mehr zusammenschrumpfenden Welt teilhaben kann. Oft stellt sich die Frage: *Wie kann ich die wenige mir verbliebene Lebenskraft erwecken, um bei den mir nahestehenden Menschen zu sein und an dem Gefallen zu finden, was nun kommt?*

An einem bestimmten Punkt dieses Verfalls beginnt der Appetit des sterbenden Menschen zu schwinden und reduziert sich auf ein gelegentliches Verlangen nach einfacher Kost, und später bleibt nicht einmal das mehr. Im Zuge dieser begrenzten Energiezufuhr verschiebt der Körper die Glukose, seinen effizientesten Brennstoff, aus den Muskeln in das Gehirn, damit dieses klar bleibt. Doch wenn der Nährstoffmangel zu lange anhält, ist das Gehirn gezwungen, mit Ketonen anstatt mit Glukose zu laufen. Ketone wirken wie ein natürlicher Schmerzkiller; sie verlangsamen das Denken und können sogar eine leichte Euphorie hervorrufen. Auch das Durstempfinden kann schwinden, was eine zunehmende Dehydrierung verursacht, die das Hirn noch mehr vernebelt.[105]

Abhängig von der zugrunde liegenden Erkrankung und der Behandlung, die eine sterbende Person erhält (oder auch nicht), kann dieser häufige Verlauf des letzten Stadiums durch körperliche Symptome weiter kompliziert

---

105) In einer 1990 veröffentlichten Studie dokumentierten Lichter und Hunt die Sterbeerfahrungen von Patienten, die im Te Omanga Hospiz im neuseeländischen Lower Hutt gepflegt wurden. Von 200 Menschen, die nacheinander in ihrer Obhut starben, waren 30 Prozent bis zum Tod bei Bewusstsein, 38 Prozent verloren 0 bis 12 Stunden vor dem Tod das Bewusstsein, 24 Prozent 12 bis 24 Stunden davor, 7 Prozent 24 bis 48 Stunden davor und 1 Prozent war vor dem Tod für mehr als 48 Stunden bewusstlos (Lichter, I und Hunt, E. „The Last 48 Hours of Life", *J Palliat Care*, Winter 1990).

werden. Schmerz oder Übelkeit können in unterschiedlichem Maß zu Unbehagen führen. Kurzatmigkeit kann dazu führen, dass es aussieht, als ob der Tod jeden Augenblick eintreten könnte. Emotionale Probleme können in Kombination mit neurologischen Reizungen Angst, Aufregung oder Unruhe verursachen. Wenn Darm und Blase inkontinent werden und ein Zerfall der Haut eintritt, kann der betroffene Mensch bis in die intimsten Bereiche der Pflege hinein von anderen abhängig werden, was Themen wie Privatsphäre, Würde und Stolz aufwirft. Wenn das Ende fast da ist, können die Atemmuskeln so schwach werden, dass die sterbende Person nicht mehr in der Lage ist, den Schleim abzuhusten, was zu lauten, feuchten Atemgeräuschen führt, die in der Nähe befindliche Angehörige beunruhigen.

Welche Bedingungen Sie auch immer auf dem Ballspielplatz Ihres eigenen Körpers antreffen, diese physischen Herausforderungen werden Ihnen wohl als unberechenbar und manchmal auch jenseits Ihrer Kontrolle befindlich erscheinen. Ohne eine gute Sterbebegleitung können diese Symptome großes Leid verursachen, aber mit der Hilfe eines Hospizes oder eines Palliativ-Pflegeteams ist es möglich, die meisten davon zu lindern.[106]

Mit Ausnahme des Falls eines plötzlichen und unerwarteten Todes haben Sie die Gelegenheit, einige wichtige Entscheidungen zu treffen, die Einfluss darauf haben können, was am Ende Ihres Lebens passiert.

---

106) In der Studie von Lichter und Hunt (siehe vorangegangene Fußnote) haben 36 Prozent der Menschen in den letzten 48 Stunden ihres Lebens wesentliche körperliche Symptome erfahren, einschließlich geräuschvollem und feuchtem Atem, Schmerzen, Rastlosigkeit, Inkontinenz, Kurzatmigkeit, Schwierigkeiten beim Urinieren, Übelkeit und Erbrechen, Schwitzen, Zuckungen, Zupfwahrnehmungen und Verwirrung. Unter wirksamer palliativer Behandlung* mussten nur noch 8,5 Prozent zum Zeitpunkt des Todes sichtbar leiden. Diese 17 Menschen erlebten Blutungen, Atemnot, Rastlosigkeit, Schmerz, Herzattacken oder Erbrechen (Lichter und Hunt, *J Palliat Care* 1990).

Im Gegensatz dazu steht ein Bericht von Lynn und Kollegen aus dem Jahr 1997, der den Tod von Menschen zum Inhalt hat, die entweder mit einer schweren Erkrankung (Sterberate von 46 Prozent) oder mit mehr als 80 Jahren (Sterberate von 35 Prozent) in ein Krankenhaus aufgenommen worden waren. Von den mehr als 4.000 Menschen, die verstarben, waren 45 Prozent drei oder mehr Tage vor dem Tod bereits bewusstlos. Von denen, die bis kurz vor dem Ende bei Bewusstsein blieben, hatten 63 Prozent nur schwer tolerierbare körperliche oder emotionale Symptome in den letzten drei Tagen ihres Lebens, wobei Schmerzen, Atemnot und Erschöpfung am häufigsten vorkamen. Darüber hinaus wurden 11 Prozent der Verstorbenen einem letzten Wiederbelebungsversuch unterzogen (Lynn, J. et al., „Perceptions by Family Members of the Dying Experience of Older and Seriously Ill Patients", *Ann of Int Med* 1997).

*Das Ziel der Palliativmedizin besteht darin, Menschen mit fortschreitenden, unheilbaren Erkrankungen zwischen dem Zeitpunkt, wo sie auf keine Behandlung mehr ansprechen und dem Eintritt des Todes so viel Lebensqualität wie möglich zu verschaffen. Diese Maßnahmen sind Patienten in Deutschland vor allem im Rahmen der Hospizbegleitung zugänglich. [A.d.Ü.]

Wo will ich meine letzten Tage verbringen? Zu Hause, in einem Krankenhaus oder in einem Pflegeheim?
Welche Art der Behandlung soll in meinem Namen angestrebt werden? Soll um jeden Preis um mein Leben gekämpft werden, will ich mich sofort dem Tod ergeben, oder irgendetwas dazwischen?
Welche medizinischen Verbündeten will ich in Anspruch nehmen? Ein Team aus Ärzten und Schwestern bzw. Krankenpflegern, die sich einer aggressiven Form der Behandlung widmen oder eine vielfältigere Gruppe von Betreuern, einschließlich einiger mit viel Erfahrung im Bereich des Hospizes und der Palliativmedizin?

Um diese Fragen zu beantworten, müssen Sie bereit sein, ein paar „schwierige Gespräche" zu führen: zuerst mit sich selbst, dann mit Ihren Angehörigen und schließlich mit Ihren Ärzten. Nachdem Sie das getan haben, können Sie Ihre Wünsche als „Patientenverfügung"[107] niederlegen. Das ist Ihre Gelegenheit, der Welt mitzuteilen, wie Sie sich Ihren letzten Tanz auf dem Großen Ballspielplatz vorstellen.

Der innere Tanz
Die zugrunde liegende Erkrankung, der Mangel an Wasser und Nahrung und medikamentöse Nebenwirkungen können beim sterbenden Menschen zu Verwirrung und Orientierungslosigkeit führen, so dass er nicht mehr in der Lage ist, sich mit seinen Besuchern zu beschäftigen. Unter Umständen driftet die Person mehr und mehr in eine persönliche Realität ab. Was sich dort im Inneren vollzieht, ist jedoch mehr als nur eine von physiologischen Veränderungen verursachte Trübung und Verwirrung. Auf dem Ballspielplatz seines Körpers stirbt der Mensch alleine in einem letzten Tanz mit dem Tod. Das kann ein Tanz der Trennung, ein Schwellentanz, ein Tanz der Verkörperung oder all das zugleich sein. Trennung: *Was lasse ich zurück?* Schwelle: *Welcher wesentliche Teil von mir wird während dieses Übergangs offenbart?* Verkörperung: *Was ist meine Vision dessen, was sich jenseits der Schwelle befindet?*

Die beiden erfahrenen Krankenschwestern Maggie Callanan und Patricia Kelley haben das Buch *Mit Würde aus dem Leben gehen* geschrieben, worin sie die innerliche Kommunikation und den Verarbeitungsprozess beschrei-

---

107) Weitere Informationen zum Thema Patientenverfügung finden Sie am Ende des Buches.

ben, der sich während dieses letzten Stadiums ereignen kann.[108] Wenn sich das letzte Stadium über Tage oder Wochen erstreckt, kann die sterbende Person immer wieder zwischen der sozialen Welt, in der sie ihr Leben zum Abschluss bringt, und der inneren Welt wechseln, in der sie sich auf das letzte Ende vorbereitet. Diese innere Welt ist ein traumähnlicher Zustand, in dem das Denken eher aus vorsprachlichen Bildern und Allegorien als aus linearen Gedanken und Abstraktionen besteht. Callanan und Kelley nennen diesen inneren Zustand „Nahtodbewusstsein" und verstehen diesen Begriff als Gegensatz zu den vielfach veröffentlichten Berichten von „Nahtoderlebnissen", in denen ein Mensch plötzlich vom Tode bedroht ist, kurz den Körper verlässt oder in Richtung eines Lichtes geht, nur um dann ins Leben zurückgezerrt zu werden.[109,110] Obwohl diese dramatischen Geschichten fesselnder sein mögen, tritt der Tod nur etwa in einem Zehntel aller Fälle plötzlich ein. Das langsamere Sterben mit dem Nahtodbewusstsein ist die häufiger vorkommende Version des letzten Übergangs.

In Anbetracht der traumartigen Qualität des Nahtodbewusstseins verwendet die sterbende Person oft eine hoch symbolische, unerwartete oder schleierhafte Sprache. Weil es schwierig sein kann, dieser Sprache zu folgen, werden Sterbende oft als „abwesend", „verwirrt", „halluzinierend" oder „träumend" bezeichnet. Schlimmer noch: Die betreuenden Personen können dadurch frustriert, verärgert oder herablassend werden und vielleicht sogar Beruhigungsmittel verabreichen, um dieses angebliche Problem zu behandeln. Jede dieser Reaktionen kann verhindern, dass die den Sterbenden umgebenden Menschen dessen „letzte Gaben" erhalten können.

Das Sterben von Aldie Hine ist ein bewegendes Beispiel für das Nahtodbewusstsein eines Mannes. Aldie hatte das Glück, von Menschen umgeben zu sein, die offen genug waren, um seine letzten Gaben zu empfangen. Diese Gaben waren so tiefgreifend, dass sie Steven und Meredith noch viele Jahre lang beeinflussen sollten, und zwar sowohl bei der Erforschung des symbolischen Todes als Übergangsritus als auch viel später bei der Vorbereitung von Stevens eigenem körperlichen Tod. In *Last Letter to the Pebble People* wird Aldies Nahtodbewusstsein einige Tage vor seinem Tod zum ersten Mal offensichtlich:

---

108) Maggie Callanan und Patricia Kelley, *Mit Würde aus dem Leben gehen: Ein Ratgeber für die Begleitung Sterbender* (Droemer Knaur 1993)

109) Kenneth Ring, *Life at Death: A Scientific Investigation of the Near Death Experience* (Quill, New York 1982)

110) Michael B. Sabom, *Erinnerungen an den Tod: Eine medizinische Untersuchung* (Goldmann 1989)

[Aldie] war an einem Gedankenaustausch beteiligt, der die Dringlichkeit wichtiger Entscheidungen zu haben schien. Er war noch immer in der Lage, uns kurz mit einer Schrulle oder mit einem unerwarteten Scherz zu amüsieren, aber meistens *arbeitete* er. Es gibt einfach kein anderes Wort dafür. Er arbeitete an etwas, klärte etwas – alles durch einen Dialog mit etwas oder jemanden, das oder den wir nicht sehen konnten.

Joey [ein Schwiegersohn] hatte ihn früh an diesem Abend gefragt, ob noch jemand mit ihnen im Raum sei, und Aldie hatte genickt.
„Wer ist es?" fragte Joey.
„Der Tod", antwortete Aldie.
„Wie ist der Tod?"
„Gütig."
„Aldie, kannst du Gott sehen?"
Ein schlitzohriges Grinsen und ein langsames Nicken. „Ja."
„Wo ist Gott?"
„Gleich hinter dem Tod."[111]

Kurz danach, als Connie [Aldies Stieftochter] Wache hielt:

Aldie sprach und lauschte abwechselnd, und Connie fragte:
„Ist er da?" [„Er" bezieht sich auf den Tod.]
„Wer von ihnen?"
„Es sind zwei da?"
Ein langsames Nicken.
„Wer ist noch da?"
„Die Liebe. Geh Mutter holen. Ich muss ihr welche geben."[112]

Und später:
Manchmal fühlte sich der Dialog wie ein Streitgespräch an. Aldie nickte nachdenklich oder sagte „Ja" oder „Nein", dann sprach er in fragendem Tonfall und schien die Antwort zu überdenken. Manchmal schien da die Energie eines entscheidenden Kampfes zu sein. Über seinem Kopf hing eine dreieckige Aufrichthilfe, damit er sie mit erhobenen Armen greifen und die Lage seiner Schultern im Bett leicht verändern konnte. Einmal beobachtete ich, wie er mit seiner linken Hand

---

111) Hine, *Last Letter to the Pebble People*
112) Ebenda.

langsam das eine Ende davon ergriff, es wie einen Knüppel nach oben drehte und dreimal langsam in Richtung der unsichtbaren Präsenz schüttelte. Ein siegreiches Lächeln breitete sich über sein Gesicht aus. Später wandte er sich zu Connie, die neben seinem Bett saß, und sagte: „Ich gewinne. Was sagst du dazu?"[113]

Und am letzten Tag:
Der Dialog endete etwa zwei Stunden vor seinem Tod. Am Morgen des Tages, an dem Aldie starb, hörten wir ihn mehrmals zu verschiedenen Zeiten sagen: „Ja, ich bin bereit. Okay. Ja." Oder: „Ich bin so froh. Ich bin bereit." Er wandte sich an die Präsenzen, die er Tod und Liebe nannte, auf eine bestätigende und zustimmende Weise, als ob eine Übereinstimmung erreicht worden wäre.[114]

Nach „einer langen Zeit der Stille" versammelten sich alle im Kreis um Aldie herum, um seinem letzten Übergang beizuwohnen:

Wir sahen zu, als er versuchte, ein letztes Mal Atem zu holen, aber es kam keine Luft mehr. Seine Schultern hoben sich und sein Gesicht verdrehte sich kurz infolge der Anstrengung, dann entspannte es sich. Vollkommene Bewegungslosigkeit.[115]

Das Leben eines Mannes war beendet. Und doch war Aldies Tod ein „Sieg", wie Ginnie sagte. Nachdem er die Krebsdiagnose erhalten hatte, war er bewusst auf die Straße der Entscheidung getreten (auch wenn er es nicht so genannt hätte). Dann hatte er während der letzten fünfzehn Monate seines Lebens die schwierige Arbeit der Todeshütte und des Bestimmungskreises geleistet. Als es Zeit für ihn wurde, den Großen Ballspielplatz zu betreten, war er besser als die meisten anderen Menschen auf diesen letzten Tanz vorbereitet. Aber für Aldie war es nicht nur ein Tanz mit dem Tod. Er rief auch Gott und die Liebe hinzu.

Wie Meredith bald danach in ihr Tagebuch schrieb: „Tod durch Liebe transformiert – für das Sterben. Liebe durch den Tod transformiert – für das Leben."[116]

113) Ebenda.
114) Ebenda.
115) Ebenda.
116) Meredith Little, unveröffentlichtes Tagebuch, 7. Januar 1976

Das Selbst leert das Selbst aus sich selbst heraus

Kathleen Singh sagt in ihrem Buch *The Grace in Dying*, dass die psychospirituellen Phasen des Sterbens nicht immer mit Akzeptanz enden, was nach Elisabeth Kübler-Ross das letzte Stadium wäre.[117] Kübler-Ross beschreibt diese Phase nicht als eine glückliche Zeit, sondern eher als frei von Gefühlen. „Es ist, als wenn der Schmerz gegangen wäre, der Kampf vorüber sei, und dann kommt eine Zeit der ‚letzten Rast vor der langen Reise'."[118] Akzeptanz ist nur das Auge des Sturms.[119] Das äußere Ringen geht zu Ende, aber es bleibt ein innerliches Unbehagen.

Singh zufolge kann die spirituelle Entwicklung auch über die Akzeptanz hinaus anhalten und zu dem führen, was sie „Unterwerfung" nennt.[120] Ihre Darstellung der Unterwerfung ermöglicht eine weitere Sichtweise dessen, was Aldie in seinen letzten Tagen widerfuhr. Unterwerfung bedeutet weder, aufzugeben, noch „es gibt nichts mehr zu tun" zu sagen. Stattdessen bedeutet es, sich mit dem Leben zu beschäftigen und sich von Moment zu Moment vollkommen der Erfahrung dessen, *was ist*, zu überlassen. Wenn der Mensch splitterfasernackt an der Tür des Todes steht und keinerlei Hoffnung mehr auf die Zukunft hat, begreift er, dass es nur *diesen* kostbaren Augenblick *gibt* … und dann *diesen* … und *diesen*. „Sei Jetzt Hier" ist nicht mehr nur ein banaler Sinnspruch, ein Relikt der sechziger und siebziger Jahre. Am Ende war der gegenwärtige Moment alles, was Aldie hatte. Und jedem einzelnen davon gab er sich vollständig hin.

Scott Peck hat die Reise von der Akzeptanz zur Unterwerfung als Kenosis bezeichnet, „der Prozess, in dem das Selbst das Selbst aus sich selbst heraus leert und das Ego sich selbst abserviert."[121] Das Wort Kenosis stammt aus dem Griechischen und bedeutet *ein Entleeren*. Im Christentum wird es in Bezug darauf verwendet, dass Christus sich selbst die göttliche Natur versagte, um als Mensch geboren werden zu können. Wenn man den Begriff zur Verwendung der spirituellen Transformation am Lebensende benutzt, bedeutet er so ziemlich das genaue Gegenteil. Hier leert man sich von den begrenzenden Bildern des eigenen Selbst, was die Herstellung einer in der Gegenwart zentrierten Verbindung zum Göttlichen ermöglicht – welchen

---

117) Kathleen Singh, *The Grace in Dying: How We Are Transformed Spiritually as We Die* (HarperCollins Publishers, New York 1998

118) Kübler-Ross, *Interviews mit Sterbenden*

119) Singh, *The Grace in Dying*

120) Ebenda.

121) M. Scott Peck, *Denial of Soul: Spiritual and Medical Perspectives on Euthanasia and Mortality* (Harmony Books, New York 1997)

Namen man dafür auch immer verwenden mag: Gott, Liebe, Geist oder der Urgrund des Seins. Das Selbst entleert sich selbst des Selbstes, damit der Mensch eins mit *allem, was ist* werden kann.

Die Unterwerfung ist eine Phase, in die nicht nur sterbende Menschen möglicherweise eintreten können. Totale Unterwerfung ist auch das größte Bestreben des spirituellen Suchers, des Menschen, der die Fesseln der Selbst-Identifikation lösen will, um Gott zu erkennen, der die Liebe, der das Transzendente ist. Es ist der durch die Wüste wandernde Christus, der unter dem Bodhi-Baum meditierende Buddha oder der heutige Asket, der alleine in einem Kloster sitzt. Bescheidener gesprochen ist es der Alltagsmensch, der sich von der Hektik der modernen Welt entfernt und sich in der Wüste einer Zeremonie der Erneuerung unterwirft. Es ist der Mensch, der lernt, wie man stirbt, um leben zu können.

Guter Tod, schlechter Tod … mein Tod

Aldies Sterben ist ein exemplarisches Beispiel für den „guten Tod": ein ergreifendes, zutiefst erfüllendes Ende. Sein „Sieg" wurde durch die vielen Segnungen möglich, die er erhalten hatte. Genügend Zeit, um seine geschäftlichen Angelegenheiten abzuschließen. Die letzten Tage zu Hause in seinem eigenen Bett verbringen zu können. Von der liebevollen Familie und Freunden umgeben. Von fähigen und mitfühlenden Fachleuten unterstützt. Mit Medikamenten, die seine körperlichen Symptome gut genug kontrollierten. Mit Augenblicken der Klarheit, so dass er sich ein letztes Mal verabschieden konnte. Und frei dafür, in seinem Inneren zu tanzen und seine letztendliche Beziehung zur Liebe, zum Tod und zu Gott zu klären.

Die Entfernung nur eines dieser Schlüsselelemente kann den Tod eines anderen Menschen schon so verändern, dass er nicht mehr als solch ein Sieg erscheint. Die Entfernung mehrerer davon kann zu einem exemplarischen Beispiel für einen „schlechten Tod" führen. Bei manchen dieser unglücklichen Menschen wird die Hauptursache für ihr Leid körperlicher Natur sein, sei es Schmerz, Übelkeit oder ein anderes, schwer zu kontrollierendes Symptom. Für andere ist ein schwieriger Sterbevorgang nicht nur das Ergebnis körperlicher Probleme, sondern eher das Ende eines bereits aufgewühlten Lebens. Für Menschen, die nicht die Zeit oder die Mittel erhalten, um wichtige Beziehungen zu heilen oder für Menschen, die im Leben eher Verzweiflung anstelle eines Gefühls der Ganzheit erfahren haben, kann der letzte Tanz mit dem Tod ein schwindelerregendes Trudeln mit den alten karmischen Gespenstern sein. Kummer und Vereinsamung. Bitterkeit und Bedauern. Schuld und Reue. Schmerz und Einsamkeit. Wie immer sie auch heißen mögen – diese alten Gespenster lassen unter Umständen auf dem Großen Ballspielplatz kaum Raum dafür, sich mit Gott zu versöhnen, die Liebe anzunehmen oder sich dem Tod zu unterwerfen.

Es kann zutiefst aufrüttelnd sein, die Extreme des guten und schlechten Todes zu beschreiben. Diese gegensätzlichen Bilder betonen noch einmal, wie wichtig es ist, die Arbeit der Todeshütte und des Bestimmungskreises *jetzt sofort* zu tun, solange wir noch gesund und munter sind. Aber die Idee von gut und schlecht kann auch zu gefährlicher Selbstkritik führen. Wenn jemand nicht über die Zeit oder die Fähigkeit für einen abschließenden Arbeitsprozess verfügt – sei es mit Gott, der Liebe, dem Tod oder wem auch immer – bedeutet das dann, dass dieser Mensch versagt hat? Bereits diese Frage impliziert, dass der Tod und der Tag des Jüngsten Gerichts unvermeidlich miteinander verbunden sind – eine Idee, die in der westlichen Kultur eine lange Geschichte hat. Eine andere Möglichkeit für jeden Menschen wäre, sich zu fragen: *Wie kann ich diesen meinen Tod zu etwas ganz Eigenem machen? Wie kann dieser letzte Tanz auf dem Großen Ballspielplatz zu einer einzigartigen und essenziellen Ausdrucksform von „allem von mir" werden?*

Steven hatte vom guten und schlechten Tod seine eigenen Vorstellungen. Er schrieb und sprach oft von seiner Entschlossenheit, gut zu sterben, und wenn nur um seiner Familie willen.

> Nun erkenne ich, dass ich aus meinem Leben ein Kunstwerk machen muss, als Vermächtnis an jene lebenden Seelen, die bald folgen werden. Jetzt erkenne ich, dass ich für jene sterbe, die leben.
>
> … Ich schwöre, um Qualität zu kämpfen, gesprungenes und irdisches Gefäß, das ich bin, um Qualität im Leben und im Tode. Der Begriff der amerikanischen Indianer für den Tod ist „das Giveaway". Ich werde mein Leben dem Tod geben, damit mein Volk gedeihen und meine Art überleben kann, und damit meine Kinder gesegnet sind.[122]

Aber Stevens Version des guten Todes musste … *seine eigene Version* sein. Für ihn war es im Leben immer um brutale Ehrlichkeit und leidenschaftliche Verbundenheit gegangen. Keine Grenzen, keine Beschränkungen. Was ihm auch immer begegnete, er öffnete sich dafür, griff danach und erfuhr es – mit aller Leidenschaft, die er aufbringen konnte. Manchmal verleitete ihn dieser Drang, *zu erfahren* dazu, einen kleinen Augenblick zu lange in die

---

122) Steven Foster, *Bring on the Maggots*, unveröffentlicht

Sonne zu schauen. Mehr als einmal versengte er sich die Netzhäute, aber er sah auch herrliche Dinge, die viele von uns niemals kennen werden. Seine Annäherung an den Tod sollte sich davon in keinster Weise unterscheiden.

Als Steven wenige kurze Jahre vor seinem Tod mit einem Freund wanderte, traf er auf die madenübersäte Leiche eines Kojoten. Steven, für den der Tod jetzt schon durch jedes trockene Husten und jeden rasselnden Atemzug zu einer Realität geworden war, starrte den toten Körper an, als wenn es sein eigener wäre.

> Der faulige Gestank des Todes verdichtete sich zu einem Kadaver, der von Maden wimmelte, die sich wie Getreidehalme im Wind in Wellen über ihn hinweg bewegten. Die New-Age-Guru-Heilerin spricht nicht von Maden. Sie spricht nicht von Todeserinnerungen.
>
> Wer will schon über die Erinnerung sprechen, die uns unaufhaltsam in Richtung der Realität unseres Seins zerrt? Elias und ich standen eine lange Zeit dort und schauten diesen geschäftigen kleinen Maden zu. Unsere Knie zitterten. Wir versuchten, sie mit dem Auge des Künstlers zu betrachten, die Schönheit zu sehen. Aber eine solche Schönheit wird immer von einem Schaudern, einem Wissen, einem Erinnern begleitet.[123]

Selbst mit seiner ungezügelten Leidenschaft trug Steven keine großartigen Projektionen in Bezug auf das Leben nach dem Tod mit sich herum, seien es nun Ängste oder Fantasien. Für ihn war der Tod das natürliche und unvermeidliche Ende des Lebens. Es war nicht „romantisch", es war mit Sicherheit nicht „verzaubernd", aber es war auch kein „Versagen".

Das Rauschen des Blutes, das Rauschen des Lebens gibt dem Lebenden kaum genug Ruhe, um sich der Nähe des seines eigenen Todes bewusst zu werden. Ich stimme der New-Age-Heilerin [die schreibt, dass sich jeder von uns selbst heilen kann, wenn er es nur versucht] nicht zu. Ich fordere sie auf, das Rauschen ihres Blutes wahrzunehmen. Es ist nicht das Blut, das donnert. Es ist die kollektive Stimme all der Maden. Man kann aus dem Pochen ihre Worte heraushören. Sie sagen: „Wir sind Gott. Wir sind der Verstand, der das gesamte Universum durchzieht. Wir sind das Ende und der Anfang. Wir sind Tod. Und wir sind Leben." Ich fordere die New-Age-Heilerin auf, in ihren eigenen Schatten hineinzublicken und nicht länger an der eigentlichen

---

123) Ebenda.

Frage vorbeizugehen. Der Tod kommt nicht, weil er ein Symptom unseres „Opferdaseins" ist. Der Tod kommt, weil er der Tod ist, weil er der Körper des Lebens selbst ist, weil wir geboren werden müssen. Der Tod kommt, weil wir das Leben zu sehr lieben. Der Tod kommt, weil wir sterben müssen wie alles andere auch, von Galaxien bis zu Proteinen.

„Schönheit ist die Wahrheit, und die Wahrheit ist Schönheit", sagt Keats. Schönheit ist die Maden. Wahrheit ist die Erinnerung an die Maden. Da gehe ich hin. In das Land von Schönheit und Wahrheit.[124]

Eine heilige Waffe wählen

In den Lehren der Nord-Cheyenne, wie sie von Hyemeyohsts Storm weitergegeben werden, bringt der sterbende Mensch ein Leben aus Fehlern und Tugenden zum Großen Ballspielplatz.[125] Der Ballspielplatz ist jedoch ein Ort des vollkommenen Gleichgewichts. Die Tugenden, die ein Mensch dorthin bringt, werden von ihrem negativen Gegenteil gespiegelt, und auch die Fehler werden von ihren positiven Reflexionen ergänzt. Bevor der Tanz beginnt, sagt Storm, wird der sterbende Mensch ermuntert, eine „heilige Waffe" zu wählen, die wichtigste Eigenschaft, die dem Menschen während dieser Prüfung am meisten dienen wird. Doch wie alles auf dem Ballspielplatz wird auch die gewählte Eigenschaft auf ihr genaues Gegenteil treffen. Doch seien Sie beruhigt, bei diesem letzten Spiel auf dem Ballspielplatz geht es nicht um das Gewinnen oder Verlieren. Jetzt, wo das Leben so bald endet, ist es eine Chance für den sterbenden Menschen, ein letztes Mal Frieden zu schließen. Der Dichter Rilke sagte: „Der Wunsch, einen eigenen Tod zu haben, wird zunehmend seltener." Aber genau hier, auf dem Großen Ballspielplatz, haben wir die Chance, mit der heiligen Waffe in der Hand genau das zu tun.

Welche heilige Waffe soll die meine sein? Diese Frage faszinierte Steven weit mehr als die meisten anderen Menschen. 1984, einige Jahre, nachdem er erstmals von Storms Lehren gehört hatte, schrieb er in sein Tagebuch: „Könnte es sein, dass der *Atem* meine heilige Waffe sein wird, wenn ich den Großen Ballspielplatz betrete?"[126] Er machte diesen Eintrag binnen fünf Wochen nach dem ersten Tagebucheintrag, der auf ein bereits vorhandenes Atemproblem hinwies. Zu diesem Zeitpunkt war sein Tod noch fast zwanzig Jahre entfernt.

---

124)   Ebenda.
125)   Steven Foster und Ginnie Hine, handgeschriebene Notizen, unveröffentlicht.
126)   Foster, unveröffentlichtes Tagebuch, Oktober 1984

Für Steven war *Atem* dasselbe wie *Geist*. „'Geist' kann ich leicht verstehen", schrieb er im Jahr vor seinem Tod. „Weil meine Lungen die Ursache meines Leidens sind, kann ich in meinem Atmen Geist finden. So lange, wie ich ein- und ausatme, bin ich Geist. Wenn ich aufhöre, ein- und auszuatmen, geht der Geist woanders hin."[127] *Atem* und *Geist* machten seine Worte der Inspiration erst möglich; das inspirierte Wort ermunterte ihn dazu, Geschichten zu geben und zu erhalten, und das Geben und Erhalten von Geschichten war seine größte Leidenschaft. In Stevens Leben waren *Atem* und *Geist* wahrhaftig seine heiligen Waffen gewesen. Und so sollte es auch in seinem Sterben sein.

Wenn *Atem* Stevens heilige Waffe war, musste Storms Lehren zufolge dessen Gegenteil – *kein Atem* – auch zum Großen Ballspielplatz gerufen werden. In seinen letzten Jahren sollte *kein Atem* zu Stevens Weggefährte werden, die Dunkle Göttin, die ihn fast jede Nacht besuchte. Nachdem er jahrelang mit ihr getanzt hatte, schrieb er einige Monate vor seinem Tod an einen Freund: „Der Sterbeprozess ist von reichhaltiger Fülle und ein verdammtes Aas."[128] Die Erstickungsangst des *kein Atem* war viel schlimmer als alles, was den meisten sterbenden Menschen jemals widerfährt. Wahrhaftig ein verdammtes Aas. Und doch war Steven mit seinem *Atem* – der *Geist* ist, also die Fähigkeit, inspiriert zu sein – in der Lage, diese furchtbaren Veränderungen in etwas von reichhaltiger Fülle zu verwandeln. Wenn die große Gabe in seinem Leben darin bestand, inspiriert, also voller *Atem* zu sein, dann zwang ihn *kein Atem* dazu, mit seiner eigenen Sterblichkeit, mit der Gewissheit seines eigenen Untergangs ins Reine zu kommen. In Merediths Worten ausgedrückt wurde sein Tanz mit *Atem* und *kein Atem* „der letzte Schliff für Stevens Seele, der ihn zu einer Akzeptanz führte, die er sonst wohl nie erreicht hätte."[129]

Steven erhielt durch das ständige Wirbeln von *Atem* und *kein Atem* eine Vorahnung von seinem letzten Übergang. Das erkannte er, als er alleine in den Confidence Hills im Tal des Todes fastete. Am zweiten Tag draußen wurde die Wüstenluft zu einem Sandsturm aufgepeitscht, der es seinen geschwächten Lungen fast unmöglich machte, zu atmen. Er stieg in seinen Schlafsack, der seinen einzigen Schutz darstellte, und schuf ein Atemloch, das nicht größer als ein Ei war. So lag er dann mehrere Stunden lang.

---

127) Foster, *We Who Have Gone Before*
128) Foster, Auszug aus einer E-Mail an einen Freund, 8. Januar 2003
129) Little, private Mitteilung, 10. August 2003

Und da sah ich mein Ende. Erst wird der Wind kommen, um meine Lungen mit den Partikeln des Todes zu füllen. Es wird keine Möglichkeit geben zu vermeiden, dass diese Metapher Wirklichkeit wird. Und wenn ich mich noch so winde und um mich schlage, mein Atem wird meine Seele hindurchbringen. Ein-aus, ein-aus – *ein … aus …*
  Dann wird da eine große Stille sein. Alles wird kristallklar werden.
  … Ein … Aus.[130]

Der letzte Atemzug des Lebens
  Wann stirbt ein Mensch genau? Im Augenblick des letzten Ausatmens, des letzten Herzschlags, oder an dem Punkt, wo die Zellschäden unumkehrbar geworden sind? Oder ist es etwas Rätselhafteres, dieser undefinierbare Moment, an dem „die Seele" den Körper verlässt?
  In der Welt der Wissenschaft wird zwischen dem klinischen und dem biologischen Tod unterschieden. Beim klinischen Tod gibt es keine äußeren Lebenszeichen mehr. Der Stoffwechsel läuft unter Umständen auf zellulärer Ebene noch weiter, aber wenn der Organismus nicht binnen weniger Minuten wiederbelebt wird, folgt auf den klinischen sehr bald der unumkehrbare biologische Tod. In einem Krankenhaus, wo man einen Menschen nach einem Herzstillstand wieder ins Leben zurückholen kann, ist dieser Unterschied von höchster Bedeutung. Aber für Menschen, die derartige Maßnahmen ablehnen und vor allem für solche, die ohne Monitore zu Hause sterben wollen, wird diese Unterscheidung meist bedeutungslos sein. „Tod" ist dann schlicht das Erlöschen von *allem*, was das Leben ausmacht: Bewusstsein, Atem, Herzschlag, Reflexe und Zellfunktionen. Ob eines davon einige Sekunden oder Minuten vor dem anderen endet, ist dann kaum mehr von Bedeutung.
  Für die zu Hause am Bett des Sterbenden wachenden Menschen ist das erste Zeichen des unmittelbar bevorstehenden Todes oft eine Veränderung der Atemtätigkeit. Dazu können Phasen schweren Atmens, flachen Atmens oder lange Zeiträume ohne Atem gehören. Ein sehr geschwächter körperlicher Zustand kann das Abhusten für die sterbende Person so schwierig machen, dass es nicht mehr möglich ist, die Lunge von Sekreten zu befreien. Dieser Umstand kann dann zu einem lauten, kratzenden „Todesröcheln" führen. Es kann auch zu einer stärkeren Benutzung der Brustkorbmuskulatur kommen, was manchmal die letzten wenigen Atemzüge vor dem Eintreten des Todes ankündigt.

130)   Foster, *We Who Have Gone Before*

Wenn die sterbende Person bereits bewusstlos ist, verhalten sich die Pfleger und die am Bett wachenden Zeugen oft gedämpft, wenn nicht sogar schweigend, wodurch diese Veränderungen des Atems noch deutlicher hervortreten. Manche Menschen werden den Anblick und das Geräusch dieses letzten Atmens schrecklich finden. Für andere, denen es gelingt, mehr mit dem verbunden zu sein, was hier geschieht, kann das Geräusch das Schlafzimmer in einen Ort verwandeln, der ebenso heilig ist wie jeder andere Tempel oder jede Kirche auch. Hildegard von Bingen sagte: „Beten bedeutet nichts anderes, als den einen Atem des Universums, der Herrscher und Geist ist, ein- und auszuatmen. Es gibt nur einen Geist, aber es gibt viele Seelen."[131]

Stellen Sie sich noch einmal Ihren endgültigen Tod vor. Vielleicht werden die Menschen, die gekommen sind, um an Ihrem Bett zu wachen, eine besondere Art der Kommunikation mit Ihnen führen können. Auch wenn Sie verschiedene Seelen sind, werden Sie gemeinsam den Geist ein- und ausatmen, der Alles Leben ist. Um diese Verbindung real und deutlich zu machen, können Ihre Freunde und Familienmitglieder Ihre Hand ergreifen, Ihren Kopf halten oder Ihre Füße massieren. Vielleicht atmen sie sogar eine Zeit lang gemeinsam mit Ihnen und passen ihr Ein- und Ausatmen dem Ihren an. Mit jedem Ausatmen sterben Sie gemeinsam. Mit jedem Einatmen werden Sie gemeinsam wiedergeboren. Der Zyklus von Tod-und-Wiedergeburt wird auf seine elementarste Form reduziert.

Aber bald schon ist es an der Zeit, getrennte Wege zu gehen. Platz für viele, Platz für wenige, Platz für nur noch einen. Sie machen ein paar letzte Atemzüge, und dann ... nichts. Nichts als Stille. Die Luft bewegt sich nicht mehr. Die Vereinigung mit Allem Leben ist beendet. Etwas – ein *Ding* – ist aus Ihrem Körper verschwunden. Religiöse Menschen können es die „Seele" nennen. Wissenschaftler sprechen vielleicht von der „Lebenskraft". Was immer Ihren physischen Körper einst belebt hat – das „Sie", das Sie einzigartig und unersetzlich gemacht hat – ist jetzt fort.

Was liegt jenseits dessen?

Wohin geht das „Sie", das „ich", das „Steven" von hier aus? Das ist ein Geheimnis. Ein Geheimnis, das nur dann beantwortet werden kann, wenn es an der Zeit für uns ist, den Großen Ballspielplatz zu betreten und dann wieder zu verlassen.

---

131) Hildegard von Bingen, zitiert von Matthew Fox und Rupert Sheldrake in *Die Seele ist ein Feld: Der Dialog zwischen Wissenschaft und Spiritualität* (O.W. Barth 1998)

Ist dieser Tanz mit dem Tod das absolute Ende? Oder gibt es jenseits dessen noch mehr, sei es der Himmel, die Hölle oder irgendein dazwischen liegender Ort? Oder wird jeder von uns auf der Erde wiedergeboren?

In den vergangenen Jahrhunderten wurden diese Fragen von der jeweiligen Gruppenmythologie beantwortet, die einem Menschen vermacht worden war, und all diese alten Mythologien deuteten darauf hin, dass es sich beim Tod nicht um das absolute Ende handelt. Doch nun verfügt eine große Zahl von Menschen zum ersten Mal in der Geschichte nicht mehr über eine tröstende Erzählung zum Leben nach dem Tode. „Das war's", mögen viele sagen. „Wenn ich sterbe, bin ich tot. Kein Himmel, keine Hölle. Keine Auferstehung, keine Wiedergeburt." Die wissenschaftliche Sichtweise besagt, dass wir sterben, verwesen, und unsere Überreste dann vom Kompost der Erde wieder aufgenommen werden. Noch immer mag dem Tod neues Leben folgen, aber nur als organischer Baustein für andere Organismen, nicht als das Überdauern der Seele einer Einzelperson. Und doch scheint sich die menschliche Psyche der langen Geschichte von Erzählungen zum Leben nach dem Tode nach zu urteilen nach einem Mythos über die Wiedergeburt zu sehnen. Ohne eine solche Geschichte bleibt der moderne Wissenschaftler oder Skeptiker mit einer existenziellen Angst zurück, die nicht so einfach aufzulösen ist.

Wie auch immer Ihre eigenen Überzeugungen aussehen mögen, Ihr Sterben wird eine Reise sein: ein Übergang von dieser Welt in das, was sich jenseits davon befinden mag, auch wenn es sich dabei um Vernichtung handelt. Eine am Totenbett weit verbreitete Metapher ist die der Reise einschließlich von Bildern wie Booten, Zügen, Autos, Reisepässen oder Fahrkarten.[132] Es ist, als ob die Menschen darum ringen würden, herauszufinden, was zurückgelassen werden muss, was sie für die Reise hinüber brauchen und was sie auf der anderen Seite erwartet. Wenn es für Sie Zeit zum Sterben wird, werden auch Sie sich auf persönliche Ideen und Bilder zum letzten Übergang beziehen und sich mit ihrer Hilfe auf Ihre eigene Weise durch diesen Übergang hindurch arbeiten.

Der in einer fundamentalistischen Familie aufgewachsene Steven ließ die christliche Vorstellung vom Leben nach dem Tode bald nach seinem Erwachsenwerden hinter sich. Er hatte keine bestimmten Überzeugen bezüglich dessen, was nach dem Tod kommt, lehnte aber andererseits den Gedanken eines Lebens danach auch nicht als Unfug ab. Steven war mehr als alles andere ein visionärer Poet und als solcher von den größten Metaphern des

---

132) Callanan und Kelley, *Mit Würde aus dem Leben gehen*

Lebens fasziniert: vom symbolischen Tod, vom körperlichen Tod und dem Leben nach dem Tode. Vielleicht hat er diese Themen am vielsagendsten in den Abschlussworten von *We Who Have Gone Before* heraufbeschworen, einem Buch, das er ein Jahr vor seinem Tod beendete.

Ich habe nie Angst gehabt, wenn es dunkel wurde. Ich habe die Dunkelheit mit offenem Herzen willkommen geheißen. Ich glaube nicht, dass es etwas Schöneres gibt als das Erscheinen der Sterne am Himmel oder den Aufgang des Mondes am östlichen Horizont. Dennoch möchte ich dann, wenn es ans Sterben geht, nicht in einem dunklen Raum allein gelassen werden.

Ich werde versuchen, mich zu erheben und in den nächsten Raum zu gehen, wo die Lichter mit dem Versprechen des Lebens brennen. Ich mag sogar versuchen, in Richtung dieses unabwendbaren Lichts zu gehen, aber nicht in der Lage sein, mich zu erheben. Was dann? Werden die Sterne erscheinen, einer nach dem anderen? Werden die vertrauten Konstellationen auftauchen? Werden meinen Augen den Umrissen des großen Wagens bis hin zum Polarstern folgen? Oder werde ich sie vor der sich nahenden Nacht schließen und wünschen, nie geboren worden zu sein?

Manchmal scheint es, dass jeder eine Meinung dazu hat, „wo wir hingehen" – jeder außer mir. Je näher ich komme, umso weniger scheine ich zu wissen. Ich weiß nur eines sicher: dass die Dunkelheit herabsinken wird. Und dann werden die Sterne erscheinen.[133]

---

133) Foster, *We Who Have Gone Before*

Alpha Eins

Da ist eine Mauer, die ich zu überwinden versuche
Atem-kletternd Zentimeter für Zentimeter
Bananenschalen-Finger und Zehen
und immer wieder rutsche ich zurück ins
Hinaufgehen
Nichtwollen
verzweifelt nicht
fallen wollen

jede Nacht
gleite ich zwischen die Decken des Todes
die Brust meiner Frau hebt sich und fällt
stetig wie eine Uhr
sie muss keinen Berg ersteigen
sie schläft so leicht
kleines Boot, das auf dem Wasser treibt
leichter Wind und eine endlose See

während ich auf allen Vieren
wie ein Bergsteiger
mit imaginären Seilen und Haken
an dieser imaginären Wand hänge

man sagt, Delfine atmen bewusst
und sterben
indem sie wissentlich zu ertrinken beschließen

kann es sein, dass mich der Tod auffordert,
ein bewusster Atmer zu werden
und diese glatte Mauer zu ersteigen

während überall um mich herum
die Liebe Meeresträume träumt
in Ebbe und Flut und Gezeiten der Luft
während ich nicht will
verzweifelt nicht
fallen will

Steven Foster, unveröffentlichtes Gedicht

DER LETZTE ÜBERGANG

Dienstag, der 6. Mai
Wohin also führt dieser Besuch? Wohin geht es für mich nach diesem letzten Hausbesuch? *Steven wird sterben. Meredith wird Witwe. Und Scott wird ...*

Ich nehme den Fuß ganz leicht vom Gaspedal, als sich die Brücke in Richtung des gegenüberliegenden Ufers zu neigen beginnt.

Ankommen. Das ist es! Scott wird vollständig ankommen und „alles von sich" an die Seite dieses Bettes mitbringen, um seine Arbeit zu tun. *Ja, ich werde ankommen.*

Eine halbe Stunde später erreiche ich Stevens und Merediths Zuhause. Ich stelle mein Auto am oberen Ende der Auffahrt ab, steige aus und beginne, den langen und kurvigen Weg hinunter zu gehen. Mein Verstand beginnt, sich auf das zu konzentrieren, was vor mir liegt, indem er mir die letzten Telefongespräche mit Meredith in Erinnerung ruft, mit denen sie mich bezüglich Steven auf dem Laufenden gehalten hat.

In fünf Tagen hat sich alles verändert. In der Nacht nach meinem letzten Besuch gab Meredith Steven eine Kombination aus Thorazine und gelegentlich Morphium, mit gutem Ergebnis. Die Ungeheuer wichen, und Steven konnte schlafen. Doch in der nächsten Nacht hatte er Fieber, hustete mehr und atmete noch schwerer. Wahrscheinlich war aus seiner Erkältung eine Lungenentzündung geworden. Wieder weigerte er sich, ins Krankenhaus zu gehen, also begannen wir mit der Gabe von Antibiotika und erhöhten seine Steroid-Dosis. Als sein Sauerstoffwert einige Tage später abfiel, organisierte ich ein weiteres Gerät, damit wir die Zufuhr verdoppeln konnten. Das war der letzte verzweifelte Versuch, ihm dabei zu helfen, sich wieder zu fangen.

Alles, was wir Steven zu Hause bieten können, befindet sich jetzt dort. Alles außer dem Hospiz. Der Plan sah vor, dass die Leute vom Hospiz erst morgen wiederkommen sollten. *Wahrscheinlich zu spät.*

Am Ende des Weges gehe ich durch das Tor in den offenen Hof. Hier stehen keine Bäume, so dass ich jetzt, wo die Sturmwolken abzogen sind, nur blauen Himmel über mir habe. Auf dem Weg zum Haus kann ich kein Zeichen von Merediths Eltern sehen, also gehe ich über die Terrasse weiter. Am oberen Ende der Außentreppe halte ich ein letztes Mal inne.

Vor einigen Monaten hatte Steven mich gebeten, ihm bei seinem letzten Übergang, seinem letzten Passageritus als Schiffer zu dienen. Allerdings wird die Rolle des Charon bei einem Tod zu Hause üblicherweise von einem ganzen Hospizteam übernommen, nicht von einer einzigen Person, und schon gar nicht von einem Arzt. „Alles von mir" wird diesmal einige unvertraute Rollen einschließen: nicht nur die des Arztes, sondern auch die der Krankenschwester, des Sozialarbeiters, des Seelsorgers und vielleicht sogar die des Hauspflegers. *Ein komplettes Hospizteam in einer Person. Bin ich bereit dafür?*

Ich erinnere mich an den Moment, als meine Angst vor diesem Besuch eine halbe Stunde zuvor auf der Golden-Gate-Brücke ihren Höhepunkt erreicht hatte. Seltsamerweise ist die Furcht jetzt vergangen. Keine rasenden Gedanken, kein Kribbeln in der Magengrube.

„Alles von mir" *ist da, um diese Aufgabe zu bewältigen. Was könnte das bedeuten? Ich bin dabei, einen heiligen Ort zu betreten. Was soll ich tun, wenn ich erst einmal drinnen bin? Nichts. Zuerst tue nichts.* Ich atme tief ein und lasse die Luft langsam wieder ausströmen. *Bleibe einfach in der Nähe. Sei ein leeres Gefäß. Und führe dienend.*

Nachdem ich die Stufen hinabgestiegen bin, klopfe ich dreimal an der Tür und öffne mir dann selbst.

Steven ist in der Mitte des Raums, sein großer Körper sitzt auf einer Ecke des Betts, wo er von Meredith, ihrer engsten Freundin, Gigi und zwei anderen Leuten umgeben ist, denen ich noch nicht begegnet bin. Stevens Füße stehen auf dem Boden, sein Körper ist weit vorgelehnt, seine Arme ruhen auf einem Tisch, und seine Stirn ist in eine große Kopfstütze aus Hartschaum gepresst. Er trägt eine Jogginghose und ein schwarzes T-Shirt. Ich kann die Vorderseite davon nicht sehen, aber ich bin sicher, zu wissen, welches Hemd es ist.

Steven scheint nicht wahrzunehmen, dass ich hereinkomme – das rhythmische Heben und Senken seines Brustkorbs ist der einzige Hinweis darauf, dass er am Leben ist. Beim Näherkommen sehe ich, dass der größte Teil seines Gewichts vom Tisch und von dem Hartschaumblock gehalten wird, nicht durch seine eigene Kraft. *Er ist bewusstlos,* sage ich mir.

Bewusstlos. Dieser Zustand beschwört einige uralte Fragen herauf: Ist eine im Koma befindliche Person sich der sie umgebenden Menschen bewusst? Versteht Steven irgendetwas von den Worten, die hier gesprochen werden? Kann er zumindest tief in seinem Inneren spüren, was die anderen fühlen?

Vor allem Meredith – die Trauer in ihr, ihre Erwartung dessen, was nun kommt und ihre Angst vor dem Unbekannten.

Meredith steht auf, um mich mit einem sanften Kuss und einer Umarmung zu begrüßen. Sie stellt mich Selene vor, Stevens und Merediths fünfundzwanzig Jahre alten Tochter, die neben Steven sitzt, und dann auch Jay, Merediths Bruder, der an der Seite steht. Ich begrüße beide und umarme dann Gigi, die ich bereits kenne. Jede Person scheint vollständig präsent zu sein, verhält sich aber sehr gedämpft. *Liegt es an der Erschöpfung*, frage ich mich, *oder ist es aus Respekt vor dem Heiligen? Wahrscheinlich beides.*

Ich gehe zu Stevens anderer Seite hinüber, wo Meredith gerade Platz gemacht hat, und setze mich. „Hallo Steven", sage ich leise in sein Ohr und lege meine Hand auf seinen Rücken. „Ich bin es, Scott. Ich bin gekommen, um bei dir zu sein."

Keine Bewegung, keine Bestätigung. Nur die nächste große Anhebung seines erweiterten Brustkorbs. Sein Atem ist jetzt nur noch ein Reflex.

Welcher Teil von Steven ist noch am Leben? frage ich mich. *Und welcher Teil ist bereits tot?* Sein prägnanter, umherschweifender Verstand und seine Persönlichkeit, die größer als das Leben selbst war, sind bereits fort. *Aber was ist mit seinem weit aufgebrochenen Herzen?*

Während ich sanft seinen Rücken massiere, werde ich von der Erwartung überwältigt, etwas *tun* zu müssen. *Nun komm schon*, rüge ich mich selbst, *du bist Arzt.* Aber ich weiß noch nicht, dass ich das Wichtigste bereits getan habe: Ich bin gekommen. Der einfache Umstand meiner Ankunft, wird mir Meredith später sagen, hat sie von allen irrelevanten Rollen entlastet, vor allem von jener der Krankenschwester. Jetzt kann sie einfach nur Stevens Frau sein.

Der Anblick eines einzelnen Scopolamin-Pflasters hinter Stevens Ohr lässt mich bemerken, wie rau sein Atem klingt.

Er ist nicht am „Ertrinken", sage ich mir, *aber das Geräusch beunruhigt wahrscheinlich alle anderen.*

An niemandem im Besonderen gerichtet schlage ich vor, ein zweites Pflaster aufzulegen. Gigi ist Meredith einen Schritt voraus, holt ein weiteres aus einer Kiste mit Medikamenten und platziert es hinter Stevens anderem Ohr.

Ich frage Meredith nach der letzten Morphium-Gabe. Sie sagt mir, wann diese erfolgt ist und wie Steven darauf reagiert hat.

„Dann können wir noch etwas auf die nächste Gabe warten", sage ich ihr.

Na also, du hast etwas getan. Jetzt sitze eine Weile einfach nur hier. Sitze hier und nimm alle Zeichen auf.

Seine Atmung...

Eine weitere, kehlig klingende Anhebung beim Einatmen, dann ein langsameres Ausatmen, wie ein gedämpftes Schnarchen. Eine stille Pause, dann eine weitere Hebung, gefolgt von der Freigabe der Atemluft. Jeder Atemzug ist wie der vorangegangene, jeder wird durch einen animalischen Reflex ausgelöst, der aus den Tiefen des Urhirns kommt.

Sein Gesicht...

Die Sauerstoffmaske und der Hartschaumblock verbergen es zu einem großen Teil, aber von der Seite betrachtet kann ich kein Zeichen einer Grimasse erkennen, die auf Schmerz oder Unbehagen hinweisen würde.

Sein Körper...

Von der Anhebung des Brustkorbs abgesehen gibt es keinerlei Bewegung. Kein Kampf, kein Ringen.

Der Geruch...

Ein leicht muffiger Geruch, vielleicht alter Schweiß, aber nichts Beißendes wie Urin oder Fäkalien.

Die Geräusche...

Stevens feuchtes, kratzendes Atmen vor dem Hintergrund des Rauschens der Sauerstoffgeräte.

Zwei Geräte, nicht nur eines, erinnere ich mich. Obwohl in einer kleinen, abgetrennten Küche verborgen, machen sie ein unablässiges Geräusch, das den Raum erfüllt. *Er stirbt eindeutig,* sage ich mir, *aber mit all dem Sauerstoff kann das noch eine lange Zeit so weitergehen. Mit Sauerstoff für Stunden, vielleicht sogar noch einen weiteren Tag lang. Ohne Sauerstoff sind es wahrscheinlich nur noch ein paar Minuten.*

Ich erinnere mich an das Telefongespräch, das ich mit Meredith am Abend zuvor geführt hatte. Ihre Worte hatten alles gesagt: „Keine klare Kommunikation ... zunehmende Unruhe ... mehr Verwirrung." *Der letzte Übergang nähert sich rasch,* sagte ich mir und erkannte fast sofort, was für die letzte Bootsfahrt wohl notwendig sein würde. „Wenn sich sein Zustand nicht verbessert", sagte ich zu Meredith, „werden wir die Sauerstoffzufuhr eventuell beenden wollen." Ich hielt inne, um diese Worte einsinken zu lassen. „Das könnte der beste Weg sein, um ihm ein sanftes und leichtes Sterben zu ermöglichen."

Die Zeit zur Vorbereitung auf den Übergang ist gekommen, sage ich mir. *Aber einen Schritt nach dem anderen. Sprich zuerst mit Meredith. Alleine.*

Ich führe sie in den Eingangsbereich hinüber. Im Schatten dieses kleinen Raums kann ich ihr Gesicht nicht sehen. Aber ich kann ihre Stärke und Bestimmtheit spüren. Sie ist entschlossen, das zu tun, was richtig ist, was benötigt wird, was dieser Zeremonie dient. *Sie funktioniert nur noch aufgrund der Energie dieser Zeremonie,* sage ich mir. *Sie wird schon bald zusammenbrechen.*

„Erzähle mir, was passiert ist", bitte ich sie.

„Gestern Nachmittag begann Steven, hin und her zu driften …" Sie fährt fort und gibt mir einen detaillierten Bericht all dessen, was seitdem geschehen ist und spricht dabei leiser als sonst. Während eines abendlichen Besuchs von seinem Sohn Keenan sowie von Keenans Frau und seiner Tochter unternahm Steven außergewöhnlich große Anstrengungen, um sie richtig zu begrüßen, glitt aber bald schon wieder fort. Dann begann eine lange und unruhige Nacht mit unregelmäßigen Schlafphasen, durchbrochen von furchtbaren Anfällen von *kein Atem*. Gegen vier Uhr früh, während einer der schlimmsten Phasen, richtete sich Steven plötzlich auf, als ob er einfach von all diesem Leid fortgehen könnte, nur um mit ausgestreckten Armen wieder auf das Bett zurückzufallen. Danach schlief er endlich ein paar Stunden lang. Seine Tochter Selene kam gegen acht Uhr an, und zu ihr sagte er sein letztes Wort: „Selene!"

Während des Morgens war Steven weiterhin unruhig, nicht in der Lage, zu sprechen und auch nicht in der Lage, sich zu entspannen und einfach davonzutreiben. Nachdem man ihm die leichteste Art des Atmens gezeigt hatte – sitzend und vornüber auf einen Tisch gelehnt – war er nicht mehr bereit, diese Position zu verlassen. Jedes Mal, wenn die anderen versuchten, ihn wieder ins Bett zu legen, wehrte er sich dagegen. Und doch war er nicht stark genug, um sich selbst aufrecht zu halten, also wechselten sie einander dabei ab, ihn von hinten zu umfassen.

„Anstrengende körperliche Arbeit", erklärt Meredith. „Wie Wehen. Steven hat sich immer gefragt, wie es wohl ist, zu gebären. Nun, das war genauso viel körperliche Arbeit wie bei der Geburt von Selene. Jetzt ist Steven an der Reihe. Er gebärt, er entlässt sich selbst aus dem Schoß seines Körpers."

Meredith spricht weiter und konzentriert sich dabei auf die Einzelheiten ihrer Erzählung, um sie richtig wiederzugeben. Irgendwie helfen die „Fakten" ihr, sich zu orientieren, auf dem Weg zu bleiben. Nur einmal bebt ihre Stimme, als sie beschreibt, wie Steven sie gegen zehn Uhr an diesem Morgen das letzte Mal bewusst angesehen hat.

„Er blickte mich mit diesen unendlichen Augen an." Ihre Stimme bricht. „Sah mich direkt an. Keine Worte, aber der Blick alleine sagte alles. *Es ist so-*

weit, schien er zu sagen, *ich sterbe. Ich bin hier. Ich sterbe. Ich sehe dich und ich liebe dich.*"

Sie macht eine lange Pause und kämpft gegen die Tränen.

„Wir haben erst in der letzten Stunde oder so begonnen, uns zu beruhigen", sagt sie und versucht sich mit Hilfe der jüngsten Ereignisse zu erden. „Als erstes hat Jay diese Kopfstütze aufgebaut, damit seine Position stabiler wurde. Dann schien ihm das Morphium dabei zu helfen, sich zu entspannen. Und damit konnte sich auch der Rest von uns entspannen."

„Irgendwelche Schmerzanzeichen? Stöhnen, Grimassen, etwas in dieser Art?"

„Nein, nicht wirklich. Nur dieses Atmen. Dieses furchtbare Geräusch, als wenn er ertrinken würde. Seit wir miteinander telefoniert haben, ist es besser geworden, aber es klingt immer noch schrecklich."

„Ich weiß, dass die Atmung schlimm klingt", erkläre ich, „aber das laute Geräusch macht mir keine großen Sorgen. Es ist nur ein weiteres Zeichen dafür, dass er sich dem Ende nähert. Leidet er noch? Das ist die große Frage. Für Steven hat Leiden immer eher Kurzatmigkeit als Schmerz bedeutet. Aber solange er nicht kämpft, stöhnt oder das Gesicht verzerrt, ist es unwahrscheinlich, dass er Erstickungsgefühle hat. Es wäre großartig, wenn wir das Sekret in seiner Lunge noch mehr zum Abtrocknen bringen könnten, aber das Koma und das Morphium sind jetzt wichtiger. Wenn diese beiden Elemente zusammenarbeiten, können wir das hier friedvoll für ihn machen."

Ihr Gesicht scheint sich zu entspannen, wenn auch nur ein wenig. Oder bilde ich es mir nur ein? Ich möchte daran glauben, dass ich auch ihr helfe, aber es ist eine viel schwerere Aufgabe, ihr Leid zu lindern. Steven wird seinen Körper schon bald verlassen. Meredith wird jedoch noch für lange Zeit den Schmerz dieses Tages in sich tragen.

„Meredith, es ist an der Zeit, noch einmal über den Sauerstoff zu sprechen, wie wir es gestern Abend getan haben." Unsere Augen begegnen einander kurz und lassen einander dann wieder los. „Steven nähert sich dem Ende, aber er könnte noch eine ganze Zeit lang durchhalten. Die Frage ist: Wie können wir ihm sein Leid am besten erleichtern? Wie entlassen wir ihn aus seinem Körper?"

Sie nickt, ist aber noch nicht zu sprechen bereit.

„Wenn wir die Sauerstoffzufuhr einstellen", erkläre ich, „wird er wahrscheinlich binnen weniger Minuten sterben. Mit Sauerstoff könnte er noch mehrere Stunden bleiben. Aber es besteht für nichts von alldem Eile. Nur, wenn du bereit bist. Nur, wenn jeder hier bereit ist."

Ich warte, aber es kommt noch immer keine Antwort. Offensichtlich braucht sie mehr Zeit, damit ihr Herz und ihr Verstand eins werden und sich all die Gedanken und Gefühle miteinander vermischen können. Liebe. Angst. Loslassen. Trauer. Abschied.

„Ich verstehe", sagt sie schließlich und nickt wieder. Sie sieht mich direkt an. „Kannst du das den anderen erklären? Ich habe mit Gigi bereits darüber gesprochen, aber mit Selene oder Jay noch nicht."

„Wie wäre es, wenn ich es Steven sage? Ich werde es Steven sagen, und dann können die anderen es auch hören."

„Ja, das ist gut. Sag es Steven."

Gemeinsam kehren wir in den Hauptraum zurück. Meredith geht voran. Sie begibt sich in eine Ecke und lehnt sich in ihrer einbeinigen Reiher-Stellung gegen die Wand. Ich gehe an Stevens rechte Seite und setze mich auf das Bett.

„Steven, ich bin es wieder, Scott." Meine Hände massieren seinen Rücken, während ich nach dem richtigen Ton suche – sanft, aber doch laut genug, damit mich jeder hören kann. „Das ist er, Steven, der letzte Übergang. Du stirbst. Es ist jetzt Zeit für dich, auf die andere Seite überzusetzen. Ich möchte dir sagen, was ich sehe und wie ich glaube, helfen zu können."

Ich halte inne und warte auf eine Reaktion. Keine Antwort.

„Ich möchte, dass diese Reise für dich so friedlich wie möglich wird. Wir haben Morphium hier, das bei dir immer gut gewirkt hat. Wir werden sicherstellen, dass du in dieser Hinsicht alles bekommst, was du brauchst. Keine weiteren Erstickungsgefühle. Keine Angst mehr. Das verspreche ich."

Ich kann nicht jede Person im Raum sehen, aber ich kann spüren, dass alle zuhören und vollkommen präsent sind.

„Steven, du hast immer vollkommen klar gemacht, dass du keine Heldentaten in letzter Minute willst." Ich zähle all die Interventionen auf, die er in den letzten Monaten abgelehnt hat: Spezialisten, Krankenhäuser, Röntgenaufnahmen, Blutuntersuchungen. „Ich vermute, dass du jetzt nicht einmal mehr den Sauerstoff willst. Nicht, wenn er das Leiden verlängert. Nicht, wenn es den Übergang länger als notwendig macht. Wenn wir dir weiterhin Sauerstoff geben, kann sich das hier noch Stunden lang hinziehen. Wenn wir damit aufhören, sind es wahrscheinlich noch fünf bis zehn Minuten."

Ich halte wieder inne und blicke durch den Raum. Ich sehe keine sichtbare Reaktion von den anderen, also konzentriere ich mich wieder auf Steven.

„Du hast immer gesagt, dass du keine Angst vor dem Tod hast. Dass es das Sterben ist, was du fürchtest. Nun, jetzt ist es an der Zeit, dieses Sterben so sanft wie möglich zu machen … so friedlich wie möglich."

Immer noch keine Antwort des Gesichts, nur das Gurgeln seines Atems. Keine zielgerichtete Bewegung, nur das Anheben des Brustkorbs.

„Aber zuerst, Steven, ist es Zeit, Abschied zu nehmen. Es ist Zeit, das größte ‚Danke' zu sagen, das möglich ist. Ein ‚Danke' für alles, was du mir gegeben hast."

Vergebung, Dankbarkeit, Liebe und Abschied sind die letzten Schritte zur Vollendung einer Beziehung, aber unsere kurze Zeit der Freundschaft war so rein, dass es nichts zu vergeben gab. *Das mag auf andere Menschen nicht zutreffen*, sagte ich mir. *Das tut es selten.*

„Steven, ich weiß, dass du mich das schon zuvor hast sagen hören, aber noch einmal, es ist eine solch gewaltige Ehre und ein solches Privileg gewesen, dich zu kennen und als dein Arzt zu dienen. Eines der größten meines Lebens. Diese Erfahrung hat mich monatelang vollkommen ausgefüllt. Ich vermute, dass sie das auch in der Zukunft noch eine ganze Zeit lang tun wird. Ich danke dir. Ich danke dir für all das."

Ich schließe meine Augen und suche mein Inneres nach weiteren Dingen ab, die es noch zu sagen gilt. Eine Bitterkeit, fast schon ein Zorn, schwillt plötzlich in mir an. Ja, ich fühle mich unglaublich gesegnet damit, diesen Mann gekannt zu haben, aber ich fühle mich auch weggerissen. Nach nur vier Besuchen wird mir etwas unglaublich Kostbares gestohlen. *Also ist doch Vergebung notwendig. Vergebung dafür, dass er schon so früh stirbt.*

„Steven, am meisten bedaure ich, dass wir nicht mehr Zeit miteinander hatten. Das wir nicht die Chance hatten, mehr von dem zu entdecken, was sich zwischen uns abspielte. Aber dennoch habe ich die Zeit genossen, die wir miteinander hatten. Du bist derjenige, der es zuerst gesagt hat. ‚Ja, Doc', hast du mir mal geschrieben, ‚du musst wissen, dass ich dich liebe.' Nun, lieber Steven, ich liebe dich auch. Ich liebe dich mehr, als du weißt. Lebewohl, alter Freund."

Da so wenig von seinem Gesicht zu sehen ist, lehne ich mich vor und küsse seine Wange. Dann trete ich einen Schritt zurück, schaue hinüber zu Meredith und mache an Stevens Seite für sie Platz.

„Oh, mein Liebster", beginnt Meredith. Ihre Stimme ist sanft und fest zugleich. „Was du mir gegeben hast, ist so groß. Die Liebe, die Kinder, die Arbeit, so viel Schmerz und Freude. Immer kühn, immer real, immer vollkommen menschlich. Danke für dieses unglaubliche Leben, das wir hatten. Dafür, dass du mein Lehrer, mein Geliebter, mein Partner gewesen bist. Ich werde niemals aufhören, dich zu lieben. Immer."

Mit dem Wort *immer* bricht ihre Stimme wieder. Sie hält inne, um sich zu sammeln, aber nun fließen ihre Tränen unaufhaltsam.

„Du bist so schön, so tapfer. Gehe, wohin du gehen musst und vertraue darauf, dass bei mir alles in Ordnung sein wird. Ich werde meinen Weg finden. Wo immer du auch hingehst, du wirst immer bei mir sein. Der Tod wird meine Liebe zu dir nicht beenden. Es ist schwer, dich gehen zu lassen, aber das muss ich tun. Und ich bin bereit dafür. Ich will, dass dein Schmerz aufhört. Oh, wie sehr ich dich geliebt habe. Nichts kann mir das jemals nehmen, oder dir. Für immer, mein Liebster."

Einer nach dem anderen treten die anderen vor. Gigi spricht von gefangenen Delfinen, die wieder ins Meer freigelassen werden und von Steven, der in eine andere Welt entlassen wird. Selene, eine Tochter, die imstande ist, über die mythische Gestalt hinaus zu sehen, zu der Steven von so vielen anderen Menschen aufgebläht worden ist, gibt dem Mann, der im echten Leben ihr Vater war, ihre Liebe, einem Mann, dessen Liebe zu ihr nie in Frage stand. Und Jay, der Schwager, der bald ein verheirateter Mann sein wird, sagt ihm, wie sehr er bedauert, dass Steven die Hochzeit verpassen wird, aber wie dankbar er für die Art und Weise ist, auf die Steven die Beziehung bereits bezeugt und gesegnet hat.

Nach Jay wird der Raum still, und jeder verliert sich bald in der Zeitlosigkeit einer Wache am Sterbebett. Sekunden können auch Minuten und Minuten auch Stunden sein. Es ist wirklich nicht wichtig. Es geht nicht um Dinge wie schnell oder langsam, nicht um Vergangenheit oder Zukunft, nicht darum, sich an Vergangenes zu erinnern oder das Kommende zu erwarten. Es geht nur um den gegenwärtigen Augenblick. Ein gegenwärtiger Augenblick nach dem anderen, der sich immer weiter in die Abenddämmerung dieses langen Tages erstreckt.

Schließlich ist die Intensität all dessen nicht mehr zu ertragen. Keiner von uns kann jede Anhebung, jedes Fallen von Stevens Brustkorb beobachten und bezeugen. Jemand zappelt. Ein anderer nimmt einen neuen Blickwinkel im Raum ein. Ein weiterer von uns geht für eine kurze Pause nach draußen. Aber es bleiben immer einige Menschen an Stevens Seite, um dort Wache zu halten und sind bereit dafür, sein unvermeidliches Scheiden zu bezeugen.

Als Meredith an der Reihe ist, aufzustehen und den Raum zu verlassen, werde ich plötzlich aufmerksam. *Es wieder Zeit, zu sprechen*, sage ich mir.

Ich gebe ihr ein paar Minuten alleine und folge ihr dann, um sie direkt vor der Tür anzutreffen, wo sie eine Zigarette raucht. Wir schauen einander direkt in die Augen. Im warmen Licht des Nachmittags sehe ich jetzt die Erschöpfung, die sich tief in ihr Gesicht gegraben hat. Ich weiß, dass sie weiß, was ich sagen will, aber die Worte müssen dennoch ausgesprochen werden.

„Es gibt keine Eile, Meredith ... aber wann immer du bereit bist."

„Okay", sagt sie. Ihr Gesicht verrät keines der in ihr wirbelnden Gefühle. Nur die Erschöpfung ist offensichtlich. „Aber lass mich erst eine Weile damit gehen."

Ich nicke, umarme sie sanft und lasse sie wieder los. Ich entlasse sie zu ihrem Spaziergang und zu der schwersten Entscheidung, die sie für lange Zeit treffen wird – vielleicht für immer.

Einige Minuten später kehrt Meredith zurück. Sie geht ohne zu zögern direkt zu Gigi hinüber. „Ich denke, es ist an der Zeit, ihn gehen zu lassen. Hast du irgendwelche Zweifel?"

„Nein", sagt Gigi. „Ich werde alles unterstützen, was du tust."

Als nächstes blickt Meredith zu Selene und dann zu Jay hinüber. Keine Worte, kein Zusammenzucken. Jeder scheint bereit zu sein.

Als letztes sieht sie mich an und nickt.

„Lass uns ihm erst etwas Morphium geben. Die nächste Dosis wäre eh jetzt fällig."

Meredith ist so daran gewöhnt, Stevens Krankenschwester zu sein, dass sie automatisch nach der Medizinflasche greift. Ich entscheide, mich zurückzuhalten, aber bereit zu sein, beim kleinsten Zögern wieder vorzutreten.

Nachdem das Morphium verabreicht worden ist, kehren wir wieder zum Warten zurück. Dieses Mal haben wir jedoch ein klares Ziel. Wir warten darauf, dass das Morphium durch die Schleimhäute seines Mundes in den Blutstrom und ins Gehirn sickert. Wir warten darauf, dass es die speziellen Rezeptoren im Schmerzzentrum erreicht, wo auch die Atmung blockiert wird. Am meisten warten wir jedoch auf die Entspannung und Erleichterung, die es Steven bringen wird.

Mein eigener Verstand ist wieder aktiv – er denkt, plant und nimmt voraus. Wieder bereite ich mich darauf vor, etwas zu tun. *Zuerst müssen wir ihn auf den Rücken legen.* Ich erinnere mich an Merediths Beschreibung der körperlichen Gegenwehr früher am Tag. Jedes Kampfzeichen während des Umbettens würde höchstwahrscheinlich bedeuten, dass er immer noch leiden kann. *Wenn das nicht passiert, drehen wir den Sauerstoff ab.*

Nach einigen ungezählten Minuten sagt mir meine innere Uhr, dass die Zeit, die wir auf das Morphium warten müssen, vorbei ist. Ich bitte Jay, mir dabei zu helfen, Steven zurück ins Bett zu heben. Ich bin überrascht, wie schwer sein Körper ist. *Ein Körper, der groß genug für einen so umfassenden Geist ist*, sage ich zu mir. *Aber nun ist der Körper nur totes Gewicht.*

Jay und ich halten Steven an der Kante des Bettes in aufrechter Position, während die anderen den Tisch fortschieben und dann hinter Steven Kissen auf dem Bett aufstapeln. Wir heben ihn ein wenig an und lassen ihn dann in eine stabile, lehnende Stellung zurücksinken. Während all dessen kommt keinerlei Reaktion von Steven. Kein Stöhnen. Kein Stirnrunzeln. Kein körperlicher Widerstand.

Ich schaue die anderen an, einen nach dem anderen, und suche nach Zeichen des Widerstrebens. Ich sehe keines. *Die Zeit ist gekommen*, sage ich mir.

Ich folge dem Sauerstoffschlauch um die Ecke, wo die Maschine in der kleinen Küche verborgen steht. Ich weiß, was getan werden muss, fühle mich aber immer noch unbehaglich. *Wie der Zauberer von Oz*, erkenne ich plötzlich. Ein kleiner, nichtssagender Mann, der hinter einer Abschirmung verborgen gottähnliche Kräfte handhabt, aber verletzlich ist, weil er so leicht entdeckt werden kann. Aber jetzt gibt es kein Zurück mehr.

Ich stelle eines der beiden Sauerstoffgeräte ab und gehe in den Raum zurück, um mir einen Überblick über die Situation zu verschaffen. Ich erwarte keine Veränderung und finde auch keine vor. Zurück hinter der Abschirmung des Zauberers beginne ich, langsam das zweite Gerät herunterzudrehen, von fünf Litern auf drei, und ein wenig später von drei Litern auf einen. Ich überprüfe den Raum noch einmal, aber es gibt noch immer keine Veränderung. Ich kehre zum Sauerstoffgerät zurück und stelle es komplett ab.

Nachdem ich zu den Wache haltenden Menschen zurückgekehrt bin, beobachte ich zunächst deren Gesichter, sehe aber auf keinem davon Anzeichen für Unbehagen. Dann beginne ich ebenso wie sie, mich auf jeden einzelnen von Stevens Atemzügen zu konzentrieren. Ein plötzliches Anheben des Brustkorbs ... ein langsames, gurgelndes Ausatmen ... Pause. Ein weiteres Anheben ... ausatmen ... Pause. Immer und immer wieder setzt sich dieses Muster fort. Ein Atemzug nach dem anderen, jeder genauso wie der vorherige. Abgezählte Zeit, Atemzug um Atemzug.

Während wir zusehen, erinnere ich mich an eine einwöchige Meditationsveranstaltung, an der ich vor kurzem teilgenommen habe. Einer der Lehrer versuchte die Teilnehmer dazu anzuregen, sich auf jeden einzelnen Atemzug zu konzentrieren, um ihn als mentalen Anker für diese Achtsamkeitsübung zu verwenden. „Kehrt zum Wunder eures ersten Atemzugs zurück", sagte er zu uns, „als ihr gerade erst aus dem Schoß eurer Mutter gekommen ward." Dann hielt er inne, um jedem Teilnehmer zu ermöglichen, dieses Bild heraufzubeschwören. „Nun stellt euch jenen zukünftigen Tag vor, an dem ihr auf eurem Totenbett liegt. Stellt euch vor, wie ihr diesen letzten Atemzug nehmt und euch darauf vorbereitet, euren Körper zu verlassen." Wieder hielt er inne. „Es ist nicht sehr schwer für jeden dieser beiden Atemzüge präsent zu sein, nicht wahr? Dann stellt euch jetzt vor, dass jeder einzelne Atemzug, den ihr macht, genau so wunderbar ist wie dieser erste. Jeder einzelne Atemzug ist ebenso kostbar wie dieser letzte. Gebt jedem einzelnen davon eure volle Aufmerksamkeit."

Und jetzt tun wir alle gemeinsam mit Steven genau dasselbe. Jedes einzelne Ausatmen ist ein Sterben. Jedes einzelne Einatmen ist eine Wiedergeburt. … aus … ein … aus … ein …

Etwa eine Viertelstunde später beginne ich, mir Sorgen zu machen. *Wie lange wird das noch weitergehen?* Ich erinnere mich daran, was ich vorhin gesagt habe – „vielleicht fünf oder zehn Minuten" – und dann winde ich mich innerlich. Ich habe eine der Grundregeln der Hospizpflege gebrochen, eine Regel, die ich selbst zahllosen Ärzten beigebracht habe. Wenn man eine Prognose erstellt, darf man *niemals* Zahlen nennen.

Was hätte ich sagen sollen? frage ich mich selbst. *Mit Sauerstoff Stunden, vielleicht Tage. Ohne Sauerstoff Minuten, vielleicht Stunden.* Ich spüre, wie sich mein Magen zum ersten Mal seit der Überquerung der Golden-Gate-Brücke zusammenzieht.

Ich sage den anderen nichts, aber bald versteht jeder. Das Warten darauf, dass Steven in einigen *Minuten* stirbt wird allmählich zu einem Warten auf einige *Stunden*. Jay ist der erste, der die neue Phase der Wache zum Ausdruck bringt. Er geht zu einem Regal in der Nähe, sieht die Bücher darauf durch und entscheidet sich schließlich für eines davon. Ein Abschnitt davon schlägt ihn offensichtlich in seinen Bann, und so fordert Selene ihn auf, laut zu lesen. Ihr Vorschlag gibt Jay neue Energie, lässt ihn etwas gerader stehen und bringt ein Lächeln auf sein Gesicht. Endlich gibt es etwas *zu tun*, etwas, das Steven Ehre erweisen wird. Er beginnt, aus Woodsworths „Andeutung der Unsterblichkeit" zu lesen. Seine Stimme wird lauter und erfüllt schließlich den Raum.

Von Jay angeregt geht Selene selbst zum Bücherregal. „Blake mochte er am liebsten", erklärt sie zuversichtlich, während sie eine dicke Ausgabe hervor zieht. Sie blättert es durch und entscheidet sich dann für „Der Tiger" aus *Songs of Experience*. Ihre Stimme ist so fest wie die von Jay und weist auf einen gewissen Stolz hin, ist aber auch verführerisch süß. Nachdem sie zu lesen aufgehört hat, kehrt unser aller Aufmerksamkeit wieder zu Stevens Atem zurück.

… ein … aus … ein … aus …Immer noch keine Veränderung.

Einige Minuten später sehe ich eines von Stevens eigenen Büchern, *We Who Have Gone Before,* das auf einer Theke in der Nähe liegt. Ich nehme es auf und weiß bereits genau, was ich lesen werde.

„Ich habe nie Angst gehabt, wenn es dunkel wurde. Ich habe die Dunkelheit mit offenem Herzen willkommen geheißen …"

Ich lese die letzten drei Absätze des Buches mit sorgfältigem Ausdruck und in gemessenem Tempo.

„Manchmal scheint es, dass jeder eine Meinung dazu hat, ‚wo wir hingehen' – jeder außer mir. Je näher ich komme, umso weniger scheine ich zu wissen. Ich weiß nur eines sicher: dass die Dunkelheit herabsinken wird. Und dann werden die Sterne erscheinen."

„Das war Steven Foster", schließe ich. Während ich zu dem nur noch schwach erleuchteten Wald hinausblicke, wird mir klar, dass die Dunkelheit bald anbricht.

Irgendwann später schaue ich auf ein Buch in der Nähe und frage mich, wie lange es wohl her ist, seit wir den Sauerstoff abgedreht haben. *Eine Stunde? Vielleicht zwei?*

Zeit für mehr Morphium, entscheide ich. *Aber diesmal lassen wir Meredith dabei außen vor, damit sie die trauernde Ehefrau sein kann.*

„Seit der letzten Gabe ist einiges an Zeit vergangen", sage ich den anderen. Ich messe zwanzig Milligramm Morphium ab und gebe es seitlich in seinen Mund.

Und wieder warten wir, diesmal ohne klares Ziel. Ein weiterer Atemzug … und dann noch einer. Gegenwärtiger Augenblick nach gegenwärtigem Augenblick. Gelegentlich ist die Pause zwischen den Atemzügen länger als üblich. *Ist dies das Ende?* Aber dann beginnt ein weiterer Atemzug, und der alte Rhythmus stellt sich wieder ein.

„Es ist wie eine Nachtwache während eines viertägigen Wildnisfastens", sage ich zu Meredith. „Man ist seit einer Ewigkeit schon wach und wartet auf den Sonnenaufgang, doch der scheint einfach nicht zu kommen."

Sie lächelt zurück und versteht, was ich meine.

Die Bemerkung berührt mich irgendwie und erneuert meine Verbindung zu Steven. Ohne Grund, ohne Plan gehe ich hinüber und setze mich neben ihn. Ich bin neben seinem Kopf, und sein Körper liegt an meiner Seite ausgestreckt. Ich beuge mich vor, lege meine Hand auf seinen Brustkorb und beginne, sein Brustbein zu reiben. Vielleicht geht es mir nur darum, etwas *zu tun,* aber dieses *Tun* verbindet mich noch mehr mit Steven, mit seinem Atem und mit jedem gegenwärtigen Augenblick.

Wie passend, sage ich mir und erinnere mich daran, wie ich dieser Geste im Basislager im Tal des Todes zum ersten Mal begegnet bin. Sanfte, langsame Kreise verbinden mich mit ihm, ihn mit mir. *Jetzt bin ich wieder im Basislager, aber diesmal als der primäre Leiter.*

Noch immer seinen Brustkorb massierend senke ich mein Gesicht, so dass ich in sein rechtes Ohr flüstern kann. Mein Kopf ist seinem jetzt so nahe, dass ich meine Stirn fast auf seine legen kann.

„Ganz ruhig mit dem Atmen", sage ich ihm leise. „Leicht und langsam. Kein Ringen, keine Angst. Nur langsames, leichtes Atmen. Es ist an der Zeit, sanft und glatt den Übergang zu machen." Wieder und wieder sage ich Worte wie diese. Sein Atem führt. Ich folge. Kein Zeichen der Veränderung zu sehen. Vielleicht vergehen viele Minuten, während ich noch immer seinen Brustkorb massiere und zu ihm flüstere.

Dann beginnt sich sein Atemmuster zu verändern. *Kann es jetzt wirklich soweit sein?* frage ich mich. *Nein, das bilde ich mir nur ein.*

Aber bald wird es klar. Er verändert sich eindeutig. Die Hebung des Brustkorbs wird immer sanfter, das feuchte Geräusch seines Atems immer ruhiger. Die Pausen dazwischen werden länger und länger. *Wir haben schließlich die andere Seite des Flusses erreicht*, sage ich mir. *Jetzt ist es für mich Zeit, in den hinteren Teil des Bootes zurückzutreten. Nur noch Platz für die Familie. Und bald nur noch für Steven.*

Ich stehe auf und zeige Meredith durch Gesten an, meinen Platz einzunehmen. Meredith, die letzte Führerin, setzt sich neben Steven. Die anderen kommen auch näher und bilden einen Kreis rings um die beiden.

Während ich mich von der Gruppe zurückziehe, greife ich in meine Tasche und hole den kleinen Beutel mit dem Pfennig hervor. *Ich bin voll bezahlt worden, und nun ist meine Arbeit vorbei.* Ich gehe in die Ecke des Raumes und setze mich allein dort hin.

Meredith reibt langsam über Stevens Brustkorb und flüstert leise in sein Ohr: „Mein Liebster, nun hast du endlich die ultimative Lektion des Loslassens gelernt." Seine letzten Atemzüge sind so sanft und leicht wie seit Jahren nicht mehr. Dann ist „Steven" schließlich fort, und alles, was bleibt, ist ein Ausdruck des Friedens auf seinem Gesicht und eine fragende Falte auf seiner Stirn.

„Ich habe keine Angst vor dem Tod", hatte Steven einmal gesagt. „Nein, es ist das Sterben, das ich fürchte." Aber am Ende war das letzte Sterben, das er so gefürchtet hatte, überhaupt keine Hölle gewesen. Die Hölle war bereits gekommen und wieder gegangen. Die Hölle waren die Jahre, die Monate und die letzten Tage gewesen, die er überleben musste, nur um an die Tür des Todes zu gelangen. Aber ganz am Ende, in den letzten wenigen Stunden, war die Dunkle Göttin sanft und freundlich zu ihm gewesen. Nach all seinem gewaltigen Ringen war Steven mit einem Hauch von Gnade gesegnet worden – mit diesem sanften Übergang.

Von dort, wo ich sitze, in einer abgelegenen Ecke des Raumes, kann ich nicht sehen, wie er endgültig geht. Alleine blicke ich in die Kathedrale der Redwood-Bäume hinaus. Ich bin von Ehrfurcht und einem ungewöhnlichen Staunen erfüllt. *Was ist gerade geschehen? Was habe ich bezeugt? Wo ist Steven hingegangen?*

Der Wald draußen ist viel dunkler geworden. Alles sinkt rasch hinab.

Habe keine Angst vor der Dunkelheit, sage ich zu mir. *Bald werden die Sterne erscheinen.*

NACHWORT

Es ist jetzt drei Jahre später – fast auf den Tag genau. Ich schreibe diese Worte während eines weiteren Wildnisaufenthalts, dieses Mal in der Hochwüste der Inyo Mountains auf 2400 Metern Höhe. Richtung Westen kann ich über das Owens-Tal hinweg die schneebedeckten Gipfel der Sierra sehen. Im Osten befindet sich die große Weite des Eureka-Tals, das sich bis zu den Last Chance Mountains erstreckt. Im Norden sind die White Mountains, und südlich von mir liegt der Rest der Inyos. Ich sitze auf dem Gipfel der Welt – oder zumindest scheint es so.

Ich befinde mich im Basiscamp, von wo aus ich ein Seminar namens „Das Initiationsfasten des Großen Ballspielplatzes" mit anleite. Heute ist der erste der vier Rückzugstage, und in der rauen, felsigen Landschaft um mich herum sind elf Menschen verstreut, die gerade zu fasten begonnen haben. Einige von ihnen haben sich entschlossen, vollkommen ungeschützt auszuharren und ihr persönliches Lager an der Flanke eines naheliegenden Gipfels aufzuschlagen; andere haben Orte mit begrenzterer Aussicht auf den niedrigeren Höhenzügen gewählt, die mit Steinkiefern und Wachholderbäumen bewachsen sind. Wieder andere haben sich in umschlossenen, von der Erosion geschaffenen Tälern verborgen. Jede Person hat ein äußerst kostbares Gut mit hinausgenommen: eine Lebensgeschichte, die erneuert werden will. Heute ist der Tag, an dem es um die Straße der Entscheidung geht – Zeit, sich vollkommen auf den symbolischen Tod einzustimmen, der sich bald vollziehen wird. Am zweiten Tag wird sie die Straße zur Todeshütte und am Abend des dritten Tages in den Bestimmungskreis führen. Später an diesem Abend werden sie „sterben", um am vierten Morgen zu einem Tag zwischen den Welten zu erwachen, einem Tag, den sie auf dem Großen Ballspielplatz tanzend verbringen. Zu Sonnenaufgang des fünften Tages werden sie „wiedergeboren" und bald danach ins Basislager zurückkehren.

Ich habe eine privilegierte Aufgabe, die ich gemeinsam mit einer weiteren Leiterin ausführe. Nachdem wir die Gruppe drei volle Tage lang sorgfältig vorbereitet haben, halten wir den zentralen Punkt aufrecht, den das Basislager darstellt, um die sichere Rückkehr jeder Person sicherzustellen. Bald werden wir sie mit einem aufwändigen Mahl zurück willkommen heißen, um uns dann zwei weitere volle Tage lang all ihre Geschichten anzuhören. Meine Partnerin in der Leitung ist Meredith Little.

Meine direkte Beziehung zu Meredith begann erst nach Stevens Tod und hätte auch gar nicht vorher beginnen können. Wenige Minuten nachdem er gestorben war, saß sie vor mir auf dem Boden und dankte mir aus ganzem Herzen. Bis dahin war jede unserer Begegnungen für Steven gewesen, und es hatte sich dabei nur um Steven gedreht. Doch in diesem Augenblick vollzog sich in mir eine unbewusste Veränderung; alle Begegnungen, die auf diese folgten, sollten sich in Unterstützung dieser Frau vollziehen, die gerade ihre große Liebe verloren hatte.

Meredith zu unterstützen wurde für mich zu einer Lektion über das Trauern aus erster Hand, so wie ich durch die Hilfe für Steven wichtige Lektionen über das Sterben erhalten hatte. Wieder einmal brachte ich „alles von mir" in diese Aufgabe ein: keine Grenzen, keine Beschränkungen, aber immer in dem Versuch, dienend zu führen. Manchmal war ich Hospizarzt, dann wieder Trauerbegleiter und Vertrauter; schließlich wurde ich einfach zu einem guten Freund.

Als die Idee des Hospizfastens unvermeidlicherweise wieder aufkam, erkannten wir das synergetische Potenzial einer Zusammenarbeit von uns beiden. Als Partner war es uns möglich, im medizinischen Bereich tätigen Menschen die Zeremonie des symbolischen Todes und der Wiedergeburt nahezubringen. Das betraf vor allem jene, die in der Hospizarbeit tätig sind. Und wir konnten anderen Wildnisführern dabei helfen, wiederzuentdecken, dass Übergangsriten schon immer Übungen im Sterben gewesen sind. Nach mehreren Monaten des Brainstormings und einigen probeweisen Versuchen der gemeinsamen Leitung verwandelte sich das Potenzial dieser Arbeit schnell in Wirklichkeit. Im ersten Jahr unserer Partnerschaft reisten wir in die Wüstengebiete Ostkaliforniens und auf die Hauptinsel von Hawaii hinüber. Im zweiten Jahr leiteten wir gemeinsam Seminare in Südafrika, Österreich, Deutschland und in der Schweiz und dann auch wieder zu Hause in der kalifornischen Wüste. Irgendwann unterwegs gaben wir diesem neuen Programm auch einen Namen: „Die Praktiken des Lebens und Sterbens."[134]

Anfang des Jahres 2003, kurz vor meinem ersten Besuch bei Steven und Meredith, begann ich, mir und meinen engsten Freunden zu sagen, dass meine Tage an der HIV-Klinik gezählt waren.

---

134) Am Ende des Buches finden Sie weitere Informationen zu den Praktiken des Lebens und Sterbens.

NACHWORT

Nach vierzehn Jahren des ärztlichen Dienstes fühlte ich mich vielen meiner Patienten noch immer zutiefst verbunden, und ich sah begeistert, wie sehr ihnen die großen Fortschritte in der Behandlung von HIV zugutekamen. Und doch war die Arbeit einengend, ja manchmal sogar langweilig geworden. In den frühen Jahren der Epidemie hatte man mich zu so vielen schwierigen, aber dennoch zutiefst lebendigen Gesprächen aufgefordert, und ich hatte das Privileg gehabt, dabei sein zu dürfen, wenn so viele ergreifende Geschichten gelebt wurden. In diesem neuen Zeitalter verlangte mein Beruf jedoch, dass ich mich primär auf biomedizinische Einzelheiten konzentrierte und nur noch damit beschäftigt war, einen ständig mutierenden Virus zu überlisten. Wenn ich zu Beginn einer Sprechstunde die Patientenliste betrachtete, sah ich eher die Aufgabe, Laborberichte zu überprüfen und nach Nebenwirkungen zu fragen, als eine Gelegenheit zur Vertiefung zwischenmenschlicher Verbindungen. In dieser Version eines sich rasch verändernden Berufs wurde nur noch „ein Teil von mir" gebraucht.

Im Gegensatz dazu war am Totenbett eines Menschen oder später, als ich in der Wüste Seminare mit anleitete, meist „alles von mir" gefordert. Je mehr ich mit Sterbenden arbeitete – an beiden Seiten der Brücke zwischen dem realen und dem symbolischen Tod – umso mehr wurde mir klar, dass meine Zeit an der HIV-Klinik bald zu Ende sein würde. Und doch bot mir dieser alte, vertraute Job eine enorme Sicherheit. Er wurde nicht nur gut bezahlt und schloss zusätzliche Vergünstigungen ein, sondern darüber hinaus war auch meine berufliche Identität stark an diese Arbeit gebunden. Lange Zeit war „AIDS-Arzt" meine Hauptbezeichnung in der Welt gewesen. Um die Klinik verlassen zu können, musste zuerst dieser Teil von mir sterben.

„Ja, meine Tage sind gezählt", sagte ich zu meinen Freunden, um schnell hinzuzufügen: „Aber diese Zahl bewegt sich immer noch in den Tausendern."

Zurückblickend muss ich über all das lachen. Nachdem ich für meine Identität als AIDS-Arzt öffentlich den Tod prognostiziert hatte, war ich immer noch entschlossen, sein Leben so lange wie möglich zu erhalten. Aber nach meinem ersten Wüstenfasten über den Beginn des neuen Jahrtausends hinweg und nachdem ich die Golden-Gate-Brücke passiert hatte, um „alles von mir" an Stevens Totenbett zu bringen, war diese Leugnung einfach nicht mehr haltbar. Im September 2005, knapp 1000 Tage, nachdem der Gedanke zum ersten Mal in mir aufgetaucht war, gab ich meine Stelle an der HIV-Klinik auf.

Am Montagabend nach meiner letzten Woche in diesem Beruf gab ich meine eigene Abschiedsparty. Ich lud das Klinikpersonal und all meine Patienten ein und kochte dann für die etwas mehr als fünfzig Menschen, die gekommen waren, ein Fünf-Gänge-Menü. Nach dem Essen sprachen ein paar Freunde und Patienten darüber, wie sie meine Zeit an der Klinik erlebt hatten. Dann war ich an der Reihe.

„Heute stirbt ‚Scott, der AIDS-Arzt'. Er stirbt, damit er für neue Aufgaben wiedergeboren werden kann. Lasst mich euch davon erzählen, was er von nun an tun wird …"

Ich wechselte wieder in die erste Person zurück und beschrieb kurz meinen Plan, mich in Zukunft auf die Hospiz- und Wildnisarbeit zu konzentrieren.

„Eines der Dinge, die ich bereits von der Arbeit mit dem Lebensende gelernt habe, ist die große Bedeutung, die das Vollenden von Beziehungen vor dem Tod hat." Ich erklärte die fünfteilige Hospizweisheit und stellte dann eine erweiterte Version von „bitte vergib mir, ich vergebe dir, danke, ich liebe dich und lebe wohl" dar, wobei ich all diese Punkte in Bezug zu meiner Zeit an der Klinik brachte.

Direkt nachdem ich über den Teil des „ich liebe dich" gesprochen hatte, trat ein unerwartet magischer Moment ein. Ich wendete mich nach ganz rechts und ließ meinen Blick langsam von einer Person zur nächsten nach links hinüber wandern. Indem ich jedem Menschen direkt in die Augen blickte, bestätigte ich noch einmal, dass der Satz „ich liebe dich" der Wahrheit entsprach.

Ich beschloss den Abend, indem ich zu der ganzen Gruppe sagte: „Jetzt ist die Zeit für ein letztes Lebewohl gekommen. Aber das ist nur ein Abschied von Scott, ‚dem AIDS-Arzt'. Am Ende dieses Tages wird dieser Teil von mir tot sein, aber der Rest lebt weiter."

So bin ich heute ein Arzt, der sich auf die Erleichterung von Lebensübergängen spezialisiert hat. Ich bin ein Hospizdoktor, der sich zu den Sterbenden in ihrem Haus setzt, und ich bin ein Führer durch Übergangsriten, der mit den „Sterbenden" draußen in der Wüste sitzt. Diese Woche tue ich Letzteres. Ich halte für eine Gruppe von elf Menschen Wache, die in dem Vertrauen zu Meredith und mir gekommen sind, dass wir sie gut halten werden, während sie versuchen, ihre Lebensgeschichten zu erneuern.

Da ist Dianne, eine Hospizschwester, die vor fünfzehn Monaten zu uns kam, als wir im Tal des Todes zum ersten Mal die Fastenzeremonie des Großen Ballspielplatzes angeboten haben. Sie hatte noch nie in ihrem Leben gezeltet und noch nie auf diese Weise tief in sich hineingesehen. Doch ein innerer Ruf, den sie nicht benennen und mit Sicherheit nicht erklären konnte, hatte sie zu uns gebracht. Während ihres ersten Fastens alleine in der Wildnis entdeckte sie, dass sie in Bezug auf ihr eigenes Leben nicht auf dem neuesten Stand war – und das trotz all der guten Arbeit, die sie leistete, wenn sie anderen dabei half, ihr Leben zu vollenden. Sie kehrte zu einem Jahr voller schwieriger Gespräche nach Hause zurück, manche davon per Brief, andere persönlich, wovon sich der größte Teil mit ihr selbst abspielte. Heute ist sie wieder bei uns, um all die Arbeit, die sie getan hat, anzuerkennen und für sich in Anspruch zu nehmen. Sie benannte ihre Absicht wie folgt: „Ich bin eine Frau im Übergangszustand. Möge ich in meinem Leben präsent und auch weiterhin zu erkennen sein."

Dann ist da Franz, ein Tai-Chi-Lehrer, der die letzten zwanzig Jahre seines Lebens dafür gegeben hat, in Wien ein erfolgreiches Institut aufzubauen, nur um schließlich vollkommen von den ständigen Anforderungen der Leitung dieser großen Organisation gefangen zu sein. Als er zu diesem Wüstenberg kam, hatte er die schwierigen Gespräche bereits hinter sich, die ihm erlaubten, sich dieser beschwerlichen Rolle zu entledigen. Seine Absicht: „Ich habe zwei Seiten: ein Mann, der bereits genug Erfolg in der Welt gehabt hat und ein Junge, der voller Neugier ist. Dieser Mann ist nun frei dafür, wieder die Hand des Jungen zu ergreifen. Zusammen werden sie dieses herrliche Leben lieben."

Da ist meine alte Freundin Sue, eine Ärztin mit einer ungewöhnlichen Leidenschaft für leidende Menschen – vor allem für jene, die schwer zu lieben sind, die isoliert leben oder von anderen vergessen wurden. Hier, während ihres dritten ausgedehnten Wildnisfastens im Laufe der vergangenen sechs Jahre, hat sie gelernt, sich selbst ebenfalls diese ungewöhnliche Leidenschaft entgegenzubringen. Jetzt ist sie gekommen, um die Arbeit, die sie getan hat, anzuerkennen und zu feiern. Ihre Absicht: „Ich bin eine Frau, die nach Osten blickt. Mit dem Rückenwind des Geistes bin ich eine Frau, die heil wird."

Gemeinsam mit diesen sind noch acht andere wunderbare Menschen dort draußen. Jeder von ihnen hat eine Geschichte voller Schmerz, voller Triumphe und Möglichkeiten. Jeder von ihnen hat den Wunsch nach Verwandlung. Und jeder von ihnen hat seine Absicht während der Monate, die zu dieser Zeremonie führten, sorgfältig verfeinert.

Wenn diese elf Menschen zum Basislager zurückkehren, werden sie Zeit brauchen, um wieder in ihre physischen Körper und in die physische Welt einzutreten. Am ersten Tag nach der Rückkehr wird unsere einzige bedeutsame Aufgabe darin bestehen, die Gruppe auf einen Zeltplatz zu verlagern, der sich näher am Ort befindet. Dort werden sie Gelegenheit haben, zu essen, zu baden, sich miteinander zu beschäftigen oder zu tun, was immer ihnen hilft, sich selbst zu nähren.

Die nächste Phase der Wiederkehr besteht aus zwei Tagen, in denen die Geschichten erzählt werden. Einer nach dem anderen wird jeder der Teilnehmer versuchen, zu beschreiben, was ihm oder ihr während des viertägigen Fastens widerfahren ist, auch wenn diese Worte nur die erste Fassung einer sich entwickelnden Geschichte sein können. Meredith und ich werden diese Geschichten annehmen, sie sanft halten und uns dann dabei abwechseln, sie zurückzugeben. Das Ziel unseres Wiedererzählens wird sein, die Herausforderungen, die sich gestellt haben, die wesentlichen Qualitäten, auf die zugegriffen wurde und die gewonnenen Einsichten zu benennen. Wir werden jeder Person dabei helfen, zu erkennen, dass die Ereignisse in der Wüste wahr und wirklich gewesen sind und sie bei der Vorbereitung auf den Wiedereintritt in den Körper ihres Lebens zu Hause unterstützen.

Die Arbeit, die ich mit diesen Menschen machen werde, die gerade symbolisch gestorben sind, ähnelt in hohem Maße jener, die ich zu Hause mit tatsächlich sterbenden Menschen tue. Beiden biete ich ein offenes Herz, ein zuhörendes Ohr und eine engagierte Vorstellungskraft – alles im Dienste von Lebensgeschichten, die sich noch immer entfalten. Diese Arbeit fordert ebenso wie meine Besuche bei Steven, dass ich „alles von mir" einbringe. Es ist ein so großer Segen, Arbeit dieser Art gefunden zu haben. Oder vielmehr ist es ein Segen, dass die Arbeit mich gefunden hat.

Scott Eberle, Inyo Mountains, Kalifornien, Mai 2006

WEITERFÜHRENDE INFORMATIONEN

Die folgenden Informationen sind für Menschen gedacht, die sich näher mit den in diesem Buch angesprochenen Themen rund um das Lebensende beschäftigen möchten. Die einzelnen Einträge decken das jeweilige Thema keineswegs ab, sondern sollen zu weiteren Nachforschungen anregen.

Verlag und Übersetzerin haben sich bemüht für die deutsche Ausgabe dieses Buches deutschsprachige Informationsquellen zu nennen. Inhalte der Webseiten, auf die in diesem Anhang verwiesen wird, liegen außerhalb der Haftung des Verlages.

Testamente und Patientenverfügungen

Es gibt mehrere Varianten der Patientenverfügung, aber die meisten beinhalten mindestens zwei Punkte: die Erklärung, ob Sie im Falle einer unheilbaren und nicht behandelbaren Erkrankung mit lebensverlängernden Maßnahmen behandelt werden wollen oder nicht und eine Vollmacht für eine Person, die an Ihrer Stelle Entscheidungen treffen darf, wenn Sie dazu nicht mehr in der Lage sein sollten. Manchmal gehört auch dazu, was nach Ihrem Willen mit Ihrem Körper geschehen soll, wenn Sie gestorben sind, einschließlich der Möglichkeit zur Organspende. Davon ist die Angelegenheit der Erstellung eines Testaments zu unterscheiden, in dem Sie bestimmen, wie Ihre Besitztümer verteilt werden sollen.

Zur Rechtslage:

Deutschland
Für den Betreuer oder den Bevollmächtigten ist die Patientenverfügung nach §1901a Bürgerliches Gesetzbuch (BGB) unmittelbar verbindlich. Die Verbindlichkeit gilt unabhängig von der Art oder dem Stadium der Erkrankung des Betreuten. Betreuer oder Bevollmächtigter müssen dem in der Patientenverfügung geäußerten Willen Ausdruck und Geltung verschaf-

fen, wenn die Festlegungen in der Patientenverfügung auf die aktuelle Lebens- und Behandlungssituation zutreffen. Ob dies der Fall ist, haben sie zu prüfen. Deshalb ist es wichtig, eine Patientenverfügung mit einer Vorsorgevollmacht zu kombinieren. Ein in einer Patientenverfügung zum Ausdruck kommender Wille ist bindend, wenn

- der Verfasser Festlegungen gerade für diejenige Lebens- und Behandlungssituation getroffen hat, die nun zu entscheiden ist,
- der Wille nicht auf ein Verhalten gerichtet ist, das einem gesetzlichen Verbot unterliegt,
- der Wille in der Behandlungssituation noch aktuell ist,
- keine Anhaltspunkte dafür bestehen, dass die Patientenverfügung durch äußeren Druck oder aufgrund eines Irrtums zustande gekommen ist und
- die Patientenverfügung in schriftlicher Form vorliegt. [135]

Humanistischer Verband Deutschlands – Bundeszentralstelle Patientenverfügung
  Wallstraße 65, 10175 Berlin
  Ruf: +49 (0)30/61 39 04-11, Fax: -12
  www.patientenverfuegung.de

Hier werden Sie von Ärzten und Rechtsanwälten nach der neuen Gesetzgebung zur Patientenverfügung beraten. Darüber hinaus gibt es Vorlagen für Vollmachten, Formulare und ähnliches. Auch Hospizbegleitung und Trauerhilfe werden hier vermittelt.

Österreich

In Österreich wurde im Mai 2006 ein Patientenverfügungsgesetz erlassen, das am 1. Juni 2006 in Kraft trat. Damit können Patienten bis zu fünf Jahre im Voraus bestimmen, welche Behandlungsmethoden sie ablehnen, sollten sie zum Zeitpunkt der Behandlung nicht mehr in der Lage sein, Entscheidungen zu treffen. Unterschieden wird zwischen der „verbindlichen" und der „beachtlichen" Patientenverfügung. Für eine verbindliche Patientenverfügung sind überaus hohe Formvorschriften zwingend vorgesehen, unter anderem eine medizinische Beratung durch einen Arzt und eine rechtliche Beratung durch einen Notar, einen Rechtsanwalt oder die Patientenanwaltschaft. Wenn nicht alle Formvorschriften eingehalten werden, liegt eine „be-

---

135) de.wikipedia.org/wiki/Patientenverfügung, Zugriff vom 09.01.2011

achtliche" Verfügung vor, die den Ärzten zumindest als Orientierungshilfe dient.[136]

Hospiz Österreich – Dachverband von Palliativ- und Hospizeinrichtungen
Argentinierstraße 2/3, A-1040 Wien
Ruf: +43 (0)1/8 03 98 68
www.hospiz.at

Hilft, durch die schwierigen gesetzlichen Anforderungen für eine verbindliche Patientenverfügung zu navigieren und stellt Vorlagen für Vollmachten und eine „beachtliche" Vollmacht zur Verfügung. Ebenfalls Hospiz- und Palliativberatung.

Schweiz

In der Schweiz wird die rechtliche Verbindlichkeit der Patientenverfügung im neuen Erwachsenenschutzrecht in Art. 370 ff des Zivilgesetzbuches auf Bundesebene geregelt. Es ist von den eidgenössischen Räten beschlossen und tritt voraussichtlich 2011 in Kraft. Darin ist auch die Möglichkeit für das Übertragen einer Vollmacht für medizinische Entscheidungen geregelt. Zudem wird den Angehörigen eines urteilsunfähigen Patienten das Entscheidungsrecht eingeräumt.

Darüber hinaus gibt es eine ganze Reihe verschiedener Organisationen, welche Patientenverfügungen erarbeitet haben. Zu den wichtigsten Herausgebern gehören Nonprofitorganisationen wie Caritas Schweiz, Pro Senectute, Dialog Ethik und Patientenorganisationen, sowie die Sterbehilfeorganisationen Exit und Dignitas. Bei einigen dieser Organisationen ist es auch möglich, die erstellte Patientenverfügung zu hinterlegen, beispielsweise bei Dialog Ethik und Exit; dabei erhalten die Personen, die eine Patientenverfügung unterschrieben haben, einen Ausweis im Kreditkartenformat. Dieser erlaubt dem Arzt, in einem Notfall bei Angehörigen und der Organisation anzufragen, damit die Patientenverfügung vorliegt, wenn Entscheidungen anstehen. Die Organisationen bieten Angehörigen auch Unterstützung bei Problemen mit der Durchsetzung der Verfügungen. Meist sind allerdings auch Ehegatten und nahe Angehörige im Besitz dieser Dokumente.[137]

Medical Tribune online
www.medical-tribune.ch

---

136) Ebenda.
137) Ebenda.

Da es für die Schweiz noch keine einheitliche Verfügung gibt, listet die Medical Tribune Schweiz hier die zehn bekanntesten und seriösesten Anbieter samt Kontaktadressen auf. Dazu gehören die Caritas Schweiz, der Dachverband der Schweizerischen Patientenstellen, Dialog Ethik, Dignitas und mehr.

Bücher
Michael de Ridder, *Wie wollen wir sterben? Ein ärztliches Plädoyer für eine neue Sterbekultur in Zeiten der Hochleistungsmedizin* (Deutsche Verlags-Anstalt 2010)
Rolf Coeppicus, *Patientenverfügung, Vorsorgevollmacht und Sterbehilfe: Rechtssicherheit bei Ausstellung und Umsetzung* (Klartext-Verlagsgesellschaft 2009)
Gerhard Geckle, *Patientenverfügung und Testament* (Haufe-Lexware 2009)
Michael Baczko und Constanze Trilsch, *Escher, Die Vorsorge-Mappe: Testamente, Vollmachten, Verfügungen* (Haufe-Lexware 2010)

Ethisches Testament

Ein ethisches Testament ist ein rechtlich nicht gültiges Dokument, in dem Ihre Erinnerungen, Geschichten, Überzeugungen, Rituale, Werte und/oder Gebete aufgezeichnet sind – das spirituelle Erbe, mit dem Sie in Erinnerung bleiben wollen. Die Tradition der Weitergabe eines spirituellen Vermächtnisses ist in der jüdischen Kultur besonders stark vertreten, wo sie vor dreitausend Jahren erstmals in der hebräischen Bibel beschrieben wurde. Anfangs wurden diese ethischen Testamente mündlich weitergegeben, um erst später die Form geschriebener Dokumente anzunehmen. In den vergangenen Jahren hat das Interesse für diese Form der Weitergabe auch in vielen anderen Religionen und Kulturen zugenommen.

Ein ethisches Testament kann sich an eine einzelne Person oder auch an eine größere Gruppe von Familienmitgliedern und/oder Freunden richten. Wenn das Dokument niedergeschrieben worden ist, kann es sofort weitergegeben, Ihrem rechtlich gültigen Testament beigefügt oder anlässlich Ihrer Beerdigung verlesen werden. Manche Menschen beginnen mit dem Schreiben eines ethischen Testaments, wenn Sie wissen, dass sie bald sterben werden, aber andere tun das bereits zu einem viel früheren Zeitpunkt im Leben. Es kann für ein Neugeborenes geschrieben und an jedem Geburtstag um einen weiteren Eintrag ergänzt werden. Oder ein Paar kann es zusammen schreiben, um einander besser kennenzulernen. Es kann sogar an jemanden geschrieben werden, der bereits verstorben ist, um die Verbindung auf diese Weise aufrechtzuerhalten.

Wenn Sie ein ethisches Testament erstellen möchten, können Sie jedes der folgenden Elemente einschließen: eine Eröffnung, die erklärt, an wen Sie schreiben; eine Beschreibung Ihrer Familie und der Ereignisse, die deren Geschichte gestaltet haben; Ihre eigene, persönliche Geschichte mit Fokus auf einflussreiche Menschen, Orte und Ereignisse; eine Rückbesinnung darauf, was Sie am Leben am meisten geschätzt oder bedauert haben; das Angebot von oder die Bitte um Vergebung; eine Beschreibung Ihrer Werte, Überzeugungen und Ideale, einschließlich dessen, was Sie gerne schon früher in Ihrem Leben gewusst hätten; ein Überblick über die Lehren und Rituale, die für Sie wichtig gewesen sind; eine Bitte um bestimmte Dinge, die Ihre Familie oder Ihre Freunde nach Ihrem Tod für Sie tun sollen und ein Ende in Form eines abschließenden Wunsches oder eines Gebets.

Bücher
Rolf Baumgartner, *Ethisches Testament: An meinen jüngsten Sohn Marc-Bryan* (Book on Demand 2007)
Rolf Baumgartner, *Ethisches Testament – an Daniela und Adrian: Band II – Mensch, du stellst die falschen Fragen* (Book on Demand 2008)
Das sind die beiden einzigen Bücher zu diesem Thema in deutscher Sprache, und es gibt keine weiteren Informationen dazu, vor allem nicht zu den Werten, die darin vermittelt werden.
Barry K. Baines, *Ethical Wills: Putting Your Values on Paper* (Perseus Books, Cambridge, MA 2002).
Rachael Freed, *Women's Lives, Women's Legacies: Passing Your Beliefs & Blessings to Future Generations. Creating Your Own Spiritual-Ethical Will* (Fairview Press 2003)
Jack Riemer und Nathaniel Stampfer, *So That Your Values Live On: Ethical Wills & How to Prepare Them* (Jewish Lights Publications, Woodstock, VT 1991)

Vergebung

Für viele Menschen besteht eine der schwersten Aufgaben des Sterbens in der Vollendung von Beziehungen und eine der schwersten Aufgaben des Lebens darin, Beziehungen aktuell zu halten. Diesem Kampf liegt die schwierige Arbeit der Vergebung zugrunde, und zwar sowohl das Geben als auch Empfangen derselben. Jedes Buch (einschließlich dessen, das Sie gerade in den Händen halten) hat seine Grenzen, wenn es darum geht, Lehren zu dieser zutiefst persönlichen Aufgabe zu vermitteln. Die im Folgenden angeführten Bücher sollen lediglich als mögliche Wegweiser während eines ganzen Lebens des Lernens dienen.

Am Ende dieses Abschnitts finden Sie unter „Praktiken des Lebens und Sterbens" Informationen zu einem praktischen Kurs zum Thema Vergebung.

Bücher
Johann Christoph Arnold, *Wer vergibt, heilt auch sich selbst* (Kreuz Verlag 2010)
Robert D. Enright, *Vergebung als Chance: Neuen Mut fürs Leben finden* (Huber, Bern 2006)
Pumla Gobodo-Madikzela, *Das Erbe der Apartheid: Trauma, Erinnerung, Versöhnung. Mit einem Vorwort von Nelson Mandela* (Budrich 2006)
Colin Tipping, *Ich vergebe: Der radikale Abschied vom Opferdasein* (Kamphausen 2004)
Paul Ferrini, *Die zwölf Schritte der Vergebung: Aus der Tiefe des Herzens leben* (Schirner 2007)

Bestattungsformen

Während der vergangenen Jahrzehnte haben immer mehr Menschen aktiv neue Wege zum Umgang mit dem physischen Körper nach dem Tod und die entsprechenden Rituale dazu entwickelt. Im Folgenden finden Sie einige erste Quellen zu diesem Thema. Bei der Suche nach weiteren Informationen hilft Ihnen Ihre Bücherei gerne weiter.

Zur Rechtslage:

Deutschland
Erlaubt sind Erd- und Feuerbestattung. Unter Erdbestattung versteht man die Beerdigung des Leichnams auf dem Friedhof. Einer Feuerbestattung geht immer die Einäscherung voraus; die Asche wird dann in einer

versiegelten Urne an das Bestattungsinstitut der Angehörigen weitergegeben und kann in der Erde begraben, in einer Urnenhalle aufbewahrt, in das Meer gegeben (Seebestattung) oder in einem Friedwald begraben werden.

Nicht erlaubt sind die Luftbestattung (die Asche wird z.B. von einem Heißluftballon aus über dem Land verstreut) und die private Aufbewahrung der Asche z.B. im eigenen Heim. Auch der Transport durch nicht einem Beerdigungsinstitut angehörende Personen bzw. die Bestattung auf einem privaten, nicht Bestattungszwecken gewidmeten Grundstück sind nicht erlaubt.

Eine Seebestattung erfolgt nur, wenn der Verstorbene diesen Wunsch zu Lebzeiten handschriftlich mit Angabe von Ort, Datum und einer Begründung niedergelegt, das Dokument mit der Formulierung „Dies ist mein letzter Wille" beendet und unterschrieben hat. Grundsätzlich besteht Bestattungspflicht. Eine Einäscherung muss immer im Sarg erfolgen.

Österreich

Hier gelten von Bundesland zu Bundesland geringfügig unterschiedliche Verordnungen. Grundsätzlich aber besteht Bestattungspflicht. Die Bestattung kann auf einem dafür gewidmeten Grundstück (Friedhof, Friedwald) oder im Privatbereich erfolgen (nur in seltenen Ausnahmen und unter Beachtung sehr strenger sowie aufwändiger Auflagen erlaubt). Dabei ist die Beisetzung im eigenen Garten eher möglich als im öffentlichen Raum. Je nach regionaler Gesetzeslage können nach der Einäscherung Felsbestattung (vor allem im alpinen Raum), Baumbestattung (im Friedwald), Luftbestattung, Verstreuen der Asche vom Boden aus oder Fluss- und Wildwasserbestattungen durchgeführt werden.

Schweiz

Auch hier gibt es Unterschiede in den Verordnungen der einzelnen Kantone. Insgesamt hat die Schweiz jedoch ein ziemlich liberales Bestattungsgesetz. Erlaubt sind Erd-, Feuer- und Seebestattung (was im Falle der Schweiz den Transport an die deutsche Küste bedeutet), Baum- und Diamantbestattung (ein Teil der Asche wird zu einem Diamanten gepresst, den die Angehörigen behalten, der Rest wird bestattet), Luft- und Naturbestattung (auf Almwiesen, unter einem Baum, als Fels- oder Wildwasserbestattung) und die Aufbewahrung der Urne zu Hause. In Zürich ist eine unentgeltliche Bestattung möglich.

Niederlande
Auch die Niederlande verfügen über ein liberales Bestattungsgesetz, in dem neben der klassischen Erd- und Urnenerdbestattung auch das Verstreuen der Asche an bestimmten Orten (so z.B. im Nationalpark Delhuzyzen), die Seebestattung vom Boot oder aus der Luft, die Beisetzung an einem persönlich gewählten Ort oder die Aushändigung der Urne an die Angehörigen erlaubt ist.

Wer es sehr aufwändig mag, kann in den USA auch eine Weltraumbestattung buchen.

Alternative Bestattungsformen

Durch die Kombination der Gesetzeslage in diesen vier Ländern ergibt sich vor allem für Angehörige in Deutschland sowie für Menschen, die hier ihre eigene Bestattung vorausplanen möchten, eine vielfältige Situation. So ist es möglich, den Leichnam in die Niederlande überführen und dort einäschern zu lassen (die Einäscherung ist dort oft wesentlich preiswerter als in Deutschland, was diese Variante auch aus anderen Gründen überlegenswert macht). Alternativ dazu kann man den deutschen Bestatter bitten, bei der Weiterleitung der Asche mitzuwirken. Ein seriöser Bestatter wird die Umstände eines solchen Anliegens sorgfältig in Betracht ziehen und dann gegebenenfalls dem zuständigen deutschen Krematorium melden, die Asche solle bitte an ein bestimmtes niederländisches Krematorium geschickt werden. Mit der Übersendung der Asche in die Niederlande ist die Sache zunächst für die deutschen Behörden erledigt und die Asche gilt als beigesetzt, es liegt also noch kein Rechtsverstoß vor, denn in den Niederlanden wird dann angeboten, die Asche des Verstorbenen auf einer Wiese auszustreuen. Diese Dienstleistung steht auch deutschen Kunden zur Verfügung. Da man ein Verstreuen der Asche nicht rückgängig machen kann, schreibt der niederländische Gesetzgeber eine Wartezeit von mehreren Wochen vor, in der sich die Angehörigen noch umentscheiden können. Im Verlauf dieser Zeit wendet sich das niederländische Bestattungsunternehmen nochmals schriftlich an die Angehörigen und bittet um Bestätigung dieser Bestattungsform. Jetzt können die Angehörigen schriftlich um Aushändigung der Urne bitten. Diese wird dann auf dem Postweg zugesandt. Ab hier liegt eine Ordnungswidrigkeit vor, da der Transport und die Aufbewahrung der Urne nach deutschem Gesetz nicht durch Privatpersonen geleistet werden dürfen. Wenn ein solches Vorgehen bekannt wird, ist entsprechend mit einer von der zuständigen Behörde angeordneten Zwangsbeisetzung zu rechnen, vor allem, wenn die Urne z.B. nicht im eigenen Garten begraben oder ihr Inhalt über einem heimischen Gewässer verstreut wurde, sondern noch immer im Haus aufbewahrt wird. Für den Angehörigen ist dieses Vorgehen nicht legal, aber auch nicht strafbewehrt.

www.hospiz-horn.de
Eine der wenigen Internetseiten, auf denen man unabhängig von einem Bestattungsunternehmen zu den Themen Tod, Trauer, Bestattung, Patientenverfügung und so weiter informiert wird.

www.postmortal.de
Hier erhalten Sie Informationen zur Aushändigung der Urne und anderen alternativen Bestattungsformen, die nur im benachbarten Ausland möglich sind.
Diese Seite bewegt sich klar am Rande der Legalität, ist etwas zornig-reißerisch aufgebaut, aber die Infos sind genau das, was Menschen brauchen, die das deutsche Bestattungsgesetz als unverschämte Bevormundung betrachten.

www.magazin.trauer.de/trauerriten-der-naturreligionen
Guter, weil neutraler und informativer Artikel zum Thema „naturreligiöse Bestattung".

Bücher
Magdalena Köster, *Den letzten Abschied selbst gestalten: Alternative Bestattungsformen* (Ch. Links 2008)
Birgit Lambers, *Rat und Hilfe für den Trauerfall: Was muss ich wissen, was ist zu tun?* (Kösel 1999)

Ehrenamtliche Hospizarbeit

In den frühen Jahren der amerikanischen Hospizbewegung waren einzelne Hospize meist mit einer Mischung verschiedenster freiwillig und ehrenamtlich arbeitender Menschen besetzt – nämlich mit jedem, der kam, um die anfallende Arbeit zu tun. Jetzt, drei Jahrzehnte später, sind die Rollen, die sich in einem Hospizteam befinden, viel klarer definiert und umfassen Krankenschwestern und –pfleger, Sozialarbeiter, Seelsorger, Hauspflegehilfen und Ärzte. Dennoch werden weiterhin viele Aufgaben von ehrenamtlichen Mitarbeitern übernommen und von den Vorschriften des Gesundheitsdienstes gefördert.

Hier finden Sie Adressen, an die Sie sich im deutschsprachigen Raum wenden können, wenn Sie an der ehrenamtlichen Arbeit im Rahmen eines Hospizteams interessiert sind. Üblicherweise geht dem eine Ausbildung voraus, die Sie auf die Arbeit mit sterbenden und trauernden Menschen vorbereitet.

Fachstelle Malteser Hospizarbeit, Palliativmedizin & Trauerbegleitung
    Kalker Hauptstr. 22-24, D-51103 Köln
    Ruf: +49 (0)221/98 22-586
    Fax: +40 (0)221/98 22-78586
    malteser.hospizarbeit@malteser.org
    www.malteser.de

Deutscher Hospiz- und PalliativVerband e.V.
    Aachener Straße 5, D-10713 Berlin
    Ruf: +49 (0)30/8 20 07 58-0
    dhpv@hospiz.net
    www.hospiz.net

Hospiz Österreich - Dachverband von Palliativ- und Hospizeinrichtungen
    Lainzer Straße 138, A-1130 Wien
    dachverband@hospiz.at
    www.hospiz.at

Arbeitsgemeinschaft Elisabeth Kübler-Ross
    www.hospiz.org/schweiz.htm

Bücher
Michaela Seul, *Ein Abschied in Würde: Sterbebegleitung, Hospiz, Palliativbegleitung* (Knaur MensSana HC 2009)
Elisabeth Kübler-Ross, *Interviews mit Sterbenden* (Kreuz 2009)
Elisabeth Kübler-Ross, *Dem Leben neu vertrauen: Den Sinn des Trauerns durch die fünf Stadien des Verlusts finden* (Kreuz 2009)

Erinnerungskästchen

In einem Erinnerungskästchen werden wichtige Erinnerungsstücke gesammelt, um die Menschen und ihre Geschichten nicht zu vergessen. Ein solches Kästchen kann Fotos, Videoaufnahmen, Briefe oder andere Andenken enthalten. Immer, wenn neue Erinnerungen auftauchen, können weitere Gegenstände in das Kästchen gelegt werden.

Vielen Menschen verwenden Erinnerungskästchen. Dazu gehören zum Beispiel trauernde Eltern, die infolge einer Fehlgeburt oder eines frühen Todes ein Kind verloren haben, aber auch ältere Menschen mit einer beginnenden Demenzerkrankung, denen es schwerfällt, sich immer daran zu erinnern, wer sie sind. Eines der ergreifendsten Beispiele dafür kommt aus Afrika, wo so viele kleine Kinder durch AIDS oder andere Tragödien zu Waisen geworden sind. Dort wird dann oft ein Erinnerungskästchen benutzt, um die Andenken und Geschichten eines sterbenden oder bereits verschiedenen Elternteils zu bewahren, damit das Kind ein Vermächtnis von seinen Eltern erhalten kann.

Die folgenden Buchempfehlungen sind Ratgeber zur Herstellung eines solchen Erinnerungskästchens, aber natürlich kann jede Form und Gestaltung, die passend erscheint, zu diesem Zweck verwendet werden.

Bücher
Anna Corba, *Making Memory Boxes: 35 Beautiful Projects* (Sterling Publishing Company, New York 2005)
Barbara Mauriello, *Making Memory Boxes: Box Projects to Make, Give, and Keep* (Rockport Publishers, Gloucester, Mass. 2000)

Wildnisarbeit

Die Praktiken des Lebens und Sterbens: Der Autor bietet in Zusammenarbeit mit Meredith Little ein Programm namens *The Practice of Living and Dying* an, das eine Verbindung von Hospizarbeit und Wildniszeremonien darstellt. Diese Seminare werden in den Wüsten Ostkaliforniens, überall in den Vereinigten Staaten, in Europa und in Südafrika durchgeführt.

Der Autor steht auch für Vorträge zur Verfügung, die sich um Hospizpflege, schwierige Gespräche in der Medizin, die universalen psychospirituellen Phasen des Sterbens und das Hauptthema des Buches drehen, nämlich „sterben können, um leben zu lernen."

Einige Kurse in den Praktiken des Lebens und Sterbens

Sterben als Übergangsritus: Dieses im Freien stattfindende Seminar dauert zwischen sechs und neun Tagen. Es ist eine umfassende Einführung in die Praktiken des Lebens und Sterbens. Es richtet sich an alle Personen, die auf irgendeine Weise mit der Pflege kranker oder alter Menschen zu tun haben – auch wenn „Pflege" hier weit definiert ist und dem Verständnis entspringt, dass jeder von uns, welchen Beruf er auch immer ausübt, für sich und andere Fürsorge ausübt.

In der Todeshütte – Vergebung und Versöhnung: Auch dieses Seminar wird in einer natürlichen Umgebung durchgeführt und dauert sechs bis neun Tage. Es konzentriert sich auf die Arbeit in der Todeshütte und legt besondere Betonung auf das Geben und Erhalten von Vergebung.

Das Initiationsfasten des Großen Ballspielplatzes: Dieses fortgeschrittene Seminar ist fast zwei Wochen lang und umfasst auch ein viertägiges Fasten alleine in der Wildnis. Die Teilnehmer müssen vorher entweder ein anderes Seminar aus den Praktiken des Lebens und Sterbens besucht oder sich schon einmal einem viertägigen Fasten in der Wildnis unterzogen haben.

Andere fortgeschrittene Seminare: Für Menschen, die Elemente der Praktiken des Lebens und Sterbens in ihre eigene Wildnis- oder Hospizarbeit integrieren wollen, gibt es weitere Ausbildungsprogramme.

Die Praktiken des Lebens und Sterbens sind Teil eines umfassenden Programms von Wildnisseminaren, das von der School of Lost Borders angeboten wird. Auf der Homepage dieses Instituts finden Sie den aktuellen Seminarplan einschließlich der Seminare zum Leben und Sterben.

School of Lost Borders
    P.O. Box 55, Big Pine, CA 93513/760-938-3333
    www.schooloflostborders.com

Wildnisarbeit in Deutschland, Österreich und der Schweiz
    www.visionssuche.net
    www.wilderness.at
    www.visionssuche-sinnfindung.ch

Bücher

Steven Foster und Meredith Little, *Visionssuche: Das Raunen des heiligen Flusses. Sinnsuche und Selbstheilung in der Wildnis* (Arun 2002)

Steven Foster und Meredith Little, *Die vier Schilde: Initiationen durch die Jahreszeiten der menschlichen Natur* (Arun 2006)

Shanti E. Petschel, *Reifeprüfung Wildnis: ... endlich erwachsen werden ...* (Arun 2010)

Bill Plotkin, *Soulcraft: Die Mysterien von Natur und Seele* (Arun 2005)

Bill Plotkin, *Natur und Menschenseele: Das Lebensrad und die Mysterien eines seelenzentrierten Erwachsenseins* (Arun 2010)

Sylvia Koch-Weser und Geseko von Lüpke, *Vision Quest: Visionssuche. Allein in der Wildnis auf dem Weg zu sich selbst* (Drachen 2009)

Franz Redl, *Übergangsrituale: Visionssuche, Jahresfeste, Arbeit mit dem Medizinrad* (Drachen 2009)

DANKSAGUNG

Es heißt, man brauche ein Dorf, um ein Kind großzuziehen – und fast genauso viele Menschen, um ein Buch zu schreiben. Deshalb möchte ich dieses Buch damit beschließen, an die Menschen zu erinnern und ihnen zu danken, die zur Entstehung von Das Lied der Dunklen Göttin beigetragen haben.

Dieses Buch wäre nie geschrieben worden und vieles von dem, worum es darin geht, hätte sich nie ereignet, wenn Steven Foster mich nicht so schnell akzeptiert und mir vertraut hätte. Ich werde immer für das große Geschenk dieses Vertrauens und für die Freundschaft dankbar sein, die daraus entstand. Danke, Steven.

Ohne die volle Unterstützung von Meredith hätte ich keinen einzigen Satz dieses Projekts zu Papier gebracht. Eine Woche nach Stevens Tod kam ich mit dem Keim einer Idee zu ihr und fragte, ob sie mir ihren Segen dazu geben und das Ergebnis lesen würde, bevor es seinen Weg in die Welt hinaus antrat. Sie antwortete mit einem eindrücklichen „Ja" und „Ja". Einige der frühen Entwürfe, die nun folgten, hätten jedes dieser beiden „Ja" leicht in ein „Nein" verwandeln können. Danke, meine liebe Freundin, dass du ständig in mich und dieses Buch vertraut hast, selbst als es gute Gründe zum Zweifeln gab.

Während des ersten Jahrs der Arbeit an diesem Buch gelang es mir relativ leicht, die frühen Fassungen der Hausbesuche zu schreiben, während die „Zwischenkapitel" einen viel größeren Kampf darstellten. Meine tiefe Dankbarkeit gilt John Hulcoop, Sue Smile und Patrick Clary dafür, einige dieser frühen Entwürfe erlitten zu haben und für ihre Unterstützung dabei, zu erkennen, was davon Potenzial hatte und was verworfen werden musste. Während des zweiten Jahres begannen rudimentäre Versionen der Zwischenkapitel Gestalt anzunehmen, wodurch die Gesamtform des Buches besser wahrnehmbar wurde. Ich danke Nancy Jane, Louise Loots, Al Haas, Eric Jamison und Patti Reiser dafür, diese Vision bestätigt und verfeinert zu haben. Das abschließende Formen, Schleifen und Polieren des Buches brauchte wiederum ein weiteres Jahr, und eine Vielzahl von Augen, Ohren und Händen hat auf wesentliche Weise zur Fertigstellung dieses Werks beigetragen. Für ihre vielen Beiträge möchte ich besonders Eleanor Haas, Michael Dennis Browne, Robert Ketzner, Sarah Felchlin, Al Mahnken, Anna Baylor und – wieder einmal – John Hulcoop, Sue Smile und Nancy Jane danken.

Die Bedeutung von Stevens eigenen veröffentlichten wie auch unveröffentlichten Schriften dürfte für jeden offensichtlich sein, der dieses Buch liest. Mein tiefer Dank gilt Meredith sowie Stevens Kindern und Stiefkindern – Keenan Foster, Christian Foster, Selene Foster, Kevin Smith und Shelley Miller – dafür, dass sie mir den Zugang zu den vielen Bänden geschriebener Werke ermöglicht und die Erlaubnis gegeben haben, Teile davon hier wiederzugeben. Darüber hinaus geht mein Dank an Meredith, Marylin Foster, Nancy McGraw und Keenan Foster für die Beantwortung meiner Fragen zu Stevens früherem Leben und ihre Unterstützung beim Ausfüllen einiger wichtiger Lücken.

Die materielle Gestalt des Endprodukts war das Ergebnis vieler Arbeitsstunden von Sarah Felchlin. Danke, Sarah, für Deine Sorgfalt und Hingabe. Mein Dank geht auch an Selene Foster und Bill Rhoads, die das Werk mit den Augen des Künstlers betrachtet und vervollständigt haben, und an die Menschen bei Versa Press für den eigentlichen Druck des Buchs.

Auch wenn die Aufgabe, dieses Buch in die Welt hinauszubringen, gerade erst begonnen hat, haben sich bereits mehrere Menschen bei der Planung dieses Vorgangs als enorm hilfreich erwiesen. Dazu gehören Steve Miksis, Andrea Hine, Cherie Plattner, Cazeaux Nordstrom, Natalie Peck und wieder einmal Meredith und Bill. Es fällt mir nicht leicht, ein „PR-Mensch" zu sein, weshalb ich dankbar dafür bin, wie sehr ihre Ideen und ihre Begeisterung diese Bemühungen mit Kraft erfüllt haben.

Der Prozess des Schreibens dieses Buchs war oft eng mit der Entstehung der „Praktiken des Lebens und Sterbens" verwoben, jenem praktischen Seminarprogramm, das Meredith und ich geschaffen haben. Das Lernen und Lehren, das mit der Gestaltung dieses Programms einherging, war oft von dem mit dem Schreiben dieses Buchs verbundenen Lernen und Lehren nicht zu trennen. Meredith und ich bedanken uns bei allen in der School of Lost Borders für ihre Kameradschaft und Unterstützung bei der Entwicklung dieses Seminarprogramms, vor allem bei Angelo Lazenka, Emerald North, Gigi Coyle, Win Phelps und Betsy Perluss. Unser tief empfundener Dank geht auch an jene Menschen, die dabei geholfen haben, auf der ganzen Welt Seminare durchführen zu können: in Hawaii sind das Tom Sherman und Fran Woollard, in North Carolina Patti Reiser und Joe Woolley, in Europa Haiko Nitschke, Franz Redl, Claudia Pichl, Susann Belz, Cornelia Pitsch, Bärbel Kreidt, Edith Oepen, Holger Heiten, Gesa Heiten, Helwig Schinko, Regina König, Katarina Graf, Susan Sully und Chris Wilton, in Südafrika sind es Valerie Morris, Judy Bekker und die wunderbaren Menschen bei Educo Africa, besonders Mthunzi Funa und Marian Goodman. Unser Dank gilt auch den vielen Teilnehmern, die Meredith und mir genug vertrauten, um zu diesen frühen Seminaren zu kommen, und auch den vielen Assistenten und Gastgebern, die uns dabei halfen, die Sicherheit dieser Menschen zu garantieren und ihre Geschichten zu halten.

Meine medizinische Arbeit ist mir während der vergangenen zwei Jahrzehnte von vielen, vielen Menschen beigebracht worden. Ich könnte Seite um Seite mit Danksagungen füllen, möchte aber statt dessen insbesondere John Hulcoop, Rick Flinders, Sue Smile, Anna Baylor, Susan Timko und den Kreis der wunderbaren Menschen am Hospiz von Petaluma erwähnen. Aber ich wäre nachlässig, wenn ich nicht auch an meine wichtigsten Lehrer in diesen Jahren erinnern würde: an die vielen Menschen, die mir wie Steven genug vertraut haben, um mir zu gestatten, als ihr Arzt zu dienen. Ich erinnere auch an die Ärzte, die Steven unterstützt und versorgt haben, bevor das meine größte Ehre und Verantwortung wurde und möchte auch ihnen danken: Asao Kamei, Bruce Kelley und Patrick Clary.

Und schließlich gilt meine ewige Dankbarkeit und immerwährende Liebe Bill Rhoads. Ace, all das wäre ohne dich niemals möglich gewesen.